大鱼文化传媒　大鱼文学

# 夏有乔木

## 雅望天堂 2

SUMMER HAVE
TREES AT PARADISE

籽月 著

河北出版传媒集团

花山文艺出版社

图书在版编目（CIP）数据

夏有乔木　雅望天堂2 / 籽月著.—石家庄:花山文艺出版社，2013.12
　　ISBN 978-7-5511-1508-7
　　Ⅰ．夏… Ⅱ．籽… Ⅲ．长篇小说—中国—当代
Ⅳ．I247.5
中国版本图书馆CIP数据核字(2013)第258233号

书　　名：夏有乔木　雅望天堂2
著　　者：籽　月

策　　划：张采鑫
责任编辑：董　舸
特约编辑：王　静
美术编辑：许宝坤
责任校对：齐　欣
封面设计：嫁衣工舍
内文设计：张　晗　肖　雅
出版发行：花山文艺出版社（邮政编码：050061）
　　　　　（河北省石家庄市友谊北大街330号）
销售热线：0311-88643221/29/35/26
传　　真：0311-88643225
印　　刷：湖南翰林文化商务有限公司
经　　销：新华书店
开　　本：889×1194　1/32
印　　张：9
字　　数：250千字
版　　次：2014年1月第1版
　　　　　2014年1月第1次印刷
书　　号：ISBN 978-7-5511-1508-7
定　　价：25.00元

# 序言
**XU YAN**

努力的姑娘，岁月都愿为你保驾护航
——写给籽月

作为籽月的责编，我一直以来就很想为她写点什么。

我曾给张芸欣《月光漫过珍珠夏》写过最煽情的序言，给墨小芭的《欢宴》写过最诚恳的推荐。

可是籽月，从2009年的夏天，我签了她的第一本稿《夏有乔木 雅望天堂》到如今她的第四本《初晨，是我故意忘记你》（其中包括了被毙掉作为废稿的十五万字的《原来我们不再也相遇》），我给她的书写过很多版本的文案和书评，但是没有直面地写过对她想说的话。

因为我一直觉得，还不到时候，还可以再等等，这个姑娘还可以更优秀，她应该还有更高的天空，等到那个时候，我再来夸夸她。

我们合作了五年，从2009年到现在，从开始的"夏木"到后来的"初晨"，我很少直接夸过她，说过的最多的话就是"改情节"、

"男设要更立体"、"加些小情节来衬托少年沉默的喜欢"……我永远都在催促她改稿，写稿，给她制订计划，开始她反感、抵制、很厌恶。我记得"夏木1"的时候，结局我们反复修改了三遍，最后一次她交稿的时候，她和我说："要是再不行，我就解约了，我拒绝再做任何修改。"而如今，她已经变成了自己会觉得稿子情节不到位而闷头苦修十几遍，"初晨"的开头她就足足地删掉五万字，一遍一遍地重写、重修。现在她远比五年前优秀，但是现在她也远比那个时候努力勤奋。

可是我似乎永远对她要求严格，也对自己的制作严格。我可以毙掉她整本十五万字的稿子，让她把"原来"这本稿子从头到尾重新写过，相信看过试读的人还记得这本稿子，很多读者都在问，为什么还没出？什么时候上市？怎么没看到连载？

并不是稿子真的不好，而是，我对她的期望还在更高处。我觉得她可以写得更好。

我真的没有偏过任何心，也绝对认真对待每一本书。

所以我可以写一个星期的策划，前前后后五千多字，打印出来都有六七页，那是我写过最厚的图书策划，那个策划就是"夏有乔木"系列。

记得看完初晨的全稿后，我和籽月说的第一句话就是："我们来做个系列吧，都是凄美少年的，初晨、夏木、曲蔚然……"

这是一个一拍即合的提议，不能不说，五年的磨合，我和籽月都渐渐找到了彼此的定位，我从一个写封面文字都需要主编帮忙指点和修改的小编，到现在能独立策划畅销系列的策划编辑，而籽月从一个默默无闻的晋江作者，如今已经成长为花火畅销书悲情作家。我看着她这一点一点地走过来，她不同于专职作家能够有足够的时间来写稿改稿，她和我一样是上班族，白天她要上班，晚上才能写稿，赶稿赶到急的时候，她能好几天不睡觉，把自己关进小黑屋，关掉所有网络和通讯，白天却依旧要保持神采奕奕地去办公室。

很多时候我都不知道这高强的压力她是怎么挺过来的，我时常担心她会不会在上班途中站着站着就能睡着。

不过还好，老天没有辜负她。

2010年，"夏木1"热卖、加印，被热心读者翻译到韩国，手写本的"夏木1"在读者间流传。

2012年，"夏木2"的上市首印突破12万，热卖到断货，夏木系列累积卖到了60万册。

2013年，"初晨"还没上市，已预订空前火爆。

到现在，"夏木"的再版即将面世。


这一切让我感慨万千。"夏木"是我做的籽月的第一本书，也是我第一个非常看重的大项目。五年里它能被多次加印，被签约影视，被拍成电影，被更多的读者粉丝知晓。

我知道，是时候了，我应该夸夸这个姑娘了，这个像蜗牛一样一步一步爬的姑娘，这个写字写到手抽筋，这个反复修改十几遍最后被废弃的字都能出两本书的姑娘，她很累很辛苦，爬得也很慢，但是很值得！是不是？

她可能还不是这个圈子里最好的，但她一定是自己王国里面的无冕之后。她的每一本书都带着人生的全心全意，她的每一个人物都掏空了她所经历过的有限的命运，她写的每一段感情都花光了她所有爱的能力。她写的每一个少年都绝望敏感，凄美却深情，愿意为爱跌入万劫不复的绝境。他们都在告诉你——

十七岁，喜欢一个人，愿为她倾尽所有，手摘星辰。

从2009年，到2013年，这是她最好的五年，也是我的。

我们也曾为稿子争执过，为情节冷战过，但是，我们都在为同一件事努力——我们都在记录青春，自己的，所有人的。

我知道我们还会继续记录下去。

"夏木3"……

"初晨2"……

这些计划表写满了你的日历。

我知道，你又将"努力"了。

所以，亲爱的姑娘，奔跑吧，上帝她会保佑你！

而我，就在"夏木"的下一季，等你！


——王静（"夏木1.2"，"初晨"策划人）

# 目录
## Contents

>>>>>> 序 言 > 努力的姑娘，岁月都愿为你保驾护航

001>>> 导 读 > 莫峻

003>>> 第一章 > 乡下来的女孩

009>>> 第二章 > 开始上初中

016>>> 第三章 > 王子一样的少年

023>>> 第四章 > 天使的背后

036>>> 第五章 > 戴着面具的男孩

043>>> 第六章 > 原来你比我还苦

049>>> 第七章 > 再见我的少年

058>>> 第八章 > 天台上的少年请别哭泣

067>>> 第 九 章 > 我们都是被神遗弃的孩子

077>>> 第 十 章 > 请带我去天之涯海之角

091>>> 第十一章 > 我们的约定那么美

098>>> 第十二章 > 妈妈，其实我很爱你

107>>> 第十三章 > 顺利的高中生活

116>>> 第十四章 > 第一次被亲吻

125>>> 第十五章 > 突如其来的变故

132>>> 第十六章 > 曲蔚然，你哭一下好不好

147>>> 第十七章 > 亲爱的，请别迷失到太远的地方

161>>> 第十八章 > 要有多坚强，才能学会不流泪

174>>> 第十九章 > 当天堂已远，请让我陪你去地狱猖獗

183>>> 第二十章 > 圣诞节的灰姑娘魔法

193>>> 第二十一章 > 你到底想我怎么样

221>>> 第二十二章 > 到底怎样才叫爱

234>>> 第二十三章 > 突如其来的醒悟

246>>> 第二十四章 > 我们的结局是一个悲伤而短暂的梦

260>>> 严蕊番外 > 我们的友情在爱情之上

267>>> 曲蔚然番外 > 无望的纠缠

270>>> 番外三 >

# 导读
## DAO DU

莫峻

见到籽月是看完"夏木"很久以后。

我很难相信这样一个蹦蹦跳跳简简单单的小姑娘是写出那样极致故事的作者。当然，在这个时候已经很多人开始叫她大神和后妈了。

而她显然名副其实。

她是一个很邻家的姑娘，她的责编曾经跟我说，籽月是极少数几个让她觉得亲切没有距离的女孩。

关注过她微博的人都知道，她的生活就跟你我一样。

高兴了就大笑，遇到郁闷的事就痛快地发泄。她没有那么高高在上，也没有那么遥远疏离。好像就是你的小学同学一样。

纵然多年未见，曾经年少的记忆早已磨灭，但是在相逢的那一刻，仍然可以亲昵地叫出对方的小名，中间不会横亘无法跨越的时光。

于是我又知道，可能正是这样，她的文字才闪闪发光让人发狂。

因为她如此人间烟火，所以比别的作者都会体验生活本身，也珍视生活本身。

我每年都要看无数的故事，从中筛选。一年成百上千。

很多故事，看过了，就忘记了。那些看过了觉得好的，再回思，作者所思所述也早已模糊。

而我少数几个印象深刻的故事，都已经大红。

籽月的每个故事却都让我印象深刻。

我记得夏木说雅望，别哭。我受不了你哭，你一哭，我就想杀人。

我记得曲蔚然因为害怕失去夏彤，而掐住了她的脖子，心里面却疼到不行。这个沉默少言的少年别扭地表达着心底的爱。

我记得李洛书因为拿到黎初遥的一把瓜子而哭，说你第一次给我和初晨的一样多。

我见过很多厉害的作者，没有几个把这些生活的小细节写得这么鲜活，每个小细节都透露出人物浓重的悲喜，让这哀伤透了骨髓，融化在生活的每一处。

我曾经跟一个作者说，情节只是骨架，即便设置得再好对于读者仍如镜花水月，只有把每个细节写好，故事才会有血有肉真正让人感动。而要想写好故事，绝不能忽略细节的美。

籽月的魔力就在于，她用种种美好得足以哀伤的细节堆砌成易碎的城堡，让所有人为这样的城堡竣工而欢腾，但又摧毁于旦夕间，再也追不回来。

曾经我觉得籽月竟是这样的天赋异禀，多少人刻苦研习做尽功课，她唾手可得。

后来认识她以后，我觉得，可能因为这个人是籽月，"夏木"才之所以是"夏木"，成了传奇。


那一年，应该是三四年前吧。

我在图书部的编辑手上看到一篇稿子，一篇让我欣喜若狂的稿子——没有什么比一个编辑发现一篇好稿子更让人兴奋。

我对自己说，我要让更多的人看到它的美好。

后来这个故事果然大受欢迎，成了轰动多时不可绕过的话题，可我没想到，我还会因此收获更多。

感谢上帝，也感谢她，感谢我们还在一起。

## 第一章

乡下来的女孩

我们何必要相识一场

在命运的长河里，他们都是卑微的游鱼。无意间被河浪推向了搁浅的沙滩，奋力翻腾，只是期望能够喝上一口水，哪怕只是一小滴水。

他们徘徊在生与死的边缘，幸福好像总是那么近，可又是那么远，伸手，又不可触及。

如果，每个人生命的尽头都是一场告别，那我们又何必相识一场？

那年，夏彤才十二岁，还是一个乡下来的小女孩，她的脸上还有两团不自然的高原红，她睁着大大的眼睛，牵着父亲的手，既新奇又害怕地看着城里的世界。

城里的房子又高又多，涂着干净的墙漆，显得那么干净漂亮，一点也不同于老家那灰黄的泥巴房；城里的车子特别多，不停地有车子按着喇叭，从她身边呼啸而过；就连城里的太阳，好像也耀眼几分，晒得她有些微微的恍惚。

爸爸拉着她，从公交车上下来，快步向前走着。爸爸的腿很长，走得很快，她一路小跑地跟在后面，她看着爸爸牵着她的手，微微地抿起嘴唇，跑得更欢了。

又走了十来分钟路程，才到了一个大四合院。四合院分上下两层，院子里种着很多漂亮的花。正是春初，花儿开得十分艳丽，那些花儿夏彤都叫不出名字，可依然美得让她想偷偷地摘一朵。

可爸爸没有给她摘花的时间，一直拉着她，飞快地往前走。四合院的中间是一个四百多平方米的院子，院子中间种了一棵巨大的榕树，爸爸拉着夏彤从院子中间穿过，一户人家的门开着，一个矮胖的妇女站在门口晾着衣服。

她看见夏彤爸爸牵着一个她不认识的孩子，忍不住好奇地问："咦，老夏，这是谁家的孩子啊？"

爸爸停住脚步，笑着回道："哦，这是我二弟家的孩子，他家里出了一些事，就把孩子放我家寄养一阵子。"

夏彤眨了下眼睛，抬头看着爸爸，爸爸严肃地看着她，她咬了下嘴唇，低下头来。

中年妇女点点头，望着夏彤夸赞道："哦，这样啊，这丫头长得真水灵。"

爸爸拉了拉她的手，轻声说："夏彤，叫汪阿姨好。"

夏彤抿着嘴唇，没说话，转身去摸身边的大榕树，厚厚的树皮蹭着她的小手，有一点点硌人。

爸爸不好意思地笑笑，转身对汪阿姨说："这孩子有点怕生，呵呵。"

姓汪的阿姨笑："哈哈，小孩都这样，过阵子熟了就好了。"

两人又寒暄了一阵之后，爸爸才拉着她往四合院二楼走，她抹着眼睛，安静地跟在爸爸身后。

晚风吹过，花香遍地，她却再也没了摘花的心情。

走着走着，忽然一串单调的音调吸引了她，她顺着声音望去，只见对面的阳台上，种着大片的迎春花，那花儿顺着树枝一串串垂下来，金黄的一片，灿烂得让人恍惚。

一个穿着蓝色外套的少年站在那儿，因为距离太远，夏彤看不清他的样子，可从轮廓看，依稀是个白净漂亮的少年，他站在花卉后，双手握着一个银色的小长盒子，悠扬的音乐声从那长盒子里发出，他笼罩在逆光中的身影，有种让人无法忽视的魔力。夏彤像是被施了魔法一样，愣在那儿，直到爸爸拉她一下，她回过神来，眨了眨眼睛，伸手指着男孩手中的乐器问："爸爸，那是什么笛子？"

爸爸忽然很紧张地用力扯了一下夏彤，夏彤给他扯得一个趔趄，往地上跌去，她单手撑住地，才稳住身子，地上的石子猛地割进手心，一阵钻心的疼痛，她忍不住闷哼了一声。

夏彤委屈地抬头看着爸爸，爸爸却严厉地瞪着她，低声吼道："来的时候我怎么和你说的？你不能叫我爸爸，知道吗？"

爸爸的样子很凶，凶得让她忘记了手心上的疼痛，凶得让她的鼻子微微发酸。

夏彤抿了抿嘴唇，握紧手心，低下头来，轻声道："对不起，大伯。"

爸爸松了一口气，将她拉起来，赞许地摸摸她的头发："走吧。"

男孩还在对面的窗台上吹着，夏彤却再也没有兴趣去问，只是缄默间忍不住回头望了他一眼，那白净漂亮的男孩站在傍晚的霞光和金色的花卉中，纯净而又遥远，让人有一种忍不住向往的冲动。


走到最里面的一个房间停下，刚敲了两声门，门里就传出欢快的童音："爸爸回来了，爸爸回来了！"

木门哗啦一下从里面打开，一个三四岁大的小男孩扑进夏爸爸的怀里欢快地叫："爸爸！"

夏彤听见那声爸爸，心脏猛地抽痛一下，握紧双拳低下头来，眼角的余光看见爸爸一脸疼爱地把那男孩举起来，亲热地亲着他肉肉的脸颊，一脸笑容地说："儿子啊，在家有没有乖乖的？"

"嗯啊，珉珉很乖的哦，爸爸有没有带好吃的回来呢？"夏珉搂着爸爸的脖子笑得又可爱又灿烂。

"呵呵，当然给你带好吃的了，爸爸还给你带了个姐姐回来。"爸爸将夏珉放了下来，把紧紧闭上眼睛的夏彤推到他的面前，"来，珉珉，叫姐姐。"

夏珉睁着又圆又黑的大眼睛，望着夏彤笑，张开嘴巴刚准备叫出声，就被一个尖锐的女声阻止了："珉珉！给我过来。"

夏彤被那个声音吓了一跳，转头望去，只见一个身材高瘦、戴着眼镜、打扮时髦的女人气势汹汹地走出来。

那女人望着夏彤的眼神简直能喷出火来，夏彤低下头，不敢和她对视，偷偷地往爸爸的身后缩去。

小珉珉看不懂女人的怒气，欢快地转身跑到那个女人身边叫："妈妈，爸爸回来了。"

女人恨恨地白了夏爸爸一眼，脸上没有一丝喜色："你还敢回来！我说过你带着这个野种就不要给我进这个家门！"

夏彤一直缄默着，只是她的双手紧紧地握起来，指甲狠狠地掐进肉里，嘴唇张了张，却又强迫自己忍了下来。

夏爸爸叹了口气，有些讨好地望着女人说："林欣，走的时候我们不是说好了吗？"

"说好什么？我们说好了什么！"林欣指着夏爸爸大声地嚷嚷道，"夏文强，我告诉你，你把这野种带回来，我不会给她好日子过的！我话放在这里，我一天好日子都不会让她过！你也别想，她在这一天，你别想舒舒服服地过日子！我弄不死你们爷俩！"

"你小声点！你吓唬谁呢，叫给谁听呢？"夏文强瞪着眼睛，低声吼，"你怕整个院子的人都听不见是吧？是不是要给你一个喇叭吼吼？人我都接来了，你就忍一忍好了。"

"我忍不了！"林欣哭着吼了一声，"我一看到她我就恨，我这一辈子都给你骗了。夏文强，你这个骗子！"

林欣拿起桌子上的一个茶杯就砸了过去，茶杯打在夏文强的肩膀上，掉落在地上，碎了一地。

林欣又连着砸了几个杯子之后，才抹着眼泪拉着珉珉跑回房间，将门关得砰砰直响。

客厅里又安静了下来，夏文强长叹了一口气，皱着眉头坐在了最近的一张凳子上，夏彤握着双手，缄默地站着，偷偷地望了他一眼，眼里有淡淡的怨恨。

夏文强和夏彤妈妈是一个村里的，当时北方老家那边还有早婚的风俗，他们两个人又情投意合，家长就为他们办了婚事，早早地就结婚了。因为婚结得早，也没有领结婚证，夏文强不到十八岁就有了个小女儿——夏彤。

后来部队到县里招兵，夏文强就跟部队走了，最初的时候每个月赚的军贴都按时寄回家里，每周也会给家里写信，可后来……

后来的事，不说也罢，无非又是一个负心汉的故事而已。

这个负心汉为了能留在部队里，隐瞒了已婚的事实，娶到了上司的女儿，达成了自己留在城里的愿望，从此再也没有回过乡下。

一直到夏彤妈妈主动出现，他才想起，自己在乡下还有一个妻子和女儿。

对于这个女儿，夏文强千般万般不愿意接受，可没办法，为了将来的前途，他不能冒险，不能让人知道他犯过重婚罪，更不能让人知道，她是他的女儿。

夏文强皱着眉头对着夏彤招招手，夏彤犹豫了一下，上前两步，却没有靠近他身边。夏文强拉过她，摸摸她的头发，轻声说："在家里要乖一些，不要惹阿姨生气，知道吗？"

夏彤点点头。

夏文强站起来，强装笑颜地对着她说："来，带你看看你的房间。"说完，他拎起夏彤的包，带着她走进客厅右边的一个房间。房间里放着两个大书柜，书柜上放满了厚厚的书，书柜的中间放了一张小小的单人床后再无空间，连一张桌子、一张椅子都没有。

夏文强看了眼房间的两个大书柜，有些不满地嘀咕："叫她把书柜搬出去，就是不搬，这么小，怎么住人？"他将夏彤的包放在小床上，继续道，"你先委屈点住着，明天爸……嗯，大伯再给你腾地方，好吗？"

夏彤低着头，大大的眼睛耷拉下来，她看着地板，小声问："在家里也不能叫你爸爸吗？"

"什么？"夏文强没有听清。

"没什么……"夏彤咬着嘴唇，抬起脸来，"书柜就放这儿吧，我无所谓的，有地方住就行。"

夏文强揉了揉夏彤的头发后，吩咐她好好休息，便转身离开了房间。

当房门关上后，夏彤才放松地坐了下来，床铺比她想象的要软，至少，比她老家的床要软，房间里也没有那种说不出的霉味，窗户上的玻璃也每片都在，不像以前的房间，总有几块是用报纸贴起来的。

这里，比她原来住的地方好太多了。

她放松身体躺了下来，眼睛直直地望着天花板，耳朵里传来母亲临别时对她说的话："彤彤，你记住！你要留在城里，你要留在城里，你不能被送回来！不能！等你以后出息了，你一定要来接妈妈，知道吗？"

是的，她不能被送回去，妈妈花了这么大的代价，将她硬塞到父亲身边，她不能被送回去。这里比老家好太多了，就像妈妈说的，她会有自己的房间，她不必每天担心挨饿，她不用担心交不起学费，她再也不会被村里的孩子欺负，不用去种田，不用去砍柴，不用去摘野菜……

好多好多不用……

她应该开心才对。

可是，妈妈，为什么她这么难受呢？

为什么她这么难受？

夏彤翻了个身，把脸埋在柔软的被子里，将自己缩成一团，安静地躺在床上，瘦弱的肩膀微微地颤抖着……

## 第二章

开始上初中

在这里的第一顿晚餐是爸爸做的，很简单的一锅面条，放了几棵青菜，便端上桌来，夏彤无措地想上去帮忙，却不知道怎么帮好。城里的人烧饭都不用灶头，用一个大大的铁盒子一打就有火了，真是奇怪。

夏彤偷偷地看了好几眼那奇怪的大铁盒，趁爸爸不注意的时候，伸手上去摸了一下开关，轻轻一扭发出"吧嗒"的声音，火就着了起来，她吓了一跳，连忙又往回一扭，火居然又关掉了，她慌忙地后退一步，把手缩回在口袋里，盯着大铁盒东看西看，就是弄不明白，明明没有木材，为什么会有火呢?

"彤彤，把碗筷拿出来。"夏文强的声音打断了她的思考。

"哦。"夏彤连忙答应一声，转身往柜子里看了看，踮着脚从碗柜里拿了四个碗和四双筷子，小心翼翼地端到餐桌上。

夏文强将碗筷摆放好后，走到林欣的房间门口，敲了几下，好声好气地叫她和珉珉出来吃饭，可叫了好一会儿也没人理他。

夏文强不耐烦地皱眉，嘀咕一句："不吃算了。"

他转身便回到餐桌旁坐下，盛了一碗面条，放到夏彤面前道："来，吃吧。"

夏彤看着碗里的面条，肚子越发饿了，可她还是睁着大眼睛问："不等阿姨和弟弟一起吃吗？"

"不等了，我们先吃。"夏文强自己也盛了一碗，呼哧呼哧地吃起来。

夏彤咽了口口水，小心翼翼地拿起筷子，挑着面条，小口小口地吃起来，味道说不上好，却也不难吃，夏彤闷了一大口进嘴里，刚嚼两口，卧室的房门被猛地拉开，林欣从里面气势汹汹地走出来，眼神带着能杀死人的寒意瞪着夏彤。夏彤吓得抿着嘴巴，垂下眼睛不敢看她，嘴里的面条也不敢咽下去，就这么含着。

"林欣，带珉珉出来吃饭吧。"夏文强望着林欣，讨好地说。

林欣用同样的眼神瞪了一眼夏文强，转身走进厨房，在厨房捣鼓了一阵子，一阵香味传进客厅，夏彤小心地嚼着面条，闻出了那是红烧肉的香味，以前在过年的时候，妈妈烧过一次，那香腻的味道，她到现在都记得。

没一会儿，林欣端着两个菜走过来，放在桌子上，夏彤偷偷地瞥了一眼，一大盘炒鸡蛋和一大盘红烧肉。

林欣叫了一声珉珉，珉珉蹦蹦跳跳地跑到客厅，坐在饭桌前，她给他盛了满满一碗饭，珉珉大口大口地吃起来。夏彤看着红烧肉，有些困难地咽了一口面条。

夏文强伸出筷子，想去盘子里夹一块肉，却被林欣用筷子扒开，她冷冷地说："你有什么资格吃肉？"

夏文强没理她，强硬地伸筷子夹出一块肉，却还是被林欣用筷子打了下来。

"我不想和你吵架啊。"夏文强皱着眉头说。

"我想和你吵架。"林欣一脸怨恨。

饭桌上的气氛很紧张，珉珉和夏彤都低着头，不敢作声。

最终，夏文强还是退让了，收回筷子，使劲地扒了两口面条，将碗摁在桌上，气哼哼地站起来走出家门。

夏文强一走，夏彤捧着饭碗的手都开始微微地发抖了，林欣一直恨恨地瞪着她，一句话也不说，像是一只盯着猎物的猛兽一般，不知道什么时候会扑上去将她撕成碎片一样。

"妈妈你不吃饭吗？"夏珉奇怪地看了妈妈一眼，她怎么一直盯着那个姐姐看呢？

"妈妈不饿。"林欣对着夏珉的时候，表情稍微柔和了些。

"哦。"珉珉似懂非懂地扒了一口饭，然后又抬起头来问，"妈妈，她以后就住我们家吗？"

林欣阴沉地"嗯"了一声。

珉珉看着夏彤问："那她以后能陪我玩吗？"

"不行。"

"为什么呢？"

"因为她很脏。"林欣冷冷地说，"你和她玩全身都会烂掉。"

珉珉被吓住了，扳着嘴大声地哭起来："我不要和她一起吃饭，不要和她一起住，我不要全身烂掉。"

林欣见珉珉哭了，连忙将他抱在怀里哄着，夏彤咬了咬嘴唇，无措地看着他们。

林欣转过头来，恶狠狠地瞪着她吼："还不滚出去！脏东西！"

夏彤手一抖，一直捧在手心的碗掉了下来，她慌忙站了起来，连忙转身往房间外面跑，她好害怕，好想逃离，那个房子，让她连呼吸都觉得困难。


夏彤闷着头，一口气跑到四合院门口，院子外通向公路的小道很长，黑黑的一片，什么也看不见，夏彤看着那片黑暗，不敢往外跑，犹豫着，又掉过头来，走回院子里。

院子里，各家都开着灯，一片平安祥和的感觉。

夏彤找了一个有些黑，又不是很黑的角落，轻轻地蹲下，将头埋在膝盖里。

过了很久很久，才听见她充满委屈地嘀咕："我才不脏呢……我才不脏呢……"

可她的声音，只有她自己听得见。

夜色，渐渐浓了起来。

初春的晚上还是有些冷的，夏彤抱着腿，在角落里蹲了很久，迷迷糊糊地快要睡着的时候，耳边又传来了下午听过的音乐，那清脆而简单的曲调就在她耳边轻轻地晃。

她转头望去，那男孩捧着她不认识的笛子，在她身后的阳台上轻轻地吹着，他家的灯光很亮，让她一下就看清了他的样子。很漂亮的一个男孩，干净、白皙、眼神明媚，就像是童话里的小王子一样迷人。

夏彤蹲在黑暗的角落里，仰望着他，他的音乐她听不懂，他的乐器她不认识，可是，她还是觉得，这声音好好听，好好听，像是天籁一般，在她漆黑的世界，点亮那一点点的光彩。夏彤忍不住向那点光彩伸出手，手指穿过树叶发出沙沙的响声。

"谁在那儿？"男孩放下唇边的笛子，走到阳台边，低头望着夏彤的方向。夏彤本来想躲，却在和他双眼对视的刹那，彻底怔住了。那男孩的眼睛很美，像饱满的桃花瓣一样，眼角轻轻地上挑，带着无尽的韵味。夏彤记得妈妈说过，长着这样眼睛的人，上辈子都是狐仙，因为只有狐仙转世才拥有美到勾魂夺魄的双眸。

那男孩见黑暗里的夏彤并不出声，便也没再追问，只是收了笛子，转身离开了。

那之后，过了很久，夏彤才听见爸爸的叫唤声从楼上传来，她急急忙忙地站起来，可因为蹲的时间太长，她站起来的时候腿一软，跌了一跤。

她一点也不觉得疼，快速地爬起来，连泥土也不拍，直直地往爸爸的方向跑去，直到那时，她才知道，她有多害怕，害怕没人来找她，没有人来叫她回家……

　　夏彤在新家的前几天，过得极为痛苦，林欣阿姨因为要照顾年幼的珉珉所以没有上班，而爸爸每天早上七点就出门，晚上五六点才能回家，爸爸不在家的时候，夏彤连走出房门的勇气都没有，每次饿了，都要在房间门口听上好半天，确定林欣阿姨不在客厅里，她才敢偷偷跑出来，跑到厨房去看看有没有什么吃食。一开始的几天，还能找到点剩菜剩饭，可后来，那些原本应该在碗柜里的剩菜剩饭全出现在了垃圾桶里，和着不要的垃圾，卷着烂菜叶，大大咧咧地躺在里面，对她张牙舞爪的。

　　夏彤看着垃圾桶，又黑又亮的眼睛里蓄满了泪水，好像一碰就要掉出来似的，可她吸了吸鼻子，抿着嘴唇，使劲地告诉自己：要忍，妈妈说一定要忍。

　　她会忍的，一直忍到长大，一直忍到出息，一直忍到接妈妈来一起过好日子。

　　她一定会的。

　　妈妈，妈妈你等着我，夏彤很快就会长大的。

　　到了晚上，爸爸回家吃的那一餐，夏彤总是会吃好多好多，吃到肚子都痛了，才停手。

　　而一到吃饭就不老实的珉珉，看着夏彤那种吃法，忽然感受到了危机，好像他再不吃，饭就没了一样，也开始拼命吃起来，也不挑食了，也不要妈妈喂了，自己拿着小筷子吃得呼哧呼哧的。

　　好在这样的日子没有过多久，夏彤要开始上初中了。

　　原本，妈妈将她送到城里，就是为了要让她上学。夏彤听说，当时妈妈用了很多卑鄙的手段，才强迫爸爸将她接来的。她不懂什么叫作卑鄙的手段，她只知道，妈妈能让她来读书了，她再也不用蹲在家门口，羡慕地看着那些背着书包上学的孩子了，她再也不用哭着闹着求着要去读书了。

她知道，她读书的机会得来不容易，这是用离开妈妈的代价换来的，她一定要好好学习，将来有出息了，才能回老家去接妈妈。

可惜事与愿违，虽然夏彤极力地想当个好学生，但小学基础没打好，甚至没上过一节英语课的夏彤毫无意外地成了全班倒数第一。

每天上课的时候，她总是坐得笔直地、很用力地听老师讲课，却总是听不懂，久而久之就会不自觉地发呆，有的时候会双眼无神地望着讲台上的老师，有的时候会望着窗外停在树梢上的小鸟，有的时候会用铅笔将书上的字一个个地涂黑。

等她醒过来的时候，她又异常懊恼，她怎么又发呆了呢!

拿着总是十几二十分的成绩单，听着林欣阿姨的冷嘲热讽，看着爸爸失望的眼神，夏彤越发沉默了。

她总是将自己关在小小的房间，反复怀恋着乡下的生活，她想她的小表哥，想他带着她爬树掏鸟蛋、下河摸虾，有的时候还会偷庄稼地里的白萝卜，萝卜刚拔起来的时候裹着一层泥，小表哥总是用手把湿湿的泥巴抹去，用手使劲蹭蹭，然后将抹干净的萝卜递给她。

她接过新鲜的大萝卜，张口就咬，满嘴的泥土味中带着香香甜甜的清脆，咬在嘴里嘎嘣嘎嘣直响。

她还想念她的妈妈，特别想，想她温软的怀抱，想她轻柔的声音，想她总是将最好的饭菜留给她。

可一想到妈妈总是在夜里暗自垂泪的样子，夏彤就内疚得想哭。

为什么自己这么没用呢?

为什么自己这么笨呢?

一想到这里，夏彤总是特别小声特别小声地哭。

初一结束的时候，夏彤的同班同学们都升上了初二年级，可只有夏彤，被留在了一年级，依然待在那个教室，坐着那张桌椅。

她成了留级生。

最让孩子们鄙视的留级生！

夏彤觉得，她的世界像是落幕的剧场，寂然无声，黑暗一片，只有她一个人，孤独地站在舞台上，不说话，不微笑，不哭泣，像木偶一般地沉默地活着。

可就在这时，老天又给她送来一道光明……

她在新的班级，看见了那个男孩，那个会吹好听音乐的男孩，那个像小王子一般迷人的男孩。

## 第三章

王子一样的少年

新的班级人数比较多，教室里坐得满满的。班主任老师有一头黑色的长发，看上去很温柔的样子，让她一下子就喜欢上了。老师作了简短的自我介绍，她姓柯，教语文，以后她就是初一(2)班的班主任了。老师作完自我介绍后，笑了一下，打开手中的文件夹，然后说："我们点个名，大家互相认识一下啊。"

一直缩在座位上的夏彤坐直了身子，眼神不由自主地注意着那个男孩，当老师点到"曲蔚然"的时候，他站起身来微笑着答："到。"

曲蔚然……

原来他叫曲蔚然。

夏彤抿了抿嘴唇，有些高兴，她知道他的名字了。

曲蔚然，真是很好听的名字呢，比她的名字好听一百倍还要多。

老师点完名，就开始排座位。柯老师让同学们到教室外面，按个子高矮排成两队，男生一排，女生一排，夏彤的个子在女生中最高，她站到了最后，而曲蔚然的个子，在男生中也最高。

两个人并排站在最后，夏彤抿了抿嘴唇，心中偷偷地期待，也许，他会成为她的同桌呢。

可夏彤的运气就是这么不好，期待什么，什么就要落空。当同学们拎着书包一对对走进教室之后夏彤才发现，原来，班上女生比男生多一个人……

而她就是多出来的那个。

夏彤有些失望地看着曲蔚然和班上第二高的女生走进教室，坐在了第一组最后一排，而自己却被老师安排到了最后一组的最后一排，在这个小小的教室里，他们居然隔着最远的距离。

新的学期开始后很久，夏彤都没能和曲蔚然说上一句话。

可是她并不在乎，她喜欢这样远远地看着曲蔚然，她也习惯像一只小老鼠一样在角落里偷偷地看着他。夏彤也不懂，为什么只是看着他，就觉得好像看见了光明，看见了美好？

是因为他的笑容吗？那么温柔优雅，那么亲切美丽。

要是，要是能和他说句话多好呀。

夏彤总是忍不住这样想，可她只敢想想，从来不敢靠近他。

曲蔚然在班上人缘极好，不管男生女生都喜欢和他玩，一到下课，孩子们迫不及待地冲出外面去玩，每个人都有自己的小群体，受欢迎的孩子，会受到所有群体的邀约，请他一起玩，不受欢迎的孩子，不管哪一个群体，都不会收留他。

夏彤总是在大家飞奔出教室后，才慢慢地走出教室，站在教室门口，看着操场上玩得开心的孩子们。

她也好想和他们一起玩，可留级生这个名号真的很不光彩，每次一出教室，总会有几个以前班上的同学在她身后大叫："留级生，留级生，夏彤是个留级生。"

夏彤每次都低着头，假装没看见、没听见，可她越是不理他们，他们越是叫得欢快，声音越是大，每次非要把她叫哭了，他们才高兴地哄笑而走。

也因为留级生这个身份，新同学们都不愿意和夏彤一起玩，好像谁和她玩谁就是笨蛋差生一样。

夏彤觉得生活真的过得很压抑、很痛苦，在家里，她不想回家，也不想上学，她每天都觉得天空很低很阴沉，她想努力地对每个人笑，可每次当她的眼神和别人相对时，他们那厌烦、不屑、冰冷的眼神，总是让她慌张地垂下头，将快到唇边的笑容收回去，将快要说出口的友好话语咽回去，害怕地咬着嘴唇，恨不得将自己变得小小的、透明的、谁也看不见的，这样，她就不会碍到任何人的眼了。

放学路上，夏彤背着书包，一边走一边低着头想，到底还有谁觉得夏彤是个好孩子呢？

不时有同学骑车从夏彤面前经过，夏彤有些羡慕地看着那些骑车的孩子，那些孩子成群结队地骑在自行车上，飞转的车轮、扬起的衣领、青春飞扬的笑脸，一切一切，都美好得让她向往。

其实家里离学校并不是很远，只要走一个多小时，比以前从村里走去镇子上的小学可要近多了。

夏彤一点也不怕路远天黑，她最怕的是……

"留级生！"

来了！

每天放学都会遇到的事，夏彤真的快疯了，他们为什么要这样！为什么要一直这样？

"留级生！留级生！"

"夏彤夏彤留级生！"几个男孩从后面跑过来，指着夏彤叫得欢快，引得路边其他的孩子频频回头观看。

孩子们的声音很纯净、很嘹亮，谁也不懂这些干净的声音，就像是最尖锐的刀子，直直地捅着夏彤的心脏，让她恨不得立刻找个地缝钻进去，这样，她就不用被马路上那么多同学好奇地看着了，她也不用被家长指指点点的，当作教育范材。

夏彤低着头，捂着耳朵飞快地往前走，男孩们还跟在她后面叫着，夏彤闭上眼睛拼命地往前跑起来，她想要从这些魔咒一般的声音中逃脱出来，她想要逃，逃离这个世界，逃离这里的一切，逃离这个没有任何人喜欢她的世界！

"砰"的一声，夏彤被地上的树根绊了一跤，狠狠地摔在地上，她趴在地上半天没动。

男孩们哈哈大笑。

有个男生还学着她跌倒的样子，假装跌倒，其他的男孩又是一阵哄笑声。

男孩们玩够了，结伴从夏彤身边走过，一边走还一边回头笑话她。

"哈哈哈哈，白痴。"

"哈哈哈，留级生就是笨，连走路也走不来。"

"哈哈，她跌倒的姿势真难看，像狗吃屎一样。"

"她是这样跌倒的……"

他们的声音越来越远，可他们嘲笑的话语不管离得多么远，夏彤奇迹般地都听见了。

夏彤安静地趴在地上，大大的眼睛漠然地睁着，这一次，她没有哭，也没有像平时一样责怪自己没用。

她似乎觉悟到了什么，她似乎明白，哭没用，没人会因为她哭了，就不再欺负她，没人会因为她哭了，就心疼她，他们只会因为她哭了，更加开心，加倍地欺负她。

所以，她为什么要哭呢？

夏彤再次抬起头来的时候，脸上的表情似乎变得和以前不一样了，不再委委屈屈，不再躲躲闪闪，而是有些漠然，有些坚强，最多的，还是眼里的倔强。

而也是这个眼神，让从一旁路过的男生停住脚步。夏彤站了起来，看了一眼掉在一边的书包，走两步上前，弯腰去捡，可有一只手比她还要快，在她还没碰到书包前，已经将它捡起，递到她面前，夏彤抬起眼看他。

只见橘色的夕阳下，那漂亮男孩笔直地站在她面前，歪着头，轻轻地笑着，如墨一般的眼眸倒映出她的身影，让她有一瞬间的恍惚。

"曲蔚然。"夏彤呆呆地叫出他的名字，这是她第一次叫他的名字，虽然他的名字已经在她心里响起过无数遍，却是第一次化成声音叫出来。

曲蔚然笑了，很漂亮的笑容，他总是笑得那么迷人，那么让人恍惚，他将书包递给夏彤，然后指着她的膝盖说："流血了。"

夏彤顺着他指的方向看去，这才发现她右腿膝盖跌了很大一个口子，鲜血慢慢地从伤口上往下流，温热的鲜血滑过小腿，落入脚踝，染红了白色的袜子。

夏彤这时才惊觉原来自己受伤了，疼痛感瞬间袭来，她看着伤口有些不知所措。

就在这时，曲蔚然忽然蹲下身去，用一条干净的手绢为她包扎。

夏彤呆呆地看着他，只见他半跪在自己的身前，夏彤连呼吸都不敢，她真觉得，这时的曲蔚然，美好得就像梦里的天使，只要她轻轻一眨眼睛，他就会消失不见了。

曲蔚然双手灵活地将手绢打了个结，抬起头来对夏彤说："好了。"

夏彤呆了半晌，才记起来要道谢，

"能站得起来吗？我扶你吧。"曲蔚然笑着站起来，伸手扶她。

夏彤却摇摇头，双手撑着地面，强迫自己忽略膝盖上的疼痛，咬着嘴唇自己站了起来。

曲蔚然很自然地走过去，扶住她的胳膊："还是我扶你吧，等下你又跌跤了。"

"不会的啦。"夏彤连忙摆手，简直有些受宠若惊了。

虽然她一直知道曲蔚然是个很好的人，经常能看见他帮助班里的同学们，不管是多麻烦的事情，只要有人请他帮忙，他都会微笑着一口答应。

夏彤虽然也偷偷幻想过，曲蔚然会帮助她，可没想过，他会这么热情体贴。

夏彤被他扶得有些手足无措了，她红着脸直说："不用，不用。"

"没事啊，老师说，同学之间要互相帮忙啊。"曲蔚然扶着她的手一直没放开。夏彤穿的短袖，手臂和他的手心毫无隔阂地接触着，她觉得肌肤的那块地方滚烫滚烫的，简直快要烧起来了。

"对了，夏彤，你家住哪儿？"

"林合小院。"

"哎，我家也住那边，怪不得我总觉得你眼熟呢。"

"是吗？"夏彤装出不知道的语气，其实她在四合院中已经不止一次看见过他了。她还记得，一年前她刚到城里的那天，他那悠扬的笛声震撼了她的心灵，从那之后，她偶尔也会在四合院里听他吹起。他一定不知道，那便是她这一年里，唯一的小幸福了。

"是啊，正好顺路呢，以后我们一起上下学吧。"

"一起……上下学啊……"夏彤低下头，轻轻地重复着他的话，嘴角轻轻抿起，忽然觉得腿上的伤口一点也不疼了，一点都不。

这句话对曲蔚然来说，也许只是随口而出的邀请。

可，对她来说，是这辈子都不能忘记的感动。

夏彤这辈子都忘不了，在她觉得自己被全世界抛弃的时候，有一个男孩和她说：以后我们一起上下学吧。

那天晚上，整整一个晚上夏彤都没有睡着，她既期待天早点亮吧，那样她就能和曲蔚然一起上学了，可又害怕天会亮，万一人家只是随便说说，明天早上根本忘记了，可怎么办？

第二天一早，夏彤早早就出了家门，背着书包一口气跑出四合院，在离四合院不远的一条羊肠小道上停下，转身往回看，这是她昨天和曲蔚然分开的地方，也是他们约好今天见面的地方。

夏天的清晨，透着淡淡的青草香，小道的两边开满了不知名的白色小花，夏彤在小道上来回走着，掐了一朵小花，在手中不停地转动。

她没等多久，只是不到一刻钟的时间，当她再次转身的时候，便看见她等待的人，从不远处的四合院中走出来，他走得不快，书包随意地搭在肩上，头发微卷，眼睛轻轻地眯着，像没睡醒一般看着远方，一步一步地向她的方向走来，在离自己还有两三步远的地方停了下来。

他微微眯起眼睛，未语先笑。

夏彤看了眼他的笑容，又一次呆住了，她觉得她看不得他的笑容，每次一看见他望着她笑，她就会发呆，呆得自己都想笑话自己。

可，即使是这样，她依然呆呆地看着他的笑容，听他用好听的声音说："早安，夏彤。"

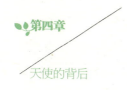

## 第四章

天使的背后

天蓝风清，朵朵白云。

那是夏彤在上学路上第一次有人陪伴，平日里漫长的一小时路程，在那一天忽然变短了，就连她一向沉重的步伐，也好像乘上了风一样，飞跃了起来，变得轻快，变得跳跃。

一路上，夏彤的话不多，曲蔚然的话也不多，两个人一前一后地走着，偶尔间也会有几句对话，每一次都是曲蔚然问，夏彤回答。

夏彤答完了，总是想找话来接上，可想来想去不知道说什么好，她有些懊恼为何自己这般不善言辞。

"今天早读课要听写的英文单词你背下来了吗？"

夏彤有些心虚地说："背了一半了。"

"才背一半啊？那你今天又要被老师打手心了。"

夏彤脸红了红，觉得有些丢脸，因为自己小学没学过英语，所以背单词特别慢，每次大家都背完一个单元单词了，她才背了两课的，而英语老师又极其严厉，听写错了的，错一个打一下手心，每次听写完之后，她都会被叫到讲台上，被打得眼泪汪汪的。

"那现在背吧，走路背书很有效果的呢。"

"真的？"

"当然啦，我教你。"

就这样，夏彤和曲蔚然开始熟了起来，在班里孩子还是男生一派女生一派的时候，他们俩就每天一起上学，一起下学，有的时候夏彤被老师留堂，曲蔚然还会在教室外面等她。

虽然夏彤总是叫他不要等，可他依然如故。一开始，夏彤会很不好意思，觉得自己耽误了他回家的时间，可后来，她慢慢发现，曲蔚然并不急着回家，他甚至和自己一样，不想回家。

那时学校后门有很多还没盖好的楼房，那是他们的秘密基地，他们每天放学都会特地绕到学校后面走，然后爬进这些楼房。楼房里面没有装门窗，四面都是水泥色，在空荡的房间里，风声显得特别大，他们喜欢从一个房间爬进另外一个房间，从一楼爬到六楼，从一栋爬到二栋，他们从来不走楼梯，而是走工人们为方便施工而临时搭建的外墙梯。

那些梯子用竹子搭起来，竹子中间铺着竹扁，没有扶手，走在上面甚至有些摇晃，还经常发出"咯嘣咯嘣"的危险声音。

这样危险的地方，却是曲蔚然最喜欢来的，他最喜欢爬到最高一层，站在楼房外面的这些竹扁上跳，听着那惊心动魄的"咯嘣咯嘣"，他还喜欢让夏彤陪着他一起跳。

有好几次，夏彤都觉得，那些竹扁要给他们跳散架了，她惊慌地叫他别跳了，可曲蔚然跳得更起劲了。

"曲蔚然，你别跳了，要散了。"夏彤害怕地蹲在竹扁上叫。

曲蔚然笑："要散了你还不跑？"

夏彤摇头："你不跑，我也不跑。"

这句话说出来，夏彤和曲蔚然都有些愣住了，夏彤慌忙低下头，脸上又开始火烧火燎地发热，她抓抓脸颊，四处张望着，然后指着前方说："看，那是我们学校操场。"

曲蔚然盯着她慌乱的表情看了一会儿，轻轻一笑，转头望去："学校操场有什么好看的，那么小。"

"嗯……"夏彤嘟着嘴巴不说话了。

曲蔚然也蹲了下来，和她并排蹲着，眼神和她看着同一个方向，那边，正是夕阳西沉，太阳的光辉一点一点地从天边消失，渐渐地，只剩下一点点橘色的边缘，天边的鸟儿从橘色的晚霞中飞过，两个孩子由蹲着变成坐着。

他们并排坐在危险的竹扁上，双脚在空中微微晃悠着，扬起头望着远方的落日。

夏彤呆呆地问："你说，日出是不是也这么漂亮？"

"不知道。"曲蔚然没看过日出。

"嗯……"夏彤有些失望，转过头，又盯着日落看。

过了好一会儿，感觉身边的曲蔚然动了，她转头看他，只见他从书包里摸出那个长盒子，夏彤的眼睛满是惊喜，她急急地问："这是什么笛子？"

"这不是笛子，是口琴。"

"口琴？"原来这叫口琴啊，她终于知道了。

"嗯。"曲蔚然笑笑，将口琴递到夏彤面前，"要试试吗。"

夏彤睁大眼，看着他手中漂亮的银色口琴，抿着嘴摇头："我不会吹。"

"没关系的，口琴即使胡乱吹也很好听的。"

"胡乱吹我也吹不来。"夏彤不好意思地看他，可看到曲蔚然鼓励的眼神时，她又忍不住抬手接过口琴，在手中玩把了一会儿，在唇边，轻轻地吹了一下，口琴发出破裂的单音节，很奇怪，很难听。

"哦，好难听。"夏彤吐吐舌头，将口琴放下，用手心在她吹过的地方使劲地擦着，当她觉得银色的琴身变得干净后，抬手递还给曲蔚然。"还是……你吹给我听吧。"

曲蔚然接过口琴，微微低下头来，白皙的双手扶着银色的口琴，轻轻一吹，悠扬的琴声倾泻而出，在高楼的上空盘旋，随着风，飘向远方。

夏彤认真地看着，认真地听着，她贫乏的词汇量里，不知道如何去形容现在这种感觉，她只觉得，这男孩，漂亮得好像随时会飞走，这声音，干净得不可思议，这一刻就像被赋予了魔法，闪着点点光辉，永久地烙印在她的心里。

自从夏彤认识曲蔚然之后，每天放学都在外面游荡很久，一直到天黑了才不得不回家，每天在黑暗的夜色下敲响家门，总是需要她鼓足很大的勇气。

夏彤在门口站了好一会儿，终于抬起手，轻轻地叩响房门，门还未打开，房间里就传来叫骂声："你还知道回家啊，小野种，你死在外面好了。"

随着叫骂声，沉重的木门被猛地打开，林欣冷着眼怒骂道："现在都几点了！你还知道回来啊？"

"你不要摆这副死样子，你以为我想骂你啊！我看都懒得看你一眼！你要不想回家，你就永远不要回来！你什么意思啊？每天这么晚回来，觉得我对你不好是吧？我虐待你了！是不是啊！"

"啊！说话！"

夏彤低着头，一声不吭地站在家门口，林欣越骂越激动，拉扯着夏彤，将她往门外推："不想回来就滚哪，快滚，你还赖在这里干什么！"

夏彤也不辩解，只是用力地拉住门把，不让林欣将自己推出去，她又何尝想回这个家，可是除了这里，她还能去哪儿呢？夏彤抬眼，眼神望向坐在客厅里的爸爸，眼中带着一丝她自己都没察觉的祈求。

"好了，先让她进来吧！"夏文强终于坐不住了，从房间里走出来，将林欣拉开，一把将夏彤扯进家门，啪地将房门关上，"有什么事关上门说，你怎么回事啊，老是开着门大吵大闹的，是不是怕人家听不见你在骂人啊？"

"你宝贝女儿，我一骂你就护着，她一天到晚和那神经病的小孩在一起，迟早有一天被杀掉你都不知道！"

"什么神经病！我看你快成神经病了！"

"那西院的小男孩！姓曲的，他爸不是神经病，他妈不是婊子啊，整个院子也没小孩敢和他玩，你宝贝女儿不得了哎，天天和人家在一起，真是物以类聚，婊子的孩子和婊子的孩子一起玩！"

一直沉默的夏彤听到这里，猛地睁大眼，愤怒地瞪着林欣，眼里的愤怒和仇恨毫不遮掩。林欣怒了起来，抬手就是一巴掌："你还敢瞪我！现在胆子大了，还敢瞪我了！给你吃给你穿，对你太好了是吧！"

夏彤的脸被打得撇到一边，她缓缓抬手捂住脸颊，使劲地瞪着眼睛，她不觉得疼，真的不觉得，因为她心里压抑已久的愤怒与憎恨已经将她完全燃烧了起来，她再也忍不住了，她扬起脸，狠狠地盯着林欣，林欣被她盯得心中微微一颤，她愣了一秒，又抬起手来甩她一巴掌："你还敢瞪我！你再瞪就把你眼珠子都挖掉！"

"好了，小孩子说两句可以了！你干什么呢？你打给谁看啊！"夏文强一把拉过林欣的手，怒骂道，"林欣你怎么变成这样，你以前不是这样的！"

"我不是怎么样啊？"林欣猛地推了一把夏文强，"你说我以前是怎么样的啊！"

"至少你以前不会像泼妇一样叫骂。"

"这还不是叫你们父女给逼的！我看到你们就来气！看到你们就来气！这日子没办法过下去了！夏文强！我告诉你，我再也忍不下去了，再也不想和这个婊子养的孩子待在一个屋里……"

"我妈妈才不是婊子，才不是！你凭什么骂我妈妈？你有什么资格骂她！明明是你抢了人家的丈夫，是你破坏了我的家，你才是第三者，你才是……"

"啪"的一声，夏彤的脸上又是一痛，耳朵里一阵嗡嗡作响，骂人的字还没说出来，就被打了回去，夏彤捂住脸颊，有些不敢相信地抬起头，看着夏文强，一脸的茫然。

"爸爸……"夏彤忍不住叫。

"我说过别叫我爸爸。"夏文强冷硬地说，"我说过让你别惹你阿姨生气。你要是再惹你阿姨生气，我就把你送回去。好好的日子，都给你破坏掉了！"

夏彤愣愣地看着自己的爸爸，眼泪就这么落了下来，她好久没哭了，她也告诉过自己，不要轻易地哭，那样的眼泪会很不值钱，可这一次，她又轻易地哭了出来，眼泪像关不住似的，一串一串地往外落。

夏文强转身哄着林欣说："好了好了，我教训过她了，你就别生气了，你一向大度的，怎么在这事上老是计较呢？"

"我计较？"林欣冷笑，甩开夏文强的手开始辩解。

他们说了什么夏彤听不清楚，耳朵被打得一直嗡嗡地响，脸上火辣辣的，她的脑子里一片空白，低着头，从家里走了出去，在房间里争吵的两个大人谁也没注意她，也不想注意她，也许在他们的潜意识里，更巴不得这个孩子走丢了才好。

夏彤的书包还背在肩膀上，她拖着沉重的步伐一步一步地走着，她自己也不知道要去哪儿，在这个偌大的城市，她谁也依靠不了，有的时候她会想，如果她离开这个家，她会饿死路边吗？如果她一个人回去找妈妈，会忘记回家的路吗？

夏彤在四合院里缓步走着，等她再次回过神来的时候，她已经站在了曲蔚然的家门口。

她望着厚实的木门，没有动，只是静静地望着，她想敲门的，想去见见他，哪怕只是像以前一样偷偷看一眼他的笑容也行。

夏彤在门口沉默地站了很久，最终还是没有敲门。可当她转身想走的时候，门忽然从里面打开了，夏彤惊奇地回头，只见一个高瘦的男人站在门口，那男人相貌极其普通，先是微微吃了一惊，然后轻轻扬唇一笑，那一瞬间，他那普通的面容忽然变得温和俊雅起来。

夏彤微微一愣，心里猜想，他一定是曲蔚然的爸爸吧，虽然长得不一样，可笑起来，一样的漂亮。

"小朋友，你是要来我家吗？"男人蹲下身来，亲切地望着她问，"咦，你怎么哭了呢？"

夏彤低着头不说话。

男人耐心地又问了一遍："小朋友，你是要来我家的吗？"

夏彤呆呆地点点头，然后又摇摇头。

男人笑得眯起眼睛："你是在点头呢？还是在摇头啊？"

夏彤抿抿嘴唇，轻声说："我……我来找曲蔚然。"

"哦，找曲蔚然啊，他在家呢。"男人好像很高兴，拉着夏彤往屋子里走，进了房间，他高声叫，"曲蔚然，你朋友来找你玩哦，快出来呀。"

里面的房间忽然传来很大的动静，房间门猛地被拉开，曲蔚然跑出来，一脸震惊地看着夏彤。

夏彤被他看得有些窘迫，低着头小声说："我……我来，我来问问今天晚上的数学作业是什么？"

曲蔚然看着她，眼里有着一种夏彤看不出的情绪，像是害怕一样，他慌忙跑过来，将夏彤往门外推："走！你赶快走！回家去！"

夏彤被他推得措手不及，一下子就被推到了门外。

曲蔚然连给她反应的时间都没有，一把将房门关上，在屋子里面说："以后别到我家来了！"

夏彤维持着被他推出来的姿势，愣愣地站了好久后，才说："哦，知道了。"

房间里的男人站在门后，一副疑惑的样子望着眼前的男孩，男孩低着头，双手死死地按着门把，男人轻轻一笑："这么紧张干什么？不请小朋友进来坐坐吗？我刚刚看到她在哭哦。"

男孩转过身来，漂亮的面容上有一丝紧张，他低着头，垂下眼睛，有些小心翼翼地从男人身边绕过，轻轻地说了一声："不用了，和她不是很熟。"

"哦。"男人依然眯着眼睛轻笑，他抬起手想揉一揉男孩那柔软的头发，可男孩一见他抬手，瞳孔猛然放大，身子条件反射一般往后一退。

男人的手静静地停在空中，那只手苍白、修长，他看着将双手高高举起、护在头部的男孩，眼睛慢慢地睁开，温和的笑容缓缓地僵在脸上，他低下头垂着眼睛望着曲蔚然，轻轻地弯下腰来，对着他的眼睛问："曲蔚然很怕我呢？"

曲蔚然没说话，低着头慢慢地后退着，一步一步，房间里的空气不知为什么，忽然变得异常让人窒息，好像连呼吸一口气都很困难一般。男人低着头，轻轻搓揉着双手，喃喃自语道："真是越来越不可爱了。"说完，他忽然抬起双眼，眼里的神色像是不清醒一般，满是一种病态的迷茫，他的身影跟着曲蔚然后退的脚步，一步一步地上前，一直到将他逼入墙角，将眼前的男孩完全挡在阴影里，男孩抬起头，眼里的恐惧与慌张，让人心惊胆寒……

第二天清晨，夏彤一如往常，早早地在四合院外的小道上等着曲蔚然，可她等了很久，曲蔚然也没来，她不时地对着四合院里面张望，却怎么也盼不到那熟悉的身影，一直到上学的时间已经快到了，她才不得不独自往学校走去，可她每走几步路总是会回头看看，看看曲蔚然会不会忽然从后面追上来，可每次回头看，换来的都是失望。

夏彤撇了撇嘴，拉紧书包带子，低着头不安地想，是不是还在生气呢？因为昨天她去了他家吗？如果是这样的话，那等一会儿和他道个歉吧，她以后再也不去他家就是了，只是希望，他可千万别不理她呀。

夏彤就这样焦躁地想了一路，可那天，一直到上课铃打响，夏彤也没有看见曲蔚然，她以为他迟到了，可是他第一节课没来，第二节课没来，一直到放学也没来。

第二天没来，第三天也没来。

夏彤坐在教室里，呆呆地看着第一组最后一排的空座位，心里慌慌的。他怎么了？是不是生病了？可是那天晚上见他，明明就是好好的呀。

夏彤烦躁地皱着眉头，犹豫着晚上是否要去曲蔚然家里一趟，看看他，可一想到他那天晚上的那句话，她又却步了。

"夏彤。"

"夏彤！"讲台上语文老师一声大喝，将开小差的夏彤拉了回来，夏彤连忙站起来，一脸茫然地看着语文老师。

语文老师是个非常严厉的老太太，每一篇课文，她都要求学生们在她正式上课之前背会，而且每个人都要到小组长那边去背，小组长到班长那边背，背完了，语文老师还要在课堂上随即抽查，以防大家互相包庇，不会背的说他们会背。

而今天，夏彤就被抽到了。

"你背啊。"语文老师看着她，不耐烦地说。

夏彤局促地站在座位上，磕磕绊绊地背了几句，最后咬着嘴唇，低着头，艰难地绞着手指。

语文老师生气地将书甩在讲台上："从来没见过你这么笨的学生，你笨也就算了，你自己还不努力，你真是没有救了，你是不是想今年再留一级啊？"

夏彤愣愣地看着她连忙摇头，吓得不知道说什么了。

"你站到后面去，放学背完了再走！秦晋你看着她背。"语文老师转头对一个男生说。

"知道了。"被叫到名字的男生抬起头，轻轻点一下，转头望了一眼夏彤，一脸的瞧不起与不耐烦。

秦晋是班里的语文课代表，是老师最信任的小帮手，每次老师留下人来背书，都让秦晋看着，他和夏彤也是老朋友了，因为每次被语文老师留下来的人里必然有夏彤。

秦晋非常讨厌夏彤，他总觉得夏彤那委委屈屈的模样看着就让人想欺负一下，所以他也经常和班里的同学一起嘲笑她是留级生，每次她和其他同学留下来背书的时候，他总是让她最后一个背，即使她最先背会的，也让她最后一个背。

这一次也是一样，留下来的四个同学都背完了，秦晋才转头望向夏彤，可夏彤坐在座位上，双手捧着书，默默地看着，一点声息也没有，毫无一点想去找他背的动静。

笨死了，到现在还不会背。秦晋忍不住在心里鄙视道，他拿出数学作业开始做了起来，天色渐渐黑了下来，夏彤还是没有要去找他背书的意思。

秦晋终于等得不耐烦了，他走到夏彤桌子旁边，敲敲她的桌子，皱着眉头问："哎，你要不要背啊！"

夏彤抬起头，轻轻地揪着他，摇了摇头："我还不会背。"

夏彤那双盈满了委屈的眼睛，像是闪烁在夜晚的星光，明亮得不沾染一丝尘埃，平日里看着并不抢眼的面容，在落日的余晖下显得那么纯洁清新，恍惚间似有一丝圣洁的光辉轻轻将她围绕。

秦晋眨了眨眼，心里忍不住想：长得还是蛮可爱的，脑子怎么这么笨呢？"你背啦，我可以提醒你一下的。"

反正他想回家吃饭了，才不是因为她长得可爱才给她放水的哦。

夏彤犹豫着看他，秦晋一下把她的书抽过来，坐在她前面的座位上："背吧。"

"嗯……"

"背啊！"

"第一句是什么？"

"……"喂喂，她笨得也太过了吧，在教室坐了一小时了，连第一句都不知道！可恶，他还饿了哎，要回家吃饭的哎。

夏彤看着秦晋崩溃的样子，有些不好意思地抓抓头，其实她根本就没看书，一个字也没看进去，她一直在想着曲蔚然为什么一直没来学校。

"算了，回家吧。"秦晋将书丢给夏彤。

"不背了？"

"我会和老师报告，你到晚上六点还没背出来，我要回家吃饭，所以放你回家了。"

"哦。"夏彤点点头，收拾好书包背在肩上往教室外面走。

"喂，老师一定会骂人的哦，你不怕吗？"

夏彤想了想说："习惯了。"

"哈，你皮好厚哦，老师明天一定还会罚你站壁的。"秦晋拿起书包，追上夏彤的脚步，和她一起往学校外面走。

夏彤的话不多，可秦晋的话很多，一路上不停地讲着最近一直在看的动画片，一边讲还一边比画着，讲到《圣斗士星矢》的时候，他还学着动画片里的动作，大叫一声："天马流星拳！"

一直安静的夏彤忽然一把抓住他，对他"嘘"了一声。

秦晋保持着天马流星拳的造型，好奇地竖起耳朵听着。


"喵喵……"

小猫的叫声让秦晋惊喜得睁大眼，他蹦跳着跑到路边的花圃前面，拨开树丛，一只小白猫露了出来，小猫只有老鼠一般大小，夏彤用双手将它捧在掌心。

"哎哎，好可爱哦，好小哦。"秦晋惊叹地伸手摸了摸猫猫，猫猫的身上都是灰尘，秦晋摸了两下，手就黑了。

小猫一直半睁着眼睛，喵喵地在夏彤手心叫着，秦晋摸着它说："它肯定是饿了吧？"

"嗯。"夏彤看着手心的猫猫，它的身子贴在她的手心，她感觉到它温温的热度，小猫的四肢微弱地挣扎着，时常抓过夏彤的手腕，有些疼，但完全可以忍受。

夏彤以前在老家的时候养过猫，这只小猫一看就是还没断奶的，如果没有人细心喂养它的话，不用两天，就会死的。

"啊啊，对了，我书包里还有牛奶，给小猫吃吧。"秦晋从书包里拿出一盒牛奶，又将自己铅笔盒里的笔全部拿出来，将牛奶倒进铅笔盒里，小心翼翼地端到小猫嘴边让它喝。

可小猫完全不领情，扭着脑袋就是不喝。

秦晋有些急了："它怎么不喝啊？"

"猫太小了，不会这么喝。"她说完用手指沾了一些牛奶，然后伸进猫猫的嘴巴里。

"哦，原来要这样啊。"秦晋依葫芦画瓢地也用手指沾了牛奶，喂着小猫。

小猫本来是不愿意吃的，可这两个孩子不由它拒绝，一次一次地将手指上的牛奶直接塞进它嘴巴里。

"你家能养猫吗？"夏彤一边喂小猫，一边问。

"啊，我家，不行啊，我妈妈最怕动物了，特别是猫啊狗啊的，天知道我多想养只大狗。"秦晋的语调里有些抱怨，"你们家能养吗？"

"不行。"夏彤想也不想地回答，她自己都没人愿意养，何况是她捡的猫呢？

两人最终决定自己偷偷养它，不把它带回家，而是找了个纸箱子，将小猫放进去，藏在秦晋家楼下的墙角。

那天晚上，秦晋在家里偷偷地拿了毛巾、小铁碗、牛奶、小馒头、开水，还将自己小时候用的奶瓶也翻找了出来，一起装在箱子里，而夏彤，也在自家的餐桌上夹了两条小黄鱼，舍不得吃掉，偷偷地用塑料袋包起来，放进书包里。

也是在同一时间，同一个院子，在离夏彤家不远的房间里，一个男孩坐在床上，双手捧着一本厚厚的《一千零一夜》，他的眼睛有些无神地望着书页，久久没有翻动。

房门被轻轻推开，清瘦的男人走了进来，他的双手端着丰富的晚餐，他的嘴角带着温和儒雅的笑容，他微微地歪着头，望着男孩柔声说："吃晚饭了哦。"

男孩沉默地翻着手里的书。

男人走了过去，将手里的托盘放在床头柜上，弯下腰，一脸歉意与讨好地问："还在生爸爸的气啊？"

男孩猛地抬起头，漠然地盯着他，一张漂亮的脸上满是乌青的瘀伤，嘴角还有裂开的伤口，纤细的脖子上还有紫黑色的掐痕。

男人轻轻皱了皱眉头，抬手，在他脸上的伤口上轻轻碰了一下，眯起眼睛，灿烂地笑着："原谅我吧，曲蔚然。"

男孩的身子不可抑止地轻轻颤抖起来，眼里满是倔强和强忍着的恐惧……

　　第二天清晨，下着雨，天气有些微微转凉，夏彤撑着黑色的帆布伞从四合院走出来，雨下得很大，夏彤两只手吃力地举着雨伞，低着头，跳过地上的水凼。身后传来一阵脚步声，还来不及回头，伞下钻进一个男孩，夏彤吓了一跳　，男孩抬起头，抬手抹了一把脸上的雨水，望着她嘿嘿地笑。只是这样的一个笑容，忽然点亮了夏彤阴郁了几天的心情，一向不主动说话的她，高声道："曲蔚然。"

　　"早啊，夏彤。"曲蔚然的声音还是那么好听，带着点点清脆，敲在她的心间。

　　"早。"夏彤轻声打招呼，眼神一刻也没离开他，仔细一看，却发现他的右脸颊上有一大块瘀伤。

　　"你的脸……"

　　曲蔚然抬手摸了一下脸，无所谓地答道："哦，昨天晚上摸黑上厕所撞到柜子上了。"

　　"没事吧？"

　　曲蔚然双手插着口袋，抬手，将雨伞接过，眯着眼睛笑："已经不疼了。"

曲蔚然笑起来的时候特别好看，让人连一刻都移不开眼，夏彤就这样跟着曲蔚然，随口聊着天儿，一下子就到了学校。

等她坐到座位上的时候，才忽然想到她忘了她和秦晋的约会！

昨天晚上她答应秦晋，今天早上要去看猫的，她却因为曲蔚然的到来，而彻底忘记了。

夏彤有些担心起来，秦晋这家伙有些死脑筋，说不定到现在还在他家楼下等她呢。

果然，一直到早自习快下课的时候，才看见他背着书包从后门偷偷溜进来。秦晋抱着一个潮了一半的纸箱，纸箱里面不时地传出"咯吱咯吱"的动静，秦晋将纸箱放在座位底下，回头瞪了一眼夏彤，夏彤有些不好意思地撇开眼神，但是秦晋一直瞪着她，她只好抱歉地朝他笑笑。

下课铃一打，秦晋立刻扑了过来，将箱子丢在夏彤桌上："你个笨蛋！早上去哪儿了？居然不找我自己就来上学！"

"我……我……"夏彤想说，我忘记了，可一想，她要是说出来，他估计得更生气。

"奶片捡了后都是我一个人喂的，你太不负责任了！"

"奶片"是夏彤和秦晋给小猫咪取的名字。

"对不起，对不起。"夏彤连声道歉。

秦晋的头发和衣服还是潮的，他恨恨地瞪了夏彤一眼，从书包里拿出一个奶瓶递给她："那，还不给奶片喂奶？"秦晋的样子虽然凶巴巴的，夏彤却觉得，他好像已经不生气了。

奶片一从箱子里被掏出来，坐在夏彤周围的女孩子们都惊喜地围上去：

"哇，好可爱的猫咪哦。"

"天哪，它好小哦。"

"能让我抱抱吗？"

"给我也抱一下吧。"

夏彤的身边一下围了很多同学，大家都用闪闪发亮的眼睛盯着她手上的这只小白猫。

夏彤捧着猫，有些无措地看着大家，她第一次被这么多人围绕着，而且不是来嘲笑她欺负她，大家都是带着笑容的，带着喜爱的笑容。

虽然，这笑容不是对她，但是，这是第一次，她觉得，她终于有一秒钟融入了这个班级。

夏彤很开心，脸上渐渐地露出笑容，带着一点点羞涩、一点点兴奋，小心翼翼地回答着大家的问题。

被挤到外围的秦晋看着这样的夏彤，忍不住撇撇嘴巴骂了一句白痴。

可骂完后，他又拨开人群，叫道："不许抱，不许摸，是我家的猫。"

欢快的笑闹声中，坐在教室最后一排的男孩，慢慢站起身来，双手插在裤袋里，一步一步地晃出教室，他的脸上，依然带着温雅的笑容，走出门口时，抬头望了一眼天空，淅淅沥沥的小雨依旧飘着，他微微地眯起眼睛，笑容更深刻了些。

那之后的几天，夏彤和奶片俨然成了初一（2）班最受欢迎的组合，清秀的少女，双手捧着雪白的小猫，不管从哪里路过，都会被人拦下来摸摸抱抱亲亲才会放行，当然，那些都是对奶片做的。

奶片上课的时候就被藏在教学楼后面，下课的时候，夏彤和秦晋就会跑去给它喂食，两个人蹲在墙角后，眼睛紧巴巴地看着箱子里的小猫咪，夏彤一边用手指逗弄着小猫，一边转头问："你晚上还把奶片带回家藏着？"

"不然怎么办呢？"秦晋打着哈欠道，"小猫不三四个小时喂一次奶，就会饿死的。"

"三四个小时，那半夜怎么办？"

"偷偷下楼喂呗，昨天晚上偷偷出去喂它，差点被巡逻的保安当成小偷抓了！"秦晋将奶片捧起来，拿起从家里偷拿的奶瓶喂起食来。

"啊？"夏彤露出担心的神色。

"嘿嘿，还好我跑得快。"秦晋一脸得意。

夏彤忍不住笑出声，秦晋望了她一眼，又低头继续喂猫。

过了好一会儿，才听见他低声说："你应该经常笑笑。"

"啊？"夏彤愣了愣。

"特好看。"

夏彤脸红了起来，第一次有人夸奖她的笑容好看，秦晋见夏彤脸红了，猛地反应过来自己刚才说了什么，也有些不好意思起来，两人眼神不小心碰上了，又慌忙地狼狈躲开。

气氛瞬间尴尬了，秦晋懊恼地直皱眉，夏彤的眼睛紧紧地盯着奶片，奶片嘴里含着奶嘴用力地吸着，吸了一会儿扭过头不再吃了，秦晋也没像往常一样强迫它，轻轻地将小猫放进准备好的水果箱里，站起身来对着夏彤说："走吧，要上课了。"

"嗯。"夏彤也跟着站起来，两人一前一后往教室走。秦晋今天走得有些快，好像故意要把夏彤甩在后面一样。

夏彤也没有追上去，低着头一步步地走着，脑子一闪，忽然想起来自己的书放在奶片箱子旁边了，她连忙转身往教学楼后面跑。

她气喘吁吁地刚转弯，远远地就看见一个白衣少年，嘴角带着微微的轻笑，右手捧着一只全身雪白的小猫，左手温柔地抚摸着它的背脊，小猫舒服地眯着眼睛，伸出舌头舔了舔少年的掌心，少年的笑容更灿烂了，连眉眼间都浮现着温柔的笑意。

夏彤站在远处，静静地看着这一幕，嘴角被感染着，也染上一丝笑容。

少年抚摸猫咪背脊的手，放到了奶片的脖子下面，修长的手指有一下没一下地挠着奶片的脖子，奶片喵喵叫着，一脸享受，少年的笑容更深了，双眼微微地眯起，手指变成单手，整个手放在了奶片的脖子上，一点点地合拢、合拢、再合拢……

奶片的四肢开始疯狂地扭动挣扎起来，因为享受而闭起的双眼，也突然睁大，绿色的猫眼迸发出痛苦的眼神，嘴巴大大地张着，却一声都叫不出来！尖锐的利爪在少年白皙的手背上留下一道道抓痕，红色的血珠从伤口处冒了出来，少年松开左手，奶片整个被他拎在高空中，四肢在空中乱舞着，而少年只是微笑着，微笑着，带着一丝让人发寒的阴冷气息。

这突如其来的变故让夏彤彻底愣住了，她不敢相信地揉揉眼睛，可再睁开，事实还摆在那儿——俊美的少年正紧紧地掐着奶片的脖子！

"曲蔚然！你干什么？"夏彤终于清醒过来，冲过去从曲蔚然手上将奶片抢下来。

奶片凄厉地叫着，挥舞着爪子疯狂地在夏彤柔嫩的手腕上留下深深的抓痕，这一刻，这可怜的猫咪，不想在任何人手中！

夏彤努力地将奶片抱在手里，奶片虽然小，可是爪子也已经十分锋利了，没几下，夏彤的手就被抓出一道道血痕。她忍着疼痛将奶片放回水果箱里，奶片还不能冷静下来，锋利的爪子使劲地抓着纸壳，发出"嘎吱嘎吱"的破裂声，夏彤小心地将箱子抱在怀里，不敢相信地抬头瞪着曲蔚然，可曲蔚然从被发现的那一刻开始，一直到现在一动也没动。

"曲蔚然。"夏彤忍不住出声叫他。

曲蔚然像是从梦中惊醒了一般，他自己也不敢相信地看着自己的双手，眼里满是慌乱，他像有些崩溃地使劲地抓着头发，喃喃自语地说："不……会的，我不能变成他那样，我不想变成他那样！"

夏彤抱着箱子，站在一边，看着他挣扎的样子，她不懂，为什么他的表情这么痛苦，痛苦到甚至有些扭曲！

"曲蔚然……"夏彤小声地叫他。

他忽然抬起头，俊美的脸上带着骇人的慌乱，一向服帖柔软的头发被他抓得有些散乱，他的眼神不再温柔随和，而是带着冰冷的锐利与防备。这样的曲蔚然，是夏彤从来没见过的，这样的曲蔚然、这样的眼神、这样冰冷的面孔，这一切的一切，让他变得像陌生人一般。

夏彤被他这样的眼神吓得后退一步，曲蔚然盯着夏彤，紧紧地盯着，夏彤抱着水果箱防备地看着他，也不知道为什么，这样的曲蔚然让她觉得好危险，危险得让她想掉头就跑。

可曲蔚然没有给她这个机会，他缓缓地站起来，一步一步地向她走过来，夏彤躲避着他的眼神，咽了一口口水，不由自主地一步一步往后退，一直到被他逼到墙角，背脊紧紧贴着墙壁时，她才慌忙看他一眼，又迅速移开视线，曲蔚然他……好可怕。

夏彤靠着墙壁，低着头，不敢看他，她能感觉到他轻轻地靠近她，他的手抬了起来，缓缓地向她伸过来，忽然，他冰冷的手指搭到她的手臂上，夏彤第一次知道，原来一个人的手，可以这么冷的，她必须使劲地咬住嘴唇，才能控制住自己不大声尖叫。曲蔚然抓住她的手，不容抗拒地将手臂翻过来，手心向上，夏彤的手腕上，被奶片抓破的红痕一道道交错在白皙的皮肤上，甚至有两个地方冒出一粒粒血色的小珠子。曲蔚然低下头来，轻轻地用嘴唇在上面吻了吻，夏彤的心猛地漏跳一拍，一直紧闭的眼睛猛然睁大，只见曲蔚然像绅士一样优雅，挺拔的身体微微地弯下腰来，单手握着她的手臂，轻轻地亲吻着每一处伤口，就像童话里，王子亲吻着公主的手背一般温柔、美丽。

"你……你干吗？"夏彤觉得，她的舌头都快掉了，手腕上一片湿润，有一种麻麻的又痒痒的感觉，心脏怦怦直跳，快得像要爆炸了似的。

"手腕被猫抓出血了，不及时处理会感染的。"曲蔚然抬起嘴唇，轻声道，"一会儿你再用凉水冲一下，知道吗？"曲蔚然说完，抬起头来，柔柔地看着夏彤，脸上又挂上了惯有的斯文笑容，就连说话的声调都那么低低哑哑，温柔得就好像刚才什么也没发生一样，温柔得就好像让奶片竖着茸毛、张牙舞爪地拼命地叫唤着、全身颤抖地想逃离的人不是他一般。

夏彤望着这样的曲蔚然，忽然觉得有些冷，在大白天，在太阳当空、阳光明媚的中午，她莫名其妙地就觉得，好冷！

随后的日子，夏彤再也不敢将奶片放在自己看不到的地方，几乎时时刻刻将它抱在手里，生怕再被曲蔚然看见，而曲蔚然像忘记那天的事情一样，依旧亲切地对待夏彤，依旧友好地对待班上每一个同学，依旧笑得如王子一般尊贵。

有的时候，夏彤自己都怀疑自己那天是不是做梦了？可事实上奶片一靠近曲蔚然十步距离，就龇牙咧嘴地直叫唤。

他为什么要这样做？夏彤有一次终于忍不住跑去问他："曲蔚然，你是不是讨厌猫？"

"讨厌？"曲蔚然漂亮的双眼皮垂了下来，扇子一样的睫毛轻轻地覆上明亮的双眸，他思索了好一会儿，才抬头回答，"不讨厌。"

"那……那你那天为什么？"夏彤追问。

"没有为什么。"曲蔚然耸了耸肩膀，过了一会儿，笑一声道，"也许是因为，我的心里住了一个恶魔吧。"

恶魔，这是曲蔚然自己对自己的评价。

渐渐地，夏彤发现，曲蔚然并不像表面上看到的那样美好，他总是带着笑容，像是一张面具一样的笑容，那面具，很优雅斯文、温和淡然，可夏彤发现，他温柔的面具下总无意地透着淡淡的不屑，他虽然和每个人关系都很好，却没有人敢自称他是曲蔚然最好的朋友，他总是优雅地和每个人保持着若有若无的距离。

有一次，放学的路上，有人向他们勒索，他居然微笑着，淡定地从地上捡起一块砖头，猛地砸了下去，看着鲜血如注、哭得呼天抢地的小流氓，他依然微笑着，依然温柔，依然美丽。

随着了解的深入，夏彤觉得，她越来越不懂他，她不懂他明明不开心，为什么还要笑；她不懂他明明不善良，却对每个人都有求必应；她不懂为什么他的脸上总是带着瘀伤。他的一切都像是谜一样，让她想去急切地探知，却又害怕不知名的危险将她吞噬。

## 第六章

原来你比我还苦

随着时间慢慢地流淌着，不经意间，一学期又结束了，寒假的时候秦晋主动提出要帮夏彤补习功课，可夏彤拒绝了。她在家的日子依然不好过，如果每天和男生在一起的话，林欣阿姨一定又会说很多难听的话，而且经过半学期的留级，很多东西她从原来的一点不懂，到现在已经能看懂一些了，已经是不小的进步。她决定暑假自己在家好好看书，自己给自己补习，争取下学期能赶上班上的平均水平。

奶片寒假交给秦晋照顾，夏彤有机会的时候，也会偷溜出去看它。有一天，夏彤在家里写作业，忽然听到院子外面大吵大闹的，她打开门走出去，只见楼下一个男人用皮带勒着一个少年的脖子，把他像狗一样往外拖，少年的双手拉扯着脖子上的皮带，脸孔朝着天，面色青紫，眼睛瞪得像是要凸出来一样，那极度痛苦的面容，像恐怖片里的恶灵一般，那之后好多年，那张脸还会出现在夏彤的梦里，将她生生吓醒。

男人快步往四合院外走着，少年不得不跟随男人野蛮的脚步往外跑，男人将他拖到四合院外的小池塘边，使劲地将他往水里推，少年敌不过他的力气，被推落到池塘，水面上炸起一串水花，过了好一会儿他才浮上来，夏彤看清他狼狈的面容后，心脏猛地一顿，全身忽然间冰冷起来，她拔腿就往池塘边跑，一边跑还一边尖叫着："曲蔚然！曲蔚然！

一些早就在一边看热闹的邻居也看不下去了，快步跑过去想将曲蔚然从池塘里捞起来，男人却推开上来救援的邻居，疯狂地叫嚣着："滚！我看谁敢过来！谁过来我就砍死谁！砍死谁全家！"

邻居们都被男人疯狂冰冷的眼神吓住了，夏彤却不管不顾地冲过去，对着池塘中间的曲蔚然伸出手："曲蔚然，曲蔚然！把手给我。"

可曲蔚然只是抬起眼，默默地看着她，水滴顺着他的头发滑落，像泪水一般从眼角滑过，曲蔚然扬起嘴唇，轻轻地对她扯出一个微笑，像是在安慰她一般。

这样的笑容，让夏彤完全愣住了，身后男人猛地将她拉起来，凶横地对她吼："小心我把你也丢下去！"说完，他就将她丢开。

夏彤还想上前，可邻居家的一个大妈抱着她往后退了两步，悄声地说："别去别去，别惹他，他是精神病，杀人不犯法的。"

"谁说我神经病！谁说我神经病！"男人忽然扭过头对着大妈吼，"是不是你说的？是不是？"

大妈慌忙地摇头，吓得直往后躲。

男人挥舞着手上的皮鞭对着围观的众人大叫："妈的，我看谁再说我是神经病！"

夏彤吓得哭了，那时，她穿着厚厚的棉袄，站在岸上瑟瑟发抖，曲蔚然穿着单薄的毛衣，站在水里，池塘又臭又脏的水漫到他的胸膛，他没有往岸上爬，只是安静地站在那儿，默然地瞪着岸边的人，水珠从他的头发上一串串地滚落，暗黑的双眸里满是嘲讽，他的嘴角甚至微微翘起，带着一丝不屑的、冰冷的笑容。

男人被他这样的表情激怒了，挥着皮带冲过去抽打他："我让你笑！我让你再笑！你个婊子养的！"皮带打在水面上，发出"吧嗒吧嗒"的响声。

夏彤揪心地看着，捂着耳朵大声叫："不要打了，不要打了。阿姨，你救救曲蔚然吧，叔叔，你救救曲蔚然吧！"

夏彤拉着每一个人的胳膊，哭着请求着，可是他们都摇着头说："不行不行，这人是神经病，你拦住他打儿子，他会杀了你的。"

"不行，不行，去年后院的李大爷拦了一次，被他用菜刀砍得两个手指头都没了。"

"不行，不行，我们家真不敢惹这疯子。"

夏彤不知道哭了多久，求了多久，多少次想冲上去都被人拦住，一直到警笛声响起，这场恐怖的虐待才结束。

警察将曲蔚然从池水中抱出来的时候，他已经冻僵了，脸色苍白得像纸一样，他的嘴唇已经冻得发青，医生说他要是再晚些送来，双腿都保不住了。

夏彤看着病床上的曲蔚然，他的脸色还是那么的苍白，脖子上的勒痕已经呈现紫黑色，可以想象得到当时那男人下手有多重。

曲蔚然的眼睛紧紧地闭着，原本好看的眉眼在梦中也紧紧皱了起来，一直安静的他，忽然动了动，紧紧地抱着被子，模模糊糊地叫着："冷……好冷……好冷。"

"冷吗？我去给你找被子。"夏彤一听，连忙站起来，跑到别的空病床上抱了床被子，严实地盖在曲蔚然身上。

可曲蔚然还是不安稳，他依然抱着被子叫着："好冷……好冷。"

夏彤急了，东跑西跑地将病房里所有没人盖的被子都抱了来，盖在曲蔚然的身上，曲蔚然身上被压了七八床棉被。

"好点了吗？"夏彤靠站在病床旁，弯下腰来轻声问，"还冷不冷？"

这次曲蔚然没发出声音，夏彤等了一会儿，确定他不再叫冷后才安心地直起身来。

曲蔚然蜷缩着身子，整个人将棉被裹得紧紧的，连头都缩进了被子里，夏彤怕他闷坏了，抬起手，帮他把棉被往下拽了拽，可曲蔚然的俊颜一露出来，夏彤忽然愣住了，她的手就这么抬着，过了好久好久，才伸手上前，将他脸上的泪水，一点一点地擦去。夏彤忽然觉得好难过，特别难过，那种感觉比她自己被人欺负的时候还难过，她的眼圈慢慢地红了，眼泪一滴一滴地落下来，她对他说："曲蔚然，你别哭了。"

可他抱着自己的身体，用有些嘶哑的声音说："好冷……我好冷……救救我……救救我……"

夏彤长久地沉默后，紧紧地闭了下眼睛，难过地蹲下身来，哭着说："笨蛋，为什么现在才求救？为什么那时不求救？你要是哭的话……你要是哭的话……一定会有人救你的……"

夏彤捂着嘴，用力地哭着，为什么要装得这么坚强，为什么要这么倔强，为什么要一直一直戴着面具？

曲蔚然，为什么你要让自己活得这么辛苦？

为什么，你比我还苦？

夏彤再也忍不住，蹲在曲蔚然的床边，号啕大哭起来，那眼泪，一滴一滴，全是为他流的。

从那之后，夏彤再也没有为自己哭泣过，她的每一滴眼泪，都是为了他，为了那个叫曲蔚然的少年……

后来，夏彤才听邻居家的大妈说，曲蔚然的母亲和曲蔚然的疯子父亲在很多年前是一对很恩爱的夫妻，结婚三年后，曲蔚然的父亲忽然发病了，从那一刻，他母亲才知道，他们家有精神病史，曲蔚然的父亲从小就是轻微的精神病患者，也发作过很多次，只是当时并不严重，看不出什么问题。

而结婚后，忽然变得严重了，曲蔚然的母亲为了给爱人治病，就开始很努力地在外面赚钱，可她毕竟只是个女人，赚的钱少之又少，根本不够给他父亲治病。随着爱人发病的次数越来越频繁，为了钱，曲蔚然的母亲一狠心便走了歪路，她本就生得美艳，只是随便摆弄下姿势便成功地勾搭了一个有钱的大款，当了大款的情妇，专门从大款那里骗钱，骗到钱就给爱人治病。

然后，他母亲怀孕了，连她自己也说不清这个孩子是谁的，她和大款说，这是大款的孩子，和疯子说，这是疯子的孩子。

大款也是有家室的人，根本不想管这个孩子是不是自己的，更不想把孩子带回家；反倒是疯子，很喜欢这个孩子，清醒的时候总是抱在手里疼着、宠着，到处炫耀着，这是他的儿子。

但……那也只限于他清醒的时候。

夏彤听了这些后，忍不住想，既然大款认为曲蔚然是他的孩子，曲蔚然为什么不向他求救呢？如果大款愿意帮他的话，那他就可以摆脱精神病的父亲了，他就不用吃这些苦，受这些罪！他为什么不向人求救呢？

为什么就连被父亲往死里打时，也只是固执地站在冰冷的池塘里，一动不动地任由他打骂？

"为什么不求救？"在一个晴朗的午后，夏彤坐在病床边，望着满身伤痕的曲蔚然，终于忍不住问出这句话。

"求救？"曲蔚然反问，"向谁？"

"你爸爸呀，很有钱的那个。"

夏彤刚提起这个人，曲蔚然就不屑地嗤笑了一声，扬起薄薄的嘴唇说："你在开玩笑？"

"呃？"夏彤不解。

曲蔚然抬手，摸着脖子上的伤痕，低着头说："你以为他是什么好人吗？我向他求救，只会让我们一家死得更快而已，他会弄死我妈，弄死那个疯子，然后抓我去做亲子鉴定。如果，鉴定出我是他儿子也就算了，如果不是……"

曲蔚然摸着伤口淡淡地说："我会和我妈，我那疯子爸爸，一起被他弄死。"

"如果是呢？"夏彤固执地问，"如果你是他的儿子呢？"

"那如果不是呢！如果我真是疯子的儿子呢！"曲蔚然有些激动地低吼，"如果我真是疯子的儿子怎么办？"

曲蔚然转头望着夏彤，轻声说："我宁愿死，也不愿意当他的儿子。"

“可我没得选择，”曲蔚然沉默了一会儿道，“人的一生只有这件事不能选择，这是我的命，我认。”

“可是，将来想成为什么样的人，是可以选择的。”他的眼神望向远方，轻轻地磨蹭着脖子上青紫的伤口，轻声说，“我不想变成疯子那样。我不想去伤害任何一个人，我不想生气，不想打人，不想让任何人恐惧我。”

说完，他浅浅地笑了一下，望着夏彤说：“你知道吗？我很怕，将来我会变成他。”

他说这句话的时候，眼里闪烁着恐惧的光芒，夏彤忽然想起，那天，他发现自己掐着奶片的脖子的时候，也是那样的眼神，那么慌乱、害怕、懊恼，可又倔强地想把那些情绪隐藏起来。

夏彤看着他，眼睛微微泛酸，张了张嘴巴，什么话也没说出来。她走上前去，抬手摸上他的伤口，轻轻地、一下一下地揉着，夏彤低着头，没有说话，白色的病房里一片寂静，过了好久她才抬起头来，望着他说："曲蔚然，你不会变成他的，我会在你身边，一直在你身边，看着你，绝对不会让你变成他的。"

她说这话的时候，手轻轻地按在他的心脏上，她的手很暖，而他的心冰凉，可也不知道为什么，那微弱的温暖隔着衣服，一点点地渗透进他的皮肤，传达到他的心里。

于是，他笑了，那笑容和平日里那面具式的笑容不一样，那笑容特别的苦涩，眼里还带着星星点点的泪光，那时，夏彤那么心疼着那个少年，那时，她想，不管他将来变成什么样，在她心里，曲蔚然，永远永远是个善良的好孩子。

## 第七章

再见我的少年

曲蔚然住院这几天夏彤天天去医院照顾他，医院里的护士们都调侃她是曲蔚然的小女朋友，夏彤脸皮薄，一听这话连忙摆手，使劲摇着头，结结巴巴地澄清："我不是，我不是的。"

可她越是澄清，护士们就越爱逗弄她，看着她满脸通红、慌张羞怯的样子，特别可爱。

一天，夏彤拎着曲蔚然房间的水壶去给他打水的路上，又被几个年轻的护士如此调侃了，夏彤羞得拎着水壶就跑，几个护士在她身后呵呵地笑。

夏彤跑到曲蔚然的病房门口，捂着胸口直喘气，心里暗暗庆幸，还好那些护士没在曲蔚然面前这么开她的玩笑，不然，她真不知道该怎么办了。她深吸一口气，打开房门进去，可门缝刚打开一些，就见到曲蔚然的病床旁边坐着一个女人，那女人正对着门口坐着，伸手抚摸着曲蔚然脖子上的伤口，眼睛盯着曲蔚然，满眼心疼和怜爱。

夏彤愣了一下，连忙退了出去，在外面站了一会儿，忍不住又偷偷打开门往里面看，这是曲蔚然住院这么多天以来除了她以外，第一次有人来看他。

那女人三十岁左右的模样，长得很美，夏彤说不出那是怎样一种美，只觉得，如果她往大街上一站，所有人的目光都会被她吸引。女人磨蹭着曲蔚然的伤痕，泪眼婆娑，曲蔚然将头扭向另一边，倔强地不看她。

过了好久，女人缩回手，柔声道："警察局要我把你爸爸送到精神病院去。"

曲蔚然冷哼了一声，没答话。

"你爸爸自己也说去。"女人拿了一个苹果和水果刀，坐在床边削了起来，涂着红色指甲油的手指灵巧地转动着，"可你也知道，他最怕去那地方，但他这次自己要求去。他其实也不想打你的，只是他的病一发作起来，他也收不住手。你也知道，精神病院那地方，病人一发作，就会用什么电击疗法，还会打病人……你爸爸进去了，会吃苦的……"

"那我怎么办？妈妈你说我怎么办？"曲蔚然忽然转过头，眼里充满怨气，"因为他不能吃苦，所以我就要吃苦吗？因为他不能被打，所以我就要被打吗？妈妈你是这么想的吗？"

"怎么会！"女人连声辩解，"我只是怕你爸在精神病院里被欺负……"

"是啊，所以你就让他欺负你儿子！你生下我来就是为了给他打的吗！等我被打死了，你就开心了！"

女人忽然抬手，"啪"的一声，一巴掌甩在曲蔚然脸上，房间里气氛凝重得像是结了冰一样，曲蔚然微微着着头，表情木讷到让人心惊，那种像是整个灵魂都被打碎了的表情。女人颤抖着收回手掌，又生气又痛心地看着曲蔚然："你怎么能这么说，妈妈心里又何尝好过……"

"我恨你。"一直低着头沉默的曲蔚然忽然轻声说，"比恨他还要恨你。"

"这些伤口，我会还他的，加以十倍、二十倍。"

"然然，你别说气话，你听妈妈好好说……"女人上前拉过曲蔚然的手，却被他挣脱开："我不想听！"她想说什么，他知道，无非是那些无穷无尽偏袒疯子的话，可他想说什么，她永远也听不懂，他并不是不原谅疯子，并不是不体谅他是个精神病人，他只是……只是恨！为什么，为什么她从来不为他考虑一下，哪怕是考虑一点点……

曲蔚然不想再听她的辩解，不想再听她絮絮叨叨地说着疯子从前是如何如何好，如何如何疼爱他，他应该如何如何原谅他！他不要听，不要原谅，他已经被她骗过太多次！

曲蔚然甩开女人一直抓着他的手，从床上下来，直直地往外逃，病房门一打开，夏彤拎着水壶傻兮兮地站在门口。

"我……我……"夏彤结结巴巴地我了半天却我不出所以然。

曲蔚然撇过脸，像是没看见她一般，直直地从她身边走过，女人追了出来："然然……"

曲蔚然一听她的声音，抬起脚步就跑了起来，没一会儿就消失在医院的长廊转角处，女人追了两步停了下来，伤心地叹了口气，一脸愁容地自言自语："唉，这可怎么办，这孩子的脾气怎么变得这么坏，他以前不是这样的。"

夏彤没有搭理她，转身走进病房，她讨厌这个女人，这个女人让曲蔚然伤心了，夏彤从来没有见过那样伤心的曲蔚然，即使那天他差点被疯子打死，他也只是一脸倔强地站在冰冷的池水里，没有叫一声、哭一声、祈求一声！而今天，他终于像个孩子了，他只是想在母亲怀里撒一下娇，诉一下苦，乞讨那一点点爱，可是，她不给，她一点也不给！她将她的爱全部给了那个疯子，吝啬得连一点也不愿意分给他。

于是，他伤心了，伤得说出了恨字！

恨她！比恨那个差点将他打残废的人还恨！

夏彤将水壶放在床头柜上，拿了床上的厚外套又走了出去，出去的时候，女人已经不在病房外了。夏彤走到楼梯间的时候，顺着楼梯间的窗户，看见女人穿着漂亮的高跟鞋，优雅地钻进一辆黑色的私家小轿车里，夏彤只看了一眼，便转过头，继续往天台上走，当她推开天台的门时，大把的阳光洒向她，她在逆光中，看见一个穿着单薄的俊美少年，扶着天台的栏杆，深深地看向医院楼下，楼下那辆黑色私家车划出漂亮的流线，从他眼底一闪而过，越来越远，越来越远，直到最后，连一个黑色的小点也看不见了。

天台上的风很大，夏彤站在那儿可以听见呼呼的冷风声，少年背对着她站着，白色的衬衫和柔软的头发，被吹得飘了起来，他的身边围绕着浓烈的失望，那失望让他的身体也变得单薄起来，好像随时都会被这阵狂风吹走一样。夏彤不由自主地冲上前去，一把抓住他飘起的衣摆。

少年回过头来，如墨一般的眼睛空洞地看向她，过了好久才聚集神采，轻声道："你怎么知道我在这儿？"

"我知道你喜欢高的地方。"认识这么久了，他这点习性她还是清楚的。

曲蔚然低着头轻轻笑了，没说话。

夏彤走过去，将厚外套披在他肩上，然后趴在栏杆上，回头望着他："曲蔚然……"

曲蔚然歪着头看她，让她继续说下去。

夏彤抿了抿嘴唇，轻声道："难过的话，就哭出来吧。"

曲蔚然轻笑："傻瓜，我从来不哭的。"

夏彤抿了抿嘴唇，心里偷偷说，可是我看你哭过，在你自己也不知道的时候。

"还有，我一点也不难过，我早就习惯了，从小的时候就这样，不管爸爸发病的时候怎么打我，妈妈总是说：然然，他是你爸爸，他生病了，你要体谅他、原谅他，你不能恨他。她从来没有骂过爸爸一句，从来没对他吼过一句，别再打我儿子，从来没……"

曲蔚然说着说着，居然笑了，他仰起头望着天空，眼里没有一丝光亮，带着那比哭泣还令人心痛的笑容，小声地问自己："她怎么能这么偏心呢？"

夏彤转身，偷偷地擦掉脸上的眼泪，可是她怎么擦也擦不完，终于被曲蔚然发现，曲蔚然轻笑地抬手，揉揉她的头顶："傻瓜，你哭什么？"

夏彤咬着嘴唇，忍着哭声，使劲摇头，偶尔间，发出破碎的哭泣声。

曲蔚然眼睛红了红，上前一步，拉过她的头，按在胸口，低声骂："傻瓜，傻瓜，夏彤，你是个傻瓜。"

后来，疯子还是被街道所和警察局强制送进了精神病院，曲蔚然妈妈为这事哭了好久，经常和曲蔚然说："等你爸爸好一点，我们就接他回来，好不好？"

可曲蔚然只是低着头，沉默着不说话，静静地看着自己手上的书。

曲妈妈只能叹口气，站起来走开。

疯子走后，曲家就剩下曲蔚然一个人，曲妈妈很少在家，有钱人在市区的豪华地段为她买了公寓，她每天都必须住在那边等着，等着有钱人每月一次的临幸。

曲蔚然不在乎，他喜欢一个人待在家里，偶尔夏彤会来敲门，每次他打开门，就能看见她站在门口，穿着老旧的红色棉袄，怀里抱着几本书，睁着大大的如小鹿一般的双眼，小心翼翼地低着头说："那个……我有些题目不会做。"说话间她总是偷偷地瞧他，见他发现后又慌张地低头下去，小声地问，"那个……可以教教我吗？"

她的声音很紧张，带着极度的不自信，呼吸间吐出白雾，双颊因为他长久的注视而慢慢变红，手指也不安地绞在一起。

曲蔚然挑挑眉毛，每次他看见这样的夏彤，总是忍不住坏心地扬起头说："不可以。"

看着她红的脸和失落的表情，又忍不住笑起来，好看的眼睛微微弯起，抬手，一把将她拉进家里："傻瓜！快进来。"

夏彤磕磕绊绊地被拉进去，漂亮的大眼睛里闪着明亮的光芒，嘴角使劲地抿起来。

那个寒假，曲蔚然很仔细地教夏彤读书，夏彤也很努力地听着，两个孩子学累了，就捧着暖暖的水杯，有时望着窗外，寒冷的天气让窗户玻璃上蒙了一层白雾，夏彤总是喜欢倾身上前，握紧拳头用手心的侧面在玻璃上画满脚印，曲蔚然看着她幼稚的行为，一开始只是笑，后来也忍不住抬手，和她一起用手印起脚印来，满满的一扇玻璃窗，满是他们用手心画出的脚印。

时光就在这样的日子中静默地流逝着，寒假就这么结束了，夏彤觉得她和曲蔚然似乎靠近了一些，她知道了他的秘密，知道了他的本性，知道了他戴着那张面具后面的伤口。

她总是小心翼翼地呵护着他，用自己最大的力气对他好，而曲蔚然好像也感觉到了夏彤的心思，面对夏彤的时候，他变得有些无赖，喜欢小小地欺负她，他总是不动声色地抢走她的早饭，抢走她剥了好长时间的瓜子仁，抢走她蛋糕上的草莓，尽管那些是她本来就想留给他的，但他总是趁她不注意的时候一把抢走，然后塞进她的嘴巴里，看着她呆呆傻傻的样子，轻轻地眯着眼睛笑。

夏彤和曲蔚然顺利地升上了初二(3)班，曲蔚然是个爱看书的好孩子，他总是捧着厚厚的书认真地阅读，从中国文学到外国名著，只要是书他都喜欢看，不管是低俗的还是高雅的，只要给他一本书，他能静静地坐上一天。

也因为这样，才升初二的曲蔚然鼻梁上已经架起了一副金丝边眼镜，白皙俊秀的少年越发显出几分温文尔雅，这样优秀的曲蔚然，不管是老师还是学生都是极度喜欢的，有些外班的女孩子为了看他一眼，经常一下课就结伴跑到他们班窗户边，偷偷地往里看，要是曲蔚然无意间向窗外瞟一眼，几个女孩都能兴奋地尖叫起来：

"啊！他看我了！看我了！"

"不对，不对！是看我！"

"啊！他笑了！"

"天哪，好帅好帅啊！"

然后她们一个个害羞地捧着脸跑走，坐在教室里的曲蔚然，轻轻地扬起嘴唇，唇边的笑容很是愉快。

夏彤坐在他边上，忍不住小声道："真无聊。"

曲蔚然转过头看她，抬手轻轻地在她脑门儿上弹了一下："说谁呢？"

"就是你。"夏彤嘟着嘴看他。

曲蔚然抬手又弹了她的脑门儿一下："傻瓜。"

夏彤揉着脑袋，瞥他一眼，装出生气的样子，曲蔚然立刻上来哄她，她抿着嘴巴笑。

其实，她知道，曲蔚然喜欢这种感觉，他非常享受这种别人喜欢他的感觉，即使是最肤浅的、被他的外表所迷惑的喜欢，他渴望这种喜欢，甚至恨不得全世界都喜欢他，所以，他对身边的每一个人都极好，好得像一个温和善良的贵族，公平优雅地对待每一个人。

可是，他苦心经营的形象，在初二上学期被破坏了。

那时学期刚过一半，曲蔚然代表学校参加数学奥林匹克竞赛，他以满分的成绩得了全国初中组的一等奖，这个成绩刷新了市一中的历史纪录。那天校长很高兴，利用早操的时间表扬了曲蔚然，他腆着啤酒肚满面笑容地说："大家都要向曲蔚然同学学习！"校长带头鼓掌请他上台做获奖感言。

曲蔚然拿着早就写好的感言稿，走上高高的讲台，讲台在操场的正前方，全校师生都在紧紧地注视着他，夏彤站在人群里，抬着头，轻轻地仰望着。

仰望着自己最爱的少年，迎着微风走上讲台。

仰望着那个俊俏的少年，抬起手，轻轻地碰了下话筒。

仰望着那个聪慧的少年，只是对着台下微微一笑，还未开口，便已响起雷鸣般的掌声，绵绵不绝于耳。

他的笑容更深了，眉眼都微微弯了起来，他用手抵了下鼻梁上的眼镜，轻轻地低下头，望着手里的手稿开始演讲，有些薄的嘴唇轻轻地张合着，充满磁性的声音透过话筒传到每个人的耳朵里。他站得笔直，干净的校服上没有一丝皱纹，柔软的刘海轻轻地盖住他饱满的额头，有几缕发丝被晨风吹动，在金色的阳光下，为他笼罩上一层华丽的光晕，他像是有魔法一样，在那一刻，人们的目光牢牢地定格在他身上，让人们不时地在心里感叹他的优秀。

可就在这时忽然冲出一个男人来，那人冲曲蔚然而去，当曲蔚然发现他的时候，男人已经到了他面前，抬手便是一巴掌："你个婊子养的贱货！"

清脆的巴掌响声、粗怒的骂声通过操场上四个巨大的音响震动了在场所有人的耳膜。

那一刻……王子的魔法消失了。

疯子咆哮着："你居然敢把老子送进精神病院！老子打死你！"

曲蔚然慌了，真的慌了！身体上的疼痛远远比不上心脏那骤然收紧再被狠狠扯裂的锐痛！

学校，他唯一的净土，在这里没有人知道他活得这么狼狈！没有人！他不要，不要被那么多人看见！

曲蔚然转身想逃，可疯子拽着他的手臂，一巴掌打过去，他鼻梁上的金边眼镜被打飞出去，他眼里的慌张与恐惧再也无路可逃，他举起双手，挡着头部，连声道："爸，你别打我！爸，你别在学校打我！爸，求求你，不要现在打我！"

可疯子就是疯子，毫无理智的疯子挥着沉重的拳头，一下一下地砸在曲蔚然的身上，站在讲台上的老师和校长终于反应过来，上前去拉住疯子，可疯子一把举起麦克风架子，见人就使劲地挥舞着，一个老师来不及躲避，正好被砸在头上，鲜血顿时流了一脸，台下的学生们惊叫了起来。

曲蔚然转头看着骚动不已的操场，又看了看讲台上挥舞着棍子的疯子，忽然，他放弃了抵抗，他像是死了心，像是认了命，毫不反抗地被疯子一巴掌、一拳、一脚地打着，身体像不是自己的一般，麻木地疼痛着，麻木地倒下去，又麻木地站起来，他最后居然笑了，先是极小声地笑，然后是大声笑、疯狂地笑，他笑着大叫："你打死我吧！打死我吧！！"

那时鲜血从他的额头流下来，染红了半张脸，他握紧双拳大声吼着："你今天不打死我！我一定杀了你！总有一天，一定会杀了你！"

那天，那疯狂的誓言，响彻整个校园。

那天，疯子在全校师生的眼皮下狠狠殴打了曲蔚然，打碎了他最后的自尊、最后的防线、最后的一片净土。

那天，上去阻拦的老师，都被他用麦克风棒子敲到头破血流。

那天，是体育老师从仓库拿了足球的门网，集合了十几个男老师之力才把疯子抓住。

那天，当夏彤好不容易拨开人群，冲上去抱住少年，有什么似乎变了……

## 第八章

天台上的少年请别哭泣

　　傍晚，学校的广播里放着贝多芬的《献给爱丽丝》，伴着欢快的钢琴声，学生们骑着自行车陆陆续续地涌出校门。

　　教学楼的天台上，一个少年静静地靠着墙坐着，他低着头，头发凌乱，额头上已经干枯掉的血迹变成暗红色的硬壳，干净的白校服上染着点点滴滴的血迹，他一手握着已经破碎的眼镜，一手使劲地撇着眼镜腿，将长长的一根眼镜腿撇成一段一段的，到最后眼镜腿变得很短，撇不断了，他还固执地撇着，不工整的缺口划过他的手心，在他的手掌上留下一道深深的红痕，血珠一串串地滴落下来。

　　他像是毫无知觉一般，继续撇着，固执地想将那短短一截的眼镜腿撇开，一直躲在一边的夏彤再也忍不住，她走上前去，夺过他手中的眼镜腿，用力扔了出去，将他受伤的手握在手里，难过地看着他说："曲蔚然，你别这样。"自从早上发生那事以后，他就这样，躲在教学楼的天台上，一句话也不说，一直和他的铁框眼镜腿较劲。

　　曲蔚然还是不说话，眼睛冷冷地瞪着前方，面无表情，他不戴眼镜的脸庞显得更加棱角分明，一向暖如冬阳的曲蔚然，在这一刻看上去是那么冷硬、阴沉，沉默得可怕。

夏彤吸了吸有些酸的鼻子，伸手从口袋里掏出一块干净的手绢，那手绢还是她和曲蔚然第一次见面时，他为她包扎伤口时留给她的。

夏彤将手绢叠了两道，拉过曲蔚然还在流血的手，轻轻地为他包扎。曲蔚然冷冷地看着，当夏彤快包扎好的时候，他忽然把手猛地缩回，将缠在手上的手绢用力地扯下来，伤口瞬间又裂开了些。

"你干什么呀？"夏彤快哭了，她不知道怎么安慰他，只能哀求地看着他，"你别这样。"

曲蔚然握着手绢，带着鲜血的手指轻轻地搓揉着："这么小的手绢能包扎什么伤口？"

他抬起头望向夏彤，眼里一片漆黑，看不见任何情绪，只有无限的、让人灵魂都颤抖的黑暗。

"包扎了手，那头怎么办？"曲蔚然指着头上的伤口问。

"手臂怎么办？"

"腿怎么办？"

"背脊怎么办？"

曲蔚然每说一个地方，都指着伤口，一声声地问："这里怎么办？这里呢？"

"还有……"曲蔚然僵硬地地抬起头，望向夏彤问，"我的心怎么办？"

"我这里，真的好痛！"

"痛得想现在就死去！"

"为什么我还要活着？"

"像狗一样活着？"

曲蔚然抬手，紧紧捂住胸口，他的身体像是承受不住那种痛苦一般，一直不停地颤抖着，可即使这样，他还是没有哭，即使他痛苦得表情都快扭曲了，却还是强忍着，没有流一滴眼泪。

夏彤再也忍不住了，她猛地倾身上前，一把抱住他，痛哭道："你别这么说，你别这么说，我们会好的，会好的，我们会长大的，等我们长大了，就没有人能欺负我们了。曲蔚然，我会很用力很用力地变强的。我会保护你的，下一次，我一定会保护你。"

夏彤抱着曲蔚然，使劲地哭着，哽咽着对他说："我会保护你，我们一起长大，一起变强，一起再也不被人欺负。"

曲蔚然默默地听着，眼眶慢慢地变得微红，他紧紧地咬住嘴唇，伸手抱紧怀中柔弱的身躯，将头埋在她的肩膀上，沉声道："笨蛋……谁要女孩子保护啊。"

"我保护你，我保护你！我可以的！"夏彤不停地重复着，用尽全身力气抱紧他，曲蔚然却不停地骂着她："笨蛋，笨蛋。"可渐渐地，他一直颤抖的身体慢慢地平静了下来，漆黑的双眸也微微地被点亮了一丝光。

那天晚上，他们在天台一直抱到天亮，夏彤哭累了，便靠在曲蔚然怀里睡着了，当她醒来的时候，已经是第二天早上了，她的身上披着曲蔚然的校服外套，她动了下身体，疼得让她的眉头紧紧皱起来，睡了一晚上的水泥地，全身骨头都睡疼了。

"醒了？"黑暗中，她听见熟悉的声音，转头望去，只见曲蔚然半个身子靠着墙壁，双腿被她枕在头下。夏彤吃惊地连忙坐起来，身体里的骨头发出清脆的"咯嗒"声，疼得她忍不住低吟一声。

"怎么了？"曲蔚然靠过来问。

"没事，就是全身疼。"

"站起来活动活动吧。"

"嗯。"夏彤站起身，跳动了几下，酸痛似乎减缓了一些，她转头看着曲蔚然，他居然还坐在地上。

"你怎么不站起来？"

曲蔚然笑了笑，揉着腿道："腿麻了。"

夏彤看着他的笑容，愣了愣，然后伸手过去，曲蔚然抬手握着她的手，她用力一拉，他吃力地站起来。

夏彤问："好点了吗？"

曲蔚然笑着点头："嗯。"

夏彤继续问："心情呢？"

曲蔚然笑眯了眼："嗯。"

夏彤也笑眯了眼："那就好。"

"笨蛋。"曲蔚然还是骂她。

夏彤却一点也不在乎，只要他能笑一笑，要她怎么样都行。


因为今天是周六，学校不上课，曲蔚然和夏彤走出学校，到离学校不远的早餐店吃了碗白粥，夏彤在吃鸭蛋的时候把蛋黄全掏进曲蔚然的碗里，现在的夏彤，有什么好的都先给曲蔚然，在她心里，曲蔚然已经超过了她自己的存在。

曲蔚然看着碗里金色的鸭蛋黄，抬手将自己的碗和夏彤的对换了一下，夏彤不解地看他。

曲蔚然用勺子搅了下白粥，热气徐徐地往上飘着，曲蔚然抬起眼，望着夏彤说："夏彤，你不要当傻女人。"

"只有傻女人才会对男人这么好。"曲蔚然舀了一勺白粥，吹了吹，喂进夏彤嘴里，继续道，"知道吗？贱男人都是傻女人造就的。我不想对你犯贱。所以，你不要对我这么好。"

夏彤听不懂曲蔚然的意思，只是眨巴着眼望着他。曲蔚然低头喝着白粥，他吃东西的动作总是很好看，即使吃着五毛钱一碗的稀饭，也像一个贵族一般优雅。

那天早饭还没吃完，曲妈妈就找了过来，她美丽的脸上满是疲惫，一看见曲蔚然便像是松了一大口气一般，急急地走过来，穿着高跟鞋的脚甚至扭了一下，夏彤看见曲蔚然神色一紧，却终究没有去扶。曲妈妈踉跄了一下，站稳了才走过来，一脸歉意地对着曲蔚然说："然然，然然，真对不起，妈妈也没想到他会去学校闹的。"

"妈妈只是听说医院里的护士不好，会打病人，妈妈只是想把你爸爸换一家医院。"

"妈妈真没想到会这样的。"

"然然，你别生妈妈的气好吗？"曲妈妈紧张又心疼地看着曲蔚然说，"妈妈知道你不想和你爸爸住了，你和我一起住到市区的公寓里好不好，我保证，再也不让他打你了。"

曲蔚然低着头，不看她。

曲妈妈的眼神带着请求。

曲蔚然沉默半晌，忽然问："那他怎么办？"

"他，我请个看护在四合院照顾他。"

曲蔚然冷笑一声："你还是舍不得他吃一点苦。"他说完，对着夏彤说，"看见了吗？这就是世界上最傻的女人。"

夏彤和曲妈妈都愣了一下，曲妈妈不懂他是什么意思，而夏彤却听懂了，她转头看着曲妈妈，轻轻叹气。小小的夏彤，忽然明白了，什么叫沉重。


曲妈妈在市中心的房子离学校不远，却离原来住的四合院很远，曲蔚然自从搬过去住后，两人便不能一同上下学了。

一个人上学的路上，夏彤觉得很孤单，有的时候她会独自一个人绕到他们经常去的建筑工地玩，在曲蔚然经常跳的竹台上，学着他的样子用力地跳着，竹子的弹力让她蹦得很高，跳起来的时候看着高高的天空，感觉就像是要飞起来一样，落下去的时候，却又像随时会掉下高楼，掉入无底的深渊，跌得粉身碎骨。

夏彤跳了几下便不敢再跳了，她害怕这样跳，害怕这随时随刻会掉下去的威胁感，她蹲在竹台上想，曲蔚然为什么这么喜欢在这上面跳？是喜欢这种飞翔的感觉呢？还是喜欢这种下坠的恐惧？

夏彤不得而解，最近她和他很少说话，他们两个人同班不同桌，座位在教室的一左一右，隔得远远的。夏彤本来就不是主动的人，自然不会一下课就跑去曲蔚然桌子边上和他说话，

相处的时间变得少了，交流也变得少了，夏彤忽然觉得，她和曲蔚然生疏了很多。

她又变得像原来一样，喜欢坐在座位上偷偷地看着他，他最近的生活应该变得很不错，脸上不再有青紫的伤痕，衣服总是干干净净的，鼻梁上新配的眼镜是无框的，很适合他，他低头看书的样子，让人一看就觉得他很聪明。

可是夏彤也发现，班上搭理曲蔚然的人变少了，隔壁班的女孩再也不成群结队地来偷看他，就连老师也不经常点他起来回答问题了。

大家都在疏远他，即使曲蔚然再如何吸引人，可他有个可怕的精神病父亲，那个男人，在曲蔚然搬离之后，到处找他，一发起病来，从四合院一路疯到学校，冲进学校就是要找曲蔚然，学校的门卫当然不让他进来，将他锁在高高的铁门外。

而疯子又如何甘心，到处捡石头砸门、砸人、砸玻璃，闹着要进来。

有时，他来的时候正好是下课，学生们就站在教室外面的走廊上，远远地看着门外的闹剧，初二（3）班在学校大门的右侧教学楼，站在三楼的走廊上正好能将门口的情况看得一清二楚，同学们爬在栏杆上往下看热闹，看着疯子在外面骂骂咧咧地鬼叫鬼吼，不时地拿手里的石头往里砸。看一会儿疯子，就会有几个人悄悄回头，看一眼曲蔚然，然后几个人交头接耳地说着什么。

有时，上课了疯子还没走，老师讲课的声音一旦停下，同学们就能听到疯子在外面的叫骂声，那时，班上的同学总是有几个忍不住回头看曲蔚然，就连老师的眼神也不经意地瞟过他。

那时的曲蔚然，轻轻握紧双拳，笑容渐渐从脸上消失，俊美的脸上一

点表情也没有，目光冷冷地与那些回头望着他的人对视，那目光像利器一般，看的人慌忙撇过头去，装作什么事也没发生一样。

夏彤坐在离他最远的座位上，转着头看他，曲蔚然的目光转过来，冷冷地看她，夏彤却没有撇开眼，一直担心地看着他，曲蔚然转过头去，用力地咬了下嘴唇。

下课的时候，班主任吴老师将曲蔚然叫了去，夏彤偷偷地躲在外面偷看，办公室里，曲蔚然笔直地站在那儿，吴老师抬头望着他："最近学习还好吧？"

曲蔚然点头。

"下个月有全国中小学生的英语演讲比赛，我推荐你去。你好好练习一下，这是个好机会啊，在省里得第一还能去北京参加全国比赛，到时候还能上中央电视台呢。"

吴老师看了眼曲蔚然继续说："你英语一向好，我不担心，只是……"欲言又止。

"只是……你父亲。"吴老师拿起桌子上的笔，轻轻地敲打着桌面，"你父亲老是到学校来闹，我们学校又弄不住他，可他总是在校门外徘徊，我怕伤了学生。"

"你看你……"吴老师停了下继续说，"你……有没有办法，让他不要到学校来闹了？"

一直沉默的曲蔚然，慢慢地抬起眼，张开嘴，轻声道："有，我回家。"

"呃……老师不是这个意思。"吴老师的脸上显得有些尴尬。

曲蔚然只是看着他，像是在用他清俊的双眼问：那你是什么意思呢？

吴老师也有些无奈，他喜欢面前的这个孩子，这个聪慧优秀的孩子，是他教了一辈子书都没遇到过的好孩子，可这个孩子背后却有一个可怕的精神病患者，这精神病患者无时无刻不再骚扰着学校，威胁着其他学生和老师的生命安全。

他也没办法，他一个小小的教师解决不了这个问题，他保护不了眼前的这个孩子，他只能无奈地说："你先回去吧，明天把你妈妈叫来。"

曲蔚然沉默着，没答应也不拒绝，转身往办公室外面走。

躲在办公室外面偷听的夏彤慌忙转身就跑，跑到楼梯口，然后装着往天台上走的样子，曲蔚然从她后面走过来，她转过身，一脸惊喜的样子说："哎，好巧，你也去天台啊？"

曲蔚然笔直地从她面前走过，淡淡地道："你什么时候才能把爱偷听的坏毛病改掉？"

"我……我……"夏彤的脸瞬间红了，难为情地绞着手指，小媳妇一样地跟在曲蔚然后面爬上天台。

天台上的风很大，曲蔚然冷着脸站在那边，夏彤知道，曲蔚然不说话的时候就代表他的心情已经糟到极点了，她不敢去打搅他，只敢偷偷地站在他的旁边，什么也做不了，只是站在他旁边，看着他难过，看着他好看的眉眼紧紧地皱着，看着他总是弯起的嘴角紧紧地抿着，她看着看着，终究忍不住，偷偷地靠近他一点，再偷偷地靠近他一点，小心地伸出手，想拥抱那样难过的他。

可手还没伸出去，曲蔚然忽然转过身，猛地将她一扯，紧紧地将她抱在怀里……

夏彤的手僵硬地伸着，维持着刚才想要偷抱他的动作，他的个子很高，她要踮起脚，扬高脖颈，下巴才能靠在他的肩膀上，她的手缓缓放下，放在他的后背上，轻轻地拥抱，笨笨地安慰："曲蔚然，你别难过。"她的声音软软的，带着一点哭腔，像是无比心疼他一样。

曲蔚然的手臂又收紧了一些，睁开墨石一般的双眸，平静地看着远方："我不难过。真的。我习惯了，小学的时候，就因为他，我转了九所小学，青晨区的小学我几乎念遍了，只要他出现，那所学校就注定念不下去，所有人都会怕我，即使我装得再可爱也没用。这次，我在这读了一年多，已经很好了。"

"我不难过。"

"这是我的命，我认。"

夏彤听了这话，使劲摇头，她不想他认命！他为什么要认命，凭什么要认命！这么好的他，这么优秀的曲蔚然，为什么要认命？

为什么要接受这样的命运？

为什么！

夏彤用力地抱着曲蔚然，柔弱的她，眼神里第一次有了愤怒的情绪！

就在这时候，学校门口那高瘦的如恶魔一样的男人又出现了，他又使劲摇着铁门，手上挥舞着什么东西。

都是他！曲蔚然所有的噩梦都是他带来的！

夏彤忽然站直身体，推开曲蔚然，猛地往楼下冲去，她说了要保护他的！她说过的！

## 第九章

我们都是被神遗弃的孩子

夏彤像是被怒火上了发条一样，一路飞快地从楼上跑下楼，中途撞了好几个同学，也不道歉，像是憋着一股劲，猛地冲到学校大门口。

警卫看见她跑过来，躲在值班室里，将门打开一条缝对着她喊："哎，别过来！这疯子拿着菜刀呢！"

夏彤却像是没听见一般，笔直冲到疯子面前，隔着铁栏大门用尽全身力气对他大吼："你回去吧！你别再到这里捣乱了行不行！你要疯就到院子里发疯，不要到学校里来啊！求求你了！不要再来了！不要再打曲蔚然了！"

疯子完全听不懂夏彤在说什么，面目狰狞地拿着菜刀在铁栏上用力砍！

夏彤闭着眼睛，双手紧紧地握住，用尽全身力气吼："你要是再打他我就和你拼了！"

"啪"的一声，疯子手里的菜刀甩飞出去，对着夏彤直面飞来！夏彤睁开眼的时候正好看见锋利的菜刀对着她的脑袋砸来，她反射性地抬手去挡……

夏有乔木 雅望天堂 2

可在她还没来得急纠正动作的时候，身子猛地被人从侧面扑倒，眼前一黑，她听到有人闷哼一声，抱着她一起死死地摔在了地上。

夏彤疼得直皱眉头，挣扎地看着压在身上的人，有些不确定地小声叫："曲蔚然？"

曲蔚然的脸上很苍白，眼睛紧紧地闭着，俊颜紧紧地揪在一起，神色很是痛苦，他猛地张开眼睛，低声骂："笨蛋啊！完全受不了你……"

"你怎么这么笨呢？"曲蔚然的声音很低，像是极力地压抑着疼痛一样。

夏彤连忙推着他问："你怎么了？是不是受伤了？我看看，我看看。"

"你走开啦！"曲蔚然推开她的手，颤颤巍巍地站起来，夏彤这才发现，他的右臂被菜刀割破，鲜血透过厚厚的校服外套直往外冒，可以想象，那伤口有多深。

"曲蔚然……"夏彤也站起来，伸手想去扶他，可又一次被他推开。

曲蔚然按着伤口，一步一步地走到学校门口，站在离疯子一臂远的地方，冷冷地看着他，鲜血一滴一滴地滴落在水泥地上，疯子的手拼命地挥舞着，嘴里说着含混不清的话。

曲蔚然冷漠地看着他，轻声道："你已经连话都说不来了吗？即使这样，你还想着打我？卫明侣，你到底是有多恨我？还是说，你已经连恨都不懂了？"

曲蔚然的眼睛一直盯着疯子，清冷的眼里，有着太多的东西，像是恨，又像是无奈，又像在回忆着什么。

疯子的手猛地往前一伸，抓住了曲蔚然的一片衣角，他奋力地将他连着衣服拉到铁门边上去，双手猛地抬起，对着他纤细的脖子就掐下去！

他的表情是狰狞的，他的眼睛暴睁着，他的牙齿紧紧地咬住嘴唇，他的双臂十分用力，能听见骨骼发出的"咯咯"声！

曲蔚然没有挣扎，像每一次被他殴打一般，只是用清澈到有些冰冷的双眼，漠然地望着他。

疯子的手越发用力，曲蔚然俊美轮廓的面孔上泛出了可怕的青紫色，夏彤害怕急了，扑上来扳着疯子的手，可他的手就像钳子一般，钳得紧紧的！夏彤踮起脚来，用力地咬上疯子的手腕，用力到满嘴的血腥味！可疯子还没放手，校警看出事了，连忙跑出来帮着夏彤一起扳着疯子的手，夏彤见咬不动他，抬起头来，焦急地望着曲蔚然叫："你反抗啊！曲蔚然！你反抗啊！"

夏彤疯了似的扳着疯子的手，望着曲蔚然叫："曲蔚然！你反抗啊！你再不反抗会死的！我们不是说好要一起长大的吗！你反抗啊！你不要……不要认命啊……"

夏彤急得哭了，她真的好怕，真的好怕曲蔚然就这么被掐死了，她使劲使劲地咬着，扳着疯子的手，哭着求着叫着他反抗，

曲蔚然的眼睛使劲地向下看着，他看见了夏彤哭泣的模样，忽然像是改变主意了一样，他吃力地抬起双手，用力扳着疯子的手，身子猛地往后退。

"住手！"就在大家乱成一团的时候，一个女声忽然传来。

夏彤转头看去，只见曲妈妈穿着一袭浅灰色的套装走过来，她站在校门外，抬起手，轻轻地覆盖在疯子的手上，漂亮的眉毛紧紧地皱起来："你怎么又不乖了呢？你不是答应过我，不打然然了吗？"

疯子眨了眨眼睛，狰狞的脸孔忽然慢慢地平静下来，他的手猛地松开，曲蔚然颓然倒地，夏彤紧张地扑过去检查他的伤势。

"你看你，又把然然打伤了！你还想进精神病院吗？"曲妈妈生气地抬起手，"啪"地打了疯子一个巴掌！

疯子被打得撇过头去，他低着头，过了好一会儿，他忽然抬起头来，轻轻地皱了下眉，望着曲妈妈叫："丹阳？"

他转头看了眼曲蔚然，抬手咬住手指，惊恐地道："我又犯病了？我又打伤然然了？丹阳，我不是故意的，我不是故意的！"

疯子像是自责无比的样子低声叫着。

曲妈妈连忙说："我知道，我知道你不是故意的，你别激动，你一激动又容易犯病，你先回家去好不好？我把然然送去医院。"

"我帮……不，我还是不帮你。"疯子连连摇头，像是逃一样地离开，一边跑一边还说，"我要去买一条更粗的铁链。"

曲妈妈看他走了，连忙进学校，将曲蔚然扶进轿车，送去了市医院，一路上她捂着心口说："还好你们班主任老师打电话叫我来一下，不然可怎么办……唉，可怎么办……"

夏彤捂着曲蔚然的伤口，什么话也没接，眼睛低垂着，掩盖着眼里的厌恶。这是夏彤第一个讨厌的人，比讨厌疯子还讨厌。

那天，曲蔚然的胳膊在医院缝了七针，当天晚上曲妈妈竟然因为疯子难得的清醒，而跑回四合院去和疯子相聚，第二天，还劝说曲蔚然回四合院去和疯子一家团聚！

那天晚上，夏彤也去了，她看见疯子拿出一条手腕粗的铁链将自己的双脚全部锁住，将铁链的另一头固定在房间的床上，他将铁链锁的钥匙递给曲蔚然，告诉他："你拿着，即使我再怎么发疯也别打开锁。"

曲蔚然拿着钥匙，冷冷地看着他，默不作声，曲妈妈连忙走过来，想拿曲蔚然手中的钥匙，曲蔚然下意识地将手握紧，曲妈妈拉着曲蔚然的胳膊说："然然，不用这样！真的不用这样！我们要相信爸爸会好的，来，把钥匙给我好不好？"

曲蔚然看了一眼自己的妈妈，曲妈妈请求地看着他，他咬着嘴唇，撇过头，将钥匙紧紧握在手里，猛地转身走出家门。

夏彤急忙跟着他出去，看着曲蔚然跑出去，将钥匙狠狠地甩进了四合院外面的池塘里，钥匙在池塘的水面上泛起几个涟漪，然后沉了下去。

夏彤站在曲蔚然身后，看着他的背影，轻声地叹气，她总是这样看着他的背影，却无能为力。

每当这时候，她都会很难过，像有人捂住她的口鼻，让她无法呼吸般难受，如果可以，她多想给前面那少年这世界上所有所有的幸福。

让他不用再悲伤，不用在受苦。

让他活得像一个真正的王子。

让他依然温柔地望着远方，眉眼弯弯地笑着，轻轻地吹奏出如天籁般的琴音。

可是……她什么也做不了，什么也帮不了他，只能看着他的背影，看着他的难过而更加难过。

夏彤使劲地闭起眼睛，强忍着那钻心的疼痛。

"我恨我妈妈。"

橙色的晚霞中，夏彤听见曲蔚然那样轻声地说："我恨她……我恨她。"

曲蔚然的身子紧紧地绷着，像是一碰就要碎一样地绷着，他低声说着，像是诅咒一般，一遍又一遍地说着。


天色已经很黑了，夏彤不知道现在几点了，只是腹中饥饿的感觉提醒着她要回家了，可她看着眼前倔强地站在池塘边的少年，只能依然如故地陪着他站着。

"你回家吧。"过了很久，曲蔚然忽然转过头来对她说，"不用陪我了，你先回家吧。"

夏彤看着他，想说什么，却被他打断，他轻轻笑了一下，尽管笑容中带着苦涩，却依然漂亮。

"那你呢？"夏彤看着他轻声问，"你回家吗？"

曲蔚然摇头，笑容更加无奈："我等一下，会回去的。"

夏彤咬住嘴唇，她多想说，别回去，不要回去那个可怕的地方，曲蔚然你不要回去。

可不回家，他又能去哪儿呢？

他和她一样，无处可去啊……

"曲蔚然，你有愿望吗？"

"愿望？"曲蔚然疑惑。

"我有，我希望在我长大后能有一个自己的家，在我家里，住着的都是我爱的人和爱我的人，他们不会伤害我，不会打骂我，他们会关心我，会每天、每天和我说：夏彤啊，你今天想吃什么呀？夏彤啊，你今天要干些什么呢？我也会爱我的家人，我会用很多很多力气爱他们，我永远不会伤害他们，哪怕是一点点，我都不会。"夏彤说说着就哭了，"曲蔚然，你愿不愿意住到我家里来？住到，我十年后的家里？"

曲蔚然深吸了一口气，抬手一点一点地将她落下的眼泪擦去："笨蛋……完全受不了你。"

曲蔚然连声说着，红着眼睛，一边抬手为她擦着眼泪，一边压着嗓音说："真是完全受不了你。"

"那你要不要来？"夏彤固执地问。

"我才不去。"

夏彤失望地垮下脸。

曲蔚然嗤笑："应该是你住过来才对。"

"呃？"夏彤眨眨眼睛，没反应过来。

"笨蛋。"曲蔚然一把拉过她的手，"走吧，我送你回家。"

夏彤愣愣地被他拉着，曲蔚然的手握在她的手腕上，力气并不大，他的脚步有些快，她必须得小步跑着才能跟上，夏彤不知道他为什么走得这么快，只是觉得他的脸上又重新扬起了温和的笑容。

夏彤见曲蔚然心情好了，她的心情自然也好了，当曲蔚然将她送到楼下时，她一蹦一跳地爬上楼梯往家走，回过头的时候，还能看见他站在茶花树边，远远地看着她，轻浅地笑着。

夏彤也回他一个笑容，夏彤笑起来的时候，总是不敢笑大，每次都抿着嘴唇，偷偷地笑着，像是怕人发现她的快乐，会将那快乐夺走一半。

夏彤站在门口，用手抹了抹脸，将脸上的笑意抹干净，然后拿出家门钥匙，小心翼翼地打开门，尽量用着最小的力气，让门发出最小的声音。

可打开门，灯火通明的客厅里，爸爸和林欣阿姨坐在椅子上，眼睛直直地朝夏彤射来，好像已经等待她多时一般。

夏彤握着门把，紧张地走进家里，轻轻地将门关上，小声叫："大伯，阿姨。"

"彤彤你过来。"夏文强面无表情地叫她走过去一点。

夏彤小步地走上前一些。

"我问你，"夏文强盯着她问，"你妈妈在老家和谁睡一个屋子？"

夏彤有些不解："和我啊。"

林欣嘲讽地冷哼一声。

"除了你呢？"夏彤爸爸追问，"有没有别的男人在你们家过过夜？"

夏彤完全听不明白他的意思，林欣翻了个白眼，张嘴道："得了吧，她老娘偷汉子，还能叫女儿在边上看着吗？"

夏彤终于听明白了！她瞪大着眼睛望着林欣："你胡说，我妈妈才没有！"

"没有？"林欣嗤笑，"没有，孩子都生下来了！没有，马上都要结婚了！"

"不要脸的女人，她倒是想得好，拖油瓶扔到我们家来，自己和男人风流快活！"林欣面目凶狠地骂道，"我给她白养女儿也就算了，她还有脸和你爸要钱！仗着拿着你爸的短处居然敢狮子大开口和我们家要一万块钱！我呸！我就是把钱烧了也不给她！这个贱女人！"

"你不要再骂我妈妈了！我妈妈才不是那样的人！"夏彤无法忍受母亲被别人这么辱骂！

"我骂她？嗬！你还当你妈多好是吧？她不要你了！她要改嫁了！她嫌你是拖油瓶！早就把你丢给你爸了！你当她是为你好让你来城里的啊？她就是嫌你麻烦！带着你不好嫁人把你扔掉了！你懂不懂啊？"

"你胡说！你胡说！我妈妈不会不要我的！你胡说！"

"我胡说！呵呵！你问问你爸，我可是胡说？你们前脚离开她后脚就结婚了！结婚还没六个月就生了个儿子！现在儿子病了，她和你爸要钱！她可要脸啊，可要脸啊！不就仗着和你爸睡了几年吗？她想告发来就好了！想从我们家诓钱！门都没有！"

"不可能，不可能！我才不相信你，别骗我，我妈妈才不是这样的！她才不会不要我，她在等着我，等着我长大，等着我出息了，等着我去接她！她才不会嫁人！才不会不要我！才不会！"

"我才不管你信不信！那个贱人又想要我给她养孩子，又想要我们家钱，不可能！我让她如意算盘打得好！我给她养孩子！我养个屁！你给我滚！滚出去！滚去找你那个贱人妈！看她可还要你！"林欣一边说一边把夏彤往外推，"滚！滚！"

夏彤挣扎开来，跑到夏文强跟前，拉着他的胳膊，连声叫："爸爸，爸爸！你告诉我，你告诉我这不是真的！她在说谎，她在说谎！"

夏文强却一脸愤怒地拉开夏彤的手，低低地咒骂了一声："贱人！"

夏彤的手还维持着抓住他的姿势，僵硬地伸着，漂亮的眼睛里是铺天盖地的绝望，林欣看着这样的夏彤，像是良心发现了一般，没再赶她出去，只是冷哼着坐到一边，气愤地说："这钱我是不会给她的，她要告发你就告发你，我们还怕她不成！"

"不行啊，单位马上要竞聘，我很有希望升一级的，现在弄出这种重婚的丑事，会影响我的。"

"影响影响，就这点小破官有什么好当的……"

夏彤缓慢地转身，整个人像是失去灵魂一般，听不见他们两人的对话，看不见四周的景物，只是茫然地向前走着、走着，耳朵里一直回响着林欣恶毒的话语："她不要你了！你妈妈有了新的孩子！"

"彤彤，妈妈爱你，你要记住，妈妈在这里等你，等着你回来接妈妈。"

"她早就再婚了！在你离开的第一天！"

黄土铺成的小路上，瘦弱的女人，含着眼泪，将家里唯一的四个鸡蛋塞在她的口袋里，一句一句地叮嘱着她，要照顾自己啊，要乖啊，要好好学习啊，要好好的啊。

她记得她一直一直点头，哭得双眼通红，记得她粗糙的双手磨蹭她脸颊时带来的丝丝疼痛，记得她偷偷背过身去擦泪的样子，记得她站在门口，遥遥地对着她挥手，一直一直挥手……

她记得，她记得，她全都记得，她记得妈妈的好，记得妈妈是世界上唯一会喜欢夏彤、心疼夏彤的人，她记得妈妈在家等她回去！她记得妈妈说过，彤彤，你是妈妈唯一的宝贝！

她记得的！

妈妈才不是，妈妈才不是贱人！才不是！

妈妈才不会不要她！才不会！

才不会呢！

夏彤站在四合院里，无助地大声哭起来，一边哭一边大声叫着："妈妈，妈妈，妈妈！"

她的哭声惊动了左邻右舍，大家都打开门窗看着外面的女孩，那个女孩像是全世界都崩溃了一般，站在那儿，拼命地哭泣着。

"你要死啊！要哭回家哭！不要在外面丢人现眼！"林欣也听到动静，打开门来，走出去对着楼下叫。

夏彤哽咽着，抬头瞪着她，眼里的愤怒和仇恨毫不遮掩地射向她。林欣气了，抬起脚来就往楼下走去，夏彤不等她下来，已经跑出了四合院，跑得远远的了。

夏彤跑了很久，跑到跑不动了才停下来，她茫然地看着四周，无力地靠着墙壁滑坐了下来，紧紧地抱住双腿，蜷缩地靠着墙壁。

也不知道过了多久，肩膀被人轻轻拍了一下，夏彤抬起一脸泪水和鼻涕的脸，看见了曲蔚然那张俊美干净的脸庞。

他伸手，用衣袖擦了擦她的脸颊，轻声道："怎么哭得这么丑？"

　　夏彤低下头，委屈的泪水又流了出来，她轻声地和曲蔚然说了自己的事，她说她的母亲多爱她，她说林欣阿姨多坏，她说爸爸多坏，她说她死都不相信她的妈妈会不要她……

　　"那就去看看吧。"

　　"嗯？"夏彤抬起眼，疑惑地望着他。

　　"我陪你去，去找你妈妈。"曲蔚然用好听的声音说，"让她亲口告诉你，她有多么爱你。"

　　夏彤愣愣地看着他，过了好一会儿，才笑了起来，笑了一会儿，又哭了，就这样傻傻地哭哭笑笑，最后低着头，轻声说："谢谢你，曲蔚然！"

　　谢谢你，在这个寒冷的冬夜，在这个怎么住都陌生的城市里……

　　救了我。

## 第十章

请带我去天之涯海之角

深秋的夜晚冷得有些刺骨，已近凌晨，青晨区的街道上连一辆车也没有，偶尔才能看见远远的车灯照过来，一闪便消失不见了，空荡的马路上，秋风刮起，地上的白色塑料袋顺着马路乱飞。路灯的尽头，两道黑色的身影缓步走来，走在前面的少年个子很高，他双手插在口袋里，微微低着头，夜风将他的刘海吹得往后飘起，露出饱满的额头，他的身后跟着一个个子比他小的女生，双手缩在衣袖里，手臂紧紧地抱着自己的身体，想将不多的体温留在身上。

忽然巷子里蹿出两只野狗，从女生脚下跑过，女生吓得惊叫一声，野狗也被她的声音吓到，对着她连声叫了起来，瞬间街道上传出一阵阵狗叫声。

女生被野狗拦住去路，吓得动也不敢动，高个少年转过身来，伸手，将女生拉到身边，抬脚将一直对着他们乱叫的野狗全部赶走。

"夏彤，你真胆小。"少年赶完狗后，取笑地看着女生说。

夏彤有些脸红，支支吾吾地辩解道："太黑了，我看不见，它们忽然跑出来……其实我不怕狗……"

"不怕？不怕还吓得不敢动？"

夏彤不好意思地低下头，不再辩解，安静地跟在少年身边，走着走着，过了好一会儿，她才发现，他的手依然牵着她的……

说牵，其实也不对，她的手整个地被衣袖包住，而他只是紧紧地拉着她的手腕，像是怕她跟丢了一样，拉着她往前走。

夏彤偷偷地抬起眼，看着走在她右边的少年，他清俊的脸上有些疲色，可嘴角挂着她熟悉的笑容，他穿得比她还要单薄，却不像她一样全身缩得紧紧的，而是笔直地站在夜风中，一如平日那般挺拔俊朗。

夏彤的手偷偷地从衣袖里露出来一些，她有些想，有些想碰碰他，哪怕只是碰碰他手上的温度也行……

可少年忽然停了下来，抬手，推了推鼻梁上的无框眼镜，轻笑着转头望着夏彤说："到了。"

夏彤一惊，连忙又把手指缩回衣袖里，抬头看着前面，只见青晨区的火车站屹立在前方，和四周的昏黄灯光不同，火车站里灯火通明的，像是热闹才刚刚开始一样。

"走吧！"少年用力地拉起夏彤，有些迫不及待地往火车站跑去。

到了售票厅，看着售票厅墙上挂着的巨大电子屏幕，夏彤有些茫然了，现在应该怎么办呢？

"曲蔚然，你坐过火车吗？"夏彤转头问。

曲蔚然摇摇头："没有。"

"哦……"

"你还记得你家的路吗？"

"不记得。"

"你老家在哪个省呢？"

"云南。"

"那……我们就去云南吧。"曲蔚然低下头来，眉眼弯弯地望着夏彤，语气里带着小小的兴奋。

夏彤看见他难得的笑容，实在不想打击他，可还是忍不住问："可是……我们有钱买车票吗？"

曲蔚然掏了掏口袋，口袋里还有三百来块钱，这些钱还是母亲给的，每次疯子打了他，母亲就会内疚地塞一些钱在他口袋。

曲蔚然的眼神黯了下来，用手捏紧红色的人民币，抿着嘴唇走到售票口问："请问到云南的车票多少钱？"

"云南这么大你去哪儿啊？"卖票的女人漠然地看着电脑屏幕，眼都没抬。

曲蔚然转头望着夏彤，夏彤用力地想想，然后说："灌南。"

女人不等曲蔚然重复，直接说："没有直达车。"

"那怎么办？"

"从昆明转车，今天凌晨三点过十分有车，硬座普快，八十六元一张，要几张？"售票员手指飞快地在电脑上查票。

曲蔚然趴在窗口问："多久能到？"

"十八个小时，要几张？"售票员的语气里带着不耐烦。

曲蔚然垂下眼，没答话，转身，拉着夏彤走了。

"不买票？"夏彤奇怪地问。

"买了我们吃什么、喝什么？"

"那……怎么办？"

"跟我来就是了。"曲蔚然拉着夏彤，直接到了候车厅，那时已经凌晨一点多了，候车室的人们都打着瞌睡，疲惫不堪地等着夜车。

曲蔚然带着夏彤找了两个空位坐了下来，候车厅比外面暖和多了，夏彤松了一口气，将缩起来的手拿出来，看了眼远处的免费提供热水的地方，转头问："你渴吗？我去倒点热水给你喝。"

曲蔚然闭上眼睛，将眼镜拿下来，揉揉鼻梁，摇着头道："我不渴。"

夏彤"哦"了一声，犹豫了一会儿，还是站起来说："我有些渴……"

曲蔚然闭着的眼睛慢慢睁开，将眼镜戴上，把走了两步的夏彤拉回来坐下，站起身来俯视着她道："我去吧，回来你别倒杯水还走丢了。"

"我……我哪有这么笨？"夏彤不满地鼓着嘴瞪他。

曲蔚然笑着耸肩，也不和她争论，抬腿穿越人群，夏彤坐在位置上，双手撑着椅子，脖子仰得长长的，目光紧紧地盯着曲蔚然。其实，即使她不这么盯着他也不会消失在人群的，曲蔚然身上有一种气质，像是带着光一般，到哪儿都那么闪眼，夏彤的双脚不自觉地开始摆动起来，嘴角也带着淡淡的笑容。她看着曲蔚然走到免费倒水的地方，低着头四处找了找，像是没找到需要的东西一般，好看的眉头轻轻地皱起来，他停了一下，转身走到候车厅里的小卖部去，轻轻地歪着头，对着卖东西的大妈微微张了一下嘴，也不知说了什么，大妈满面笑容地转过身去，不一会儿，便递给他一个玻璃杯，曲蔚然笑着道谢，动作优雅、温文有礼，大妈的笑容更深了，很开心地又从口袋里翻出几块饼干给他，曲蔚然笑着接受了，转身又回到接水的地方，先将杯子烫了烫，然后倒了半杯热水，端着往回走。

夏彤早早地站起来，生怕烫到他似的，往外迎了好几步，双手高高地抬着，想去接他手中的水杯，却被曲蔚然躲过，低声道："笨蛋，烫啊。"

夏彤被他骂得愣住，双眼轻轻地眨了下，也不知道为什么，忽然觉得心里暖暖的。

那天，夏彤捧着曲蔚然为她端来的水，一小口一小口地慢慢饮着，开水带着有些烫的温度，用力地烫进她的心里。

她忽然想起曲蔚然说的那句话，他说，让她不要对他太好……

可是，可是妈妈说过，滴水之恩当涌泉相报，他给她这么一大杯水，而且还是滚烫滚烫的开水……

那……那……那她应该对他好才行啊，对他很好很好……

很好很好。

夏彤捧着水杯，偷偷地看了眼曲蔚然，他轻轻地打着瞌睡，漂亮的头颅一点一点的，眼镜悬挂在鼻梁上，清俊的脸庞因为熟睡，染上了一点点稚嫩，这时的他，才更像一个十四岁的少年……

"K1452次列车开始检票，请旅客们带好您的行李检票进站。"

火车站的广播里传来僵硬的女人声音，坐在座位上打瞌睡的人们，连忙拿起自己的行李站起来，夏彤推了推曲蔚然，低声叫："火车来了。"

曲蔚然轻轻地睁开眼睛，站起来，一把将夏彤的手腕拉住："跟紧我。"

夏彤使劲点点头，两个瘦弱的身体随着人流一点一点地往检票口走，检票口很小，用铁栏拦住，只留下只够两人并排通行的缺口，检票员站在缺口的右边接过旅客的票用小剪刀在上面剪一个小洞，有的旅客急着上车，只是把票拿在手里，直接走了进去，检票员也没有追着他要，曲蔚然拉着夏彤趁着检票员检票的时候，迅速从左边的缺口穿过，然后笔直地往站台里面跑，两人一直跑到地下通道才停下来，夏彤捂着胸口直喘气，曲蔚然也深呼吸了几下，两个人相视一看，眼里都带着小小的兴奋。

"走吧。"曲蔚然拉紧夏彤走过通道，登上火车站台，车厢一节一节地伸展到远方，每一节车厢的门口都站着一个列车员，上车的乘客排着有些混乱的队伍，一个个地将票递给列车员看过之后才走上火车。

夏彤担心地问："怎么办？"

曲蔚然微微垂下眼，松开抓住夏彤的手说："等下我引开检票员的注意，你抓住机会上车。"

"那你呢？"

"你别担心我，我肯定能上去。"

"可是……"

"别可是了，你先上去，就在这节车厢等我，我一定会来找你的。"

夏彤还是有些担心，可看见曲蔚然充满信心的眼神，便也真躲了下来，用力地点了下头。曲蔚然整理了下衣服，用力地握了下她的手，然后放开她。夏彤看着空空的手，忽然觉得全身的温度都随着他的抽离而离开了。

她看着他快步走向车厢检票员，轻轻地拉了下检票员的衣袖，检票员回过身来，那个年近四十的女人，似乎没想到打扰她的是一个如此俊美的少年，原本不乐意的脸色也缓缓温和了下来。

曲蔚然轻轻皱着眉头，一脸忧伤，似乎在求助什么，检票员认真地听着他说话，用力地思索着，想为他提供线索，夏彤趁着这个时机，从检票员身后快速地上了火车，她上火车的时候，一直看着曲蔚然，曲蔚然也偷偷地瞄着她，当她跨上火车的那一刻，夏彤似乎看见他的眼睛微微亮了下，就连脸上悲伤的表情，都快装不下去了。

夏彤的心脏因为紧张一直扑通扑通地跳着，她拍着胸口，想走到车厢门口向下看，可不时走上火车的旅客却将她挤向一边，厚重的行李不时地从她身上擦过，不得已，她只能贴着墙壁站在过道上，将空间让出来给大家通过。

等人上完的时候，已经过了好久，夏彤才跑到火车门口往下看，站台上只有检票员孤零零地站着，夏彤的心猛地一紧，身子探了出来，扶着火车门口使劲往外看着，可忽然一声长鸣，吓她一跳，检票员走上火车，将她推到火车里："开车了，往里站一点。"

夏彤一听这话，猛地愣住，铁门关上的声音将她震醒，她猛地回过身来，双手紧紧地贴着火车的玻璃，使劲地往外看，火车缓缓地开动，站台上的建筑物一点一点地往后退，怎么办？曲蔚然呢？他上来了吗？还是没上来？

夏彤用力地看着站台，站台昏黄的灯光下，有人影快速掠过，有一道人影和曲蔚然一样穿着白色的外套，高瘦的身影半隐在梁柱后面，夏彤连忙往后跑两步，盯着站台上的人影使劲看着，越看越觉得他像曲蔚然，夏彤急红了眼睛，哭着喊："曲蔚然！曲蔚然！"

可站台上的人根本不可能听见，背对着她的身影离她越来越远，夏彤顺着火车的车厢往后跑着，一直一直跑到火车完全离开站台，她才绝望地停下来，哭着跪倒在车厢中，轻轻地抽噎："不要丢下我……不要丢下我……"

"完全受不了你。"身后的声音带着一点点不耐烦，却又如此熟悉！

夏彤猛地回头，只见曲蔚然站在离她几步远的地方，一手插着口袋，一手推了推鼻梁上的眼镜，看着她说："走啦，去找座位坐。"说完，他率先转身，往下一节车厢走。

夏彤连忙站起来跟上，抬手擦掉脸上的泪水，小步地跟在曲蔚然身后，伸出手，偷偷地拽住他身后的衣尾，曲蔚然身子顿了下，没有甩开她，而是装着不知道的样子，继续往前走。

车厢的窗口上，映出两个人的身影，男孩抬着头，双手插在口袋里大步地往前走着，男孩后背的衣服被拉得鼓起来，女孩安静地跟在他后面，低着头，手中紧紧地拽着他的衣尾。

他们走了五六节车厢，才找到一个空位，男孩不愿意坐，让给女孩坐，女孩也不愿意坐，固执地站在车厢中，最后那座位两个人都没坐，女孩捡了旅客看过的报纸，铺在车厢的门口处，那边有足够的位置打地铺，女孩将男孩坐的地方多铺了两层报纸，然后坐在报纸少的一边，靠着车厢的铁皮，仰着头望着男孩笑。

男孩也扬起嘴角，温雅地望着她，转身坐在了她边上，冰冷的火车铁皮，透着风的火车门，散发着异味的厕所，还有人不时地走到这里抽烟，可就是在这样恶劣的环境下，两个孩子居然相依相偎地睡着了。

这一觉，便睡到了天亮，夏彤醒的时候，柔柔的阳光照进她的眼里，她眯了好久，才缓缓睁开眼睛，肩膀上的重量让她转过头去，柔软的毛发轻轻地蹭过她的脸颊，夏彤睁大眼，只见曲蔚然靠在她的肩头，安静地睡着，从她的角度看不见他的样子，只能看见他挺直的鼻梁，和悬挂在鼻梁上的无框眼镜。夏彤轻轻抿了抿嘴唇，抬手将他鼻梁上的眼镜摘掉，放在手上玩了一会儿，调皮地戴在自己眼睛上，四周的东西一下全部飘浮了起来，看什么都好像抬高了不少，夏彤摇摇头，眼前更晕了。

呵呵，他居然戴这么深的度数呢，夏彤吐了吐舌头，拿下眼镜握在手里。仰起头，靠在车身上，望着窗外的天空，白云朵朵，湛蓝一片。

一天一夜的旅程，像是永远到不了头一般，可一眨眼，又已经到了昆明。

到昆明的时候是凌晨五点，下了火车，两个人又一次夹在人流中，走出了检票口。昆明的天气明显比青晨区冷很多，夏彤一下火车双腿就冷得打抖，曲蔚然也好不到哪里去，一向很注意形象的他，也把衣领竖了起来，下巴微微缩在里面。

凌晨五点的天色还是黑漆漆的，火车站外面已经有卖早饭的小摊了，曲蔚然挑了一家能遮风的面店进去了，两人一人点了一碗阳春面，夏彤很体贴地找了一次性杯子，倒了两杯开水，一人拿着一杯暖手。

没一会儿满满一大碗面端了上来，曲蔚然拿起筷子不紧不慢地吃着，夏彤却饿急了，挑了一大块面条，啊呜啊呜地吃着，她一边吃一边看着曲蔚然，心里忍不住暗暗佩服他，都饿成这样了，还能吃得这么优雅！

其实在坐火车的二十几个小时里，他几乎没吃东西，因为火车上的东西贵得吓人，两人的钱又不多，不敢乱花，所以没在火车上买任何食物。夏彤有的时候会趁着旅客下车的时候，捡旅客们吃了一半又懒得带走的食物来吃，当然，她每次捡到干净的食物都会先给曲蔚然，可曲蔚然总是微笑地摇着头，夏彤知道他性格高傲，宁愿饿着，也不愿意吃捡的东西。

弄到最后，连夏彤也不再去捡了，她不愿意他饿着，而自己却吃饱了，他若骄傲的话，那她就陪他一起骄傲！


吃完阳春面，身上暖暖的，僵硬的手指也热了起来，夏彤端着面碗，握着碗上的余温，眯着眼睛看着面店外面，清冷的早晨，火车站广场的人匆忙地来来往往，两人又在店里坐了一会儿，天色渐渐亮了起来，曲蔚然一边从口袋掏出钱付给老板，一边向他打听怎么去灌南。

老板说，他们必须先坐很久的汽车到淮阴，然后再转很久的汽车才能到灌南。

曲蔚然接过老板找的零钱，忍不住挑眉道："还真远。"

夏彤揉揉有些犯困的眼睛，抬起头来望着曲蔚然，曲蔚然的脸色也有一丝疲倦，他伸手将竖起的衣领放下，站起来轻声问："很累吧？"

"我不累。"夏彤连忙用力摇头，使劲地睁大眼睛，用来证明自己很精神。

曲蔚然看着她的样子，忍不住笑笑，抬起手，揉乱了夏彤头顶上的头发："走吧。"

"嗯。"夏彤微微低着头，很享受他轻轻揉着头发的感觉，嘴角紧紧抿起，带着开心到极力掩饰的笑容。

两人走出面店的时候，天色已经微微亮了起来，曲蔚然信步走在前面，他的速度并不快，只是腿很长，夏彤走着走着就落到了他后面。夏彤见曲蔚然已经离她有好几米远了，连忙小步往前跑去，正好这时有人拖着大包小包的行李从他们中间的空隙插过，两人撞在一起，巨大的行李碰撞在夏彤身上，夏彤被撞得往后退了两步，大行李箱上的小包落了下来，拖行李的中年妇女回过头来，一脸不爽地骂："你这丫头走路不看路的啊，挡在中间干什么啊！"

"对不起……"夏彤揉着被撞疼的地方，低声道歉。

"对不起就完了啊？我行李摔坏了可怎么办！"

"对不起对不起……"夏彤低着头，一个劲地道歉，忽然她的手腕一紧，一股力量将她往前一拉，她抬头看去，只见曲蔚然一把将她拉到前面，头也不回地笔直往前走，完全无视那个在身后叫嚣的妇女。

夏彤难为情地咬咬嘴唇，觉得自己太笨了，老是出状况，曲蔚然会不会觉得自己很笨很麻烦呢？

走了很久之后，夏彤终于憋不住地问："你会不会……觉得我很笨？"

曲蔚然挑挑眉毛，转头笑："不会。"

"真的？"

"还知道自己笨，说明你没有笨到无可救药。"

夏彤郁闷地嘟起嘴，曲蔚然转过头，微笑地眯着眼："笨就笨点，反正跟着我就行了。"

夏彤嘟着的嘴唇，又慢慢抿了起来，窃喜的笑容深深地挂在脸颊上，只是这么一句简单到随口说出的话，却让她觉得，全身都暖洋洋的。

公交车站牌离火车站广场不远，两人没走多长时间就到了，汽车站离火车站只有一站路，曲蔚然看了眼已经疲惫到不行的夏彤，还是决定花两块钱坐公交车去了。

去淮阴的票三十八元一张，汽车没办法逃票，曲蔚然乖乖地买了两张票，看着口袋里为数不多的钞票，他心里也有些没底，从淮阴到灌南的车票，也不知道要多少钱，要是路费不够可怎么办。

曲蔚然抬起头，看向不远处，夏彤低着头坐在板凳上，头一点一点的，像是已经睡着了，他忍不住扬起嘴角，微笑地走过去，轻轻地坐在她边上，夏彤没有醒，头东歪一下，西歪一下，最后靠在了曲蔚然的肩膀上，曲蔚然抬了下眼，坐直身体，想让她靠得更舒服一些。

候车室里，人声、广播声嘈杂地交织在一起，明明是很混乱的环境，曲蔚然却觉得喜欢，喜欢这里的乱，喜欢这里的陌生，喜欢这里的喧闹。

在这种环境下，他甚至觉得……安全。

曲蔚然架起腿，将双手叠在膝盖上，身子靠在椅背上，尽量挺直，他安静地看着来来往往的人，不远处有卖食品的柜台，一对父子正站在那边，父亲拉着儿子走，可儿子像看上了什么好吃的食物，哭着不肯走，拉着父亲的手，赖在地上吵闹着，父亲呵斥了几声，儿子还是在哭，父亲抬手装着要打的样子，儿子哭得更大声了，父亲无奈，最终妥协了，买了一根火腿肠，儿子接过火腿肠，脸上还挂着眼泪、鼻涕，胜利地笑着。父亲板着脸骂着什么，双手却温柔地将儿子抱起，抬手用自己的衣袖将儿子脸上的泪水擦干，动作是那么轻柔与珍惜。

曲蔚然看着看着，叠在膝盖上的双手，轻轻地握紧，握得很紧很紧，紧到指甲都掐进了肉里。

"怎么了？"靠在他肩上的夏彤，这时迷迷糊糊地醒来，看着全身绷紧的曲蔚然，有些不知所措地问着。

曲蔚然沉默着用力地吸了一口气，然后转头微笑地看着她说："没什么，车票是三个小时后的，你再睡一会儿吧。"

夏彤轻轻地点头，眼睛却没闭起来，而是顺着曲蔚然刚才的目光看见了那一对父子，夏彤忽然明白什么了，她咬咬嘴唇，闭上眼睛，将头靠在曲蔚然肩膀上，过了好一会儿，她忽然说："曲蔚然。"

"嗯？"

"我睡着了。"

"嗯？"

"所以，你有什么不开心的，就说出来吧，我什么也听不见。"

曲蔚然低下头，轻轻地笑了，满眼温柔："你又想偷听了？"

"我睡着了。"夏彤固执地说。

曲蔚然笑，抬手，轻轻地揉了揉她的长发，轻声说："睡吧。"

"嗯。"夏彤柔顺地答应，只是明亮的双眼依然睁着。

曲蔚然放下手，看着前方发呆，眼神不经意地寻找着那对父子，只可惜他们早就已经消失在人海中了。

曲蔚然低下头，静默了一会儿，轻声说："其实，小时候他很疼我，对我很好。我要什么，他就给买什么。不管是多过分的要求，他都会笑着答应我。"

"你知道吗？他以前，笑起来很好看，我很喜欢看他笑，我妈妈说，他笑起来，就像暖暖的冬阳一般，看着让人的心都能化掉。"

曲蔚然说到这里的时候，夏彤忽然想起第一次见疯子的时候，他那么温柔亲切地对她说话，他一笑起来，整个平凡的容貌都变得出色了，那时，她就觉得，他笑起来和曲蔚然好像。

曲蔚然摊开双手，用手指描绘着手心的生命线，继续轻声道："那时候，他发病从不打我，只是喜欢砸东西……"

"有一次，他发病，又在家里砸东西，我放学回来，我和他说：爸爸，我考了全班第一，然后，他忽然就清醒了。"

曲蔚然说到这，低着头苦笑一下："妈妈高兴坏了，他也高兴，他说，只要我一直一直考第一名，就是他最好的药，他会为了我一直保持清醒……"

"那时候，我以为，他即使疯了，也不会舍得打我一下的……"

曲蔚然的脸上依然挂着笑容，只是这笑容越来越苦："其实……我从来不讨厌他。"

"我也想，有一天，他的病能好……"

"所以，我愿意忍。"

"愿意认命。"

曲蔚然缓缓闭上眼睛，低下头来，眼镜片的反光让人看不清他的眼神，只是那么落寞的身影，让夏彤紧紧咬住嘴唇，当她想动、想说话、想安慰他的时候，曲蔚然却抬手按住她，将她按在自己的肩膀上，低声说："睡着的人，别说话。"

夏彤紧绷的身体，无力地松软下来，她知道，他不想自己可怜他、同情他，他不想让自己看到他的脆弱，他就是这样一个人，骄傲又固执，善良又矛盾，他就是这样一个人！


去淮阴的路很平顺，什么也没有发生，夏彤靠在曲蔚然的肩膀，一路睡到了淮阴，等她醒过来的时候已经下午四点多，车子又开了半小时才到了淮阴汽车站，两人下车第一件事情就是跑去看从淮阴到灌南的车票钱。

三十元一张，两张六十元，剩下的钱刚好够，两人都不免庆幸，很高兴地买了车票，却是第二天早上九点的车票。曲蔚然将车票收好，问夏彤是想在候车室等着，还是出去转转再回来，夏彤想了想，说："出去转转吧。"

曲蔚然很自然地伸出手，夏彤愣了一下，然后有些害羞地将手交出去，曲蔚然牵起她的手，笔直地往外走。他牵她手的力气并不大，甚至轻得只要她微微挣扎一下，就会松开，可是夏彤不愿意挣扎，不愿意松开，反手又紧紧地握住他的手。


淮阴汽车站外的街头有些乱，小摊贩占据了主干道的两边，杂乱的人群发出让人头疼的吵闹声，两人在四周逛了逛，曲蔚然买了两个青苹果，一人一个，在身上擦一擦，便坐在路边的台阶上吃，一边吃，一边看着人来人往。

夏彤吃东西总是很快，曲蔚然的苹果还剩一半的时候，她已经吃完了，可怜兮兮地将苹果啃得只剩下薄薄的核，透明得都能看见里面的苹果籽。

曲蔚然看着夏彤笑，抬手，将自己吃了一半的苹果递给她，夏彤红着脸使劲摆手："我……我不要。"

"嫌脏？"

"不是！"夏彤的手摆得更快了，"这是你的，我的吃完了，我吃一个就够了。"

"可是我不想吃了，"曲蔚然一脸困扰地望着苹果，"丢掉又可惜……"

"你吃吧，你吃吧，别省给我。"

"苹果又不是什么好东西，有什么好省的？"

"可是……可是……"

"我丢了。"曲蔚然作势要丢，夏彤连忙拦住："别别，给我吧，我帮你吃。"

曲蔚然笑，将苹果递给夏彤，微笑地坐在她边上看着她吃，夏彤有些不好意思地捧着苹果，红着脸，小口小口地咬着，非常非常的不好意思，他会不会觉得自己很馋嘴啊！好丢人！可是……可是……这是他咬过的苹果耶……

夏彤的脸更红了，慌忙低下头来，纠结地吃着苹果。

初冬午后的阳光很是温暖，软软地照在两人身上，曲蔚然轻轻歪着头，懒懒地眯了眯眼，望着身边低着头、满脸通红的夏彤，忽然觉得，整个世界祥和得让他觉得很宁静，这是他从未有过的一种感觉，也不知为什么，心里的好多不甘愿，好多愤怒，在这午后冬阳的温暖下，渐渐变得不重要了。

他们在街边坐了很久，没有像别的孩子一样，去凑任何热闹，只是站在热闹外，静静地看着，安静、淡然、与世无争。

第二天清晨，两人坐上开往灌南的汽车，夏彤在汽车上吐了，早上吃的馄饨面变成很恶心的黏稠物吐在了汽车上，车上的乘客用细小的声音抱怨着空气里馊馊的味道，夏彤内疚地低着头，不安地绞着手指，曲蔚然打开窗户，让冷风透进来，吹散车内难闻的气味，又转身温文有礼地找后面的旅客要来看过的报纸，轻轻地盖在呕吐物上面，一连盖了好几层，直到报纸上没有渗透出湿迹。

"换个座位吧。"曲蔚然转头对夏彤说，"你坐窗口，透着气就不会想吐了。"

"可是，我这个地方好脏。"夏彤望着地上盖了好几层的报纸。

"没事的，我脚不会放上面的。"曲蔚然说着便站起来，不容置疑地将夏彤推到里面的位置上，并且斜过身体，将刚才大口的窗口关小了一些。

夏彤傻傻地望着曲蔚然，心扑通扑通地乱跳，她真的觉得他好温柔，他的轮廓俊美得让人移不开眼睛，他的每个动作都优雅从容，曲蔚然，真是这个世间最完美的少年。

如果……他能再幸福一些，那有多好啊。

# 第十一章

## 我们的约定那么美

夏彤被曲蔚然牵着，从汽车上下来的一刻，望着车门外的风景，她全身失去的力气像是又回来一般，她开心地跳下汽车，跑到汽车站外，看着熟悉的街道，她转头对曲蔚然说："这里一点都没变，还和我走的时候一样呢！"

夏彤开心极了，拉着曲蔚然到处看着，她的脸上满是笑容，那种连灵魂都轻快了的笑容，那笑容，是她在青晨区从未露出过的表情。

曲蔚然也被她的好心情传染了，嘴角的笑容越发自然，淡漠的双眸也染上点点温柔。夏彤拉着曲蔚然往前走，她家每年只有赶集的时候才能到县城里来，她说她家离灌南县还有很远一段路，她说，如果走路的话，要走五六个小时。

她说，现在，她闭着眼睛也能走回家了！

说着，她像是证实自己的话一般，闭着眼睛往前走："你看啊，你看，我真的能闭着眼睛走。"

曲蔚然笑："就这么开心吗？"

"嗯啊！"夏彤一想到马上就要见到妈妈了，她就好激动、好开心！

"那好吧。我们打三轮摩托车过去吧。"曲蔚然掏出口袋里最后的五块钱，对着夏彤轻轻地扬扬。

夏彤使劲点点头，在灌南，三轮摩托车也叫蹦蹦车，夏彤经常坐，两个人到小村去只要四块钱。

曲蔚然捏着手中最后一个钢镚儿，轻笑一声："没想到还能剩下一块钱。"

夏彤也看着硬币笑，曲蔚然将钱币放进夏彤手心："送给你。"

"呃？"

"以后，要是遇到不能解决的事情，就抛硬币吧。"

夏彤愣了愣，然后使劲点点头："嗯！"她将硬币紧紧地握在手心里。

那之后，很多年，那个不值钱的一块钱，被夏彤用铁丝圈住外围，然后用银色的链子穿过铁丝，做成项链，一直挂在她的脖子上，深深地藏在衣服里，紧贴着最靠近心脏的地方。

蹦蹦车直接停在村庄门口，夏彤跳下车，在村口就开始跑起来："妈妈，妈妈！"

夏彤大声叫着，一路直直地往家里奔着。

夏彤跑得飞快，坎坷不平的篱笆地总是让她崴着脚，可是她没停下，像是疯了一般地飞快地往家里冲，冲到最后，她都没力气喊了，上气不接下气地叫："妈妈，妈妈，我回来了！"

在后村的一间已经破旧不堪的老房子门口，夏彤终于停了下来，她用力地喘着气，使劲地在木门上拍打着："妈妈！妈妈！妈妈我回来了。"

"妈妈。"

夏彤敲了很久，也没有人开门，过了好一会儿，隔壁的大爷端着饭碗走出来，像是有些不敢相信看着夏彤说："哟！这不是彤彤吗！咋回来的呀？"

"吴大爷！"夏彤连忙转身跑到他面前问，"吴大爷，你看见我妈妈了吗？"

"她怎么不在家？"

"你妈妈啊，"吴大爷扒了一口饭，"你妈不是嫁人了吗？在后庄，就是你李叔家，前年年初就嫁过去了。"

"嫁人了？"夏彤愣愣地问。

"是啊。"吴大爷嚼着嘴里的饭粒子说，"大爷还能骗你吗？你妈娃都生下来了。是个男娃，你李叔可高兴了，百岁那天还在村里摆酒呢……"

夏彤没有听清楚吴大爷继续说的话，她的心像是被人用刀狠狠地剜了下一般疼！生疼生疼的！原来爸爸和林阿姨说的是真的！妈妈真的嫁人了！

妈妈真的……

嫁人了？

不！不！她不相信！不相信！

夏彤转身，疯狂地往后庄跑去，很用力很用力地往后庄跑去，可真到了后庄，到了李大叔家的门口，她又胆怯了。她躲在高高的草垛后面，因为跑得太快，她现在连呼吸都觉得困难。

她跌坐在草垛后面，抬眼，望着李叔家的门口，房门没有关，对开的木门大大地敞着，厨房的烟囱冒着的烟，现在是晚饭时间，夏彤甚至从烟雾里闻出妈妈做的菜的味道，是大白菜炖粉条，是最便宜也是她最喜欢吃的菜，要是过节，能在粉条里放些肉，那味道便美极了。

夏彤情不自禁地往前探了探身子，可还是看不见房子里的情况。她就那样，伸长着脖子，偷偷看着，想知道，却又害怕知道！

忽然，一道人影从房间里走出来，夏彤连忙缩回身子，紧紧地靠在草垛上，干枯的稻草戳着她的脖子，有些微微的刺痛感。

她听见小孩咿咿呀呀的哭闹声，她听见有个女人温柔的低哄声，那声音，是那么熟悉，曾经，那声音、那温柔的语调，也那样伴着她，在她耳边温柔地说："彤彤，妈妈的乖宝贝，好好睡吧，妈妈在这里。"

夏彤的眼眶湿润了，泪珠一颗颗地滑落，她背对着妈妈，躲在草垛后，咬着嘴唇，使劲地哭着，最后，终于再也压抑不住，破碎的哭泣声，从嘴唇中蹦出来，可这细小的声音，却被小孩洪亮的啼哭声掩盖住，妈妈的声音还是那么温柔，温柔地哄着她的孩子，轻声地说："哦……哦……宝宝不哭，哦……哦……哦……宝宝不哭哦……"

可是，可是，她的两个孩子，都未停止哭泣。夏彤咬着手背，压抑地哭泣着，两岁大的幼儿在她怀里大声地哭泣着。

"哎呀，这小鬼今天怎么这么闹人啊？"妈妈抱着怀里的宝宝在家门口走动着，一边走一边低声哄着，她走着走着，忽然停了下来，缓缓地、缓缓地转过头去……

身后，一个可怜的女孩，满眼泪水地望着她，那眼神，充满了幽深的埋怨与压抑的想念；那女孩，面容憔悴，头发散落在肩上，红色的棉袄，还是她在老家给她定做的；那女孩，那女孩，望着她，轻声地、很小心很小心地叫她："妈妈……"豆大的泪珠从她眼眶落下，女孩紧紧地盯着她问，"你是不是，不要我了？"

夏彤妈妈一直愣着，她没有想到夏彤会这样毫无预警地出现在这里，她紧紧地抱着手里的孩子，手足无措地看着哭泣的夏彤。失去了母亲的低哄声，怀里的孩子也哭得越发激烈。

"你……你怎么回来了？"夏彤妈妈终于动了，她抱着孩子走到夏彤边上，蹲在她身边问，"你爸爸知道你跑回来吗？"

夏彤望着妈妈怀里的孩子，轻声问："这是我弟弟吗？"

夏彤妈妈有些尴尬地点头："是。"

"妈妈最喜欢男孩了，爸爸也最喜欢男孩……我为什么不是男孩……"她记得很清楚，小时候，妈妈总是抱着她说："你要是个男孩多好，你要是个男孩，你爸爸也不会抛弃我们了，你要是个男孩，你爷爷奶奶也不会允许你爸爸抛弃我们了……你要是个男孩多好……"

在这个重男轻女的落后小村庄里，生个男孩是多么重要的事情，有的女人连生了四五个女孩，还要继续生，只因为……她们还未生出男孩。

夏彤哭着说："我要是男孩，爸爸就不会抛弃妈妈。"

"我要是男孩，妈妈就不会不要我。"

"为什么我不是男孩？"

夏彤妈妈呵斥道："你在说什么呢？妈妈没有不要你。"

"难道不是吗？"夏彤哭着问，"你把我像皮球一样地踢给爸爸，只是为了更方便自己嫁人！更方便自己生下一个男孩！"

"你胡说什么！妈妈是为了你好！妈妈让你跟着爸爸，是为了让你去城里读书！"

"够了！你就是不想要我！"

"就是不想要了！"这是夏彤第一次对母亲大声地吼！

"彤彤……妈妈真是为了你好……妈妈只是希望你能过上好日子！"

"才不是好日子，才不是！你不知道我在那边被多少人欺负，你不知道我每天连呼吸都小心翼翼！你不知道！我是因为你说，你会等我来接你，我才忍受的……"

夏彤哭着看她，妈妈抱着手里的孩子，咬着嘴唇说："妈妈没有不要你，妈妈只是想过好点的日子，妈妈再也不要抱着你在漏雨的篱笆房里哭了，妈妈再也不要想你那个负心的父亲。妈妈没有错，妈妈要过更好的日子，彤彤也是，要过更好的日子。"

"那妈妈为什么要和爸爸借钱呢？"

"妈妈借钱，是因为你弟弟病了……妈妈也没办法……"夏彤妈妈望着她，眼里也很无奈。

夏彤使劲地闭了下眼睛，然后睁开："爸爸因为妈妈和他借钱，非常非常地生气，他现在已经不想养我了。"

夏彤停顿了一下，小声地、期盼地问："那么，妈妈，我现在可以留下来吗？"

夏彤望着自己的母亲，看着她的眼神瞬间一阵慌乱，张口想说，却像是无比为难而又说不出来的表情。

夏彤等了一会儿。

母亲没有回答。

夏彤抿着嘴唇，使劲地忍着哭声，用力地转过身去，然后用很轻很温柔的声音说："妈妈，我走了。"

　　说完，她慢慢地往前走了两步，泪水模糊了视线，一滴泪珠掉落，视线又清晰了起来，夏彤忽然拔腿狂奔起来，像是再也忍受不了！她一边哭一边往前跑着，跑到熟悉的大桥上面，一直一直大声地哭着，望着桥下熟悉的水流，她忽然很想跳下去！

　　跳下去让他们后悔！

　　跳下去让他们内疚！

　　跳下去！跳下去！让所有抛弃她的人都得不到好日子！

　　夏彤这样想着，身体也不由自主地动作着，她双眼空洞地爬上桥栏，强风将她的长发吹得飘起，将她单薄的身体吹得摇晃，好像下一秒她就要被吹下去一样！

　　"你要去死吗？"

　　身后，曲蔚然温柔的声音轻轻地传来，夏彤满眼泪水地转头看他，哭得说不出话来。曲蔚然看着这样的夏彤，忽然轻轻地笑了，还是一如既往的温柔，他走过去，双手撑住桥梁，一跃就爬了上去，他也站在桥栏上，低头看着湍急的河水，轻声说："我陪你好不好？我们一起。"

　　曲蔚然伸出手，掌心向上，轻声地邀请夏彤。

　　夏彤的眼泪一直流着，身子不能自已地猛烈颤抖，她伸出手，递给曲蔚然，他的手是冰凉的，她的手也是冰凉的。

　　两人站在桥栏上，风将他们的衣服吹得鼓鼓的，曲蔚然抬起头，柔顺的刘海被吹向后方，露出饱满的额头，戴着眼镜的眼睛轻轻眯起，他握紧手中冰凉的小手问。

　　夏彤摇摇头，她不怕，此刻，她的眼泪已经流干，她的身体也不再颤抖，她的手紧紧地牵着他的，她学着他的样子扬起头，任狂风将她的长发吹得张牙舞爪。

　　"从这跳下去，真的会死。"曲蔚然平静的声音传进她的耳朵。

　　夏彤望着桥下缓缓流过的江水，重重地点了下头："我知道。"

　　"怕吗？"曲蔚然轻声问。

"不。"夏彤倔强地回答，"你呢？"

曲蔚然轻笑了一声，扬起的嘴角特别好看："我挺怕的，自杀想了无数次，却没有一次敢的。可是这次，有你陪着，我也不怕了。"

曲蔚然说完，牵紧夏彤的手说："走吧。"

他的身子猛然往前倾去，夏彤睁大眼睛，她知道，他真的会跳下去，夏彤忽然往后仰去，借着身子的重量，拉扯着曲蔚然一起从桥栏上掉到桥上。

曲蔚然摔得正面朝上，他没有马上爬起来，只是看着蓝蓝的天空，眼里有一丝失望地问："不是说不怕吗？"

夏彤坐了起来："我不怕死……"

"可是，"她低着头继续说，"我舍不得你死。"

曲蔚然失望的眼神瞬间消失了，他抿了抿嘴唇，也坐了起来，认真地望着夏彤说："好，从此以后，你为了我活着，我为了你活着。"

从此，约定成立，夏彤因为这个约定开心了很久很久，就算被全世界抛弃了又怎么样？至少她还有他，有她的王子，她生命里的阳光。

她愿意，只为他一个人活着。

## 第十二章

妈妈，其实我很爱你

天色渐渐暗下来，夏彤提议先到她和妈妈原来住的房子里休息一晚再作打算，曲蔚然点头答应，两人缓慢地往村子走去，乡下地方也没有路灯，只有天上闪烁的星星和皎洁的月光为他们照亮，两人还没有到村口，就听见一道洪亮的声音从远处传来："是彤彤吧？"

夏彤眨眨眼，盯着前方，微弱的手电筒灯光照了过来，一个黑壮的乡下汉子骑着老式的带杠自行车过来，夏彤抬头望着他，没说话。

"怎么见到你李叔也不说话？怎么搞的？你妈找你找得急死了。"李叔停下自行车，一脚撑着地继续道，"我前庄后庄都找遍了哦，赶快跟叔回家，你妈在家急死了。"

夏彤抿着嘴唇，站着不动。

李叔看着曲蔚然问："这是哪家孩子啊？庄上没见过。"

"叔叔好，我叫曲蔚然，是夏彤的同学。"曲蔚然有礼貌地说，"我陪夏彤一起回来的。"

"哦，你送彤彤回来的呀，谢谢哦。"李叔将车子掉个头，很豪爽地说，"走，跟叔回家吃饭去。"

李叔拍拍后座说："来，叔带你们。"

夏彤站着没动，曲蔚然推了推她："走吧，我饿了。"

夏彤冷着脸，走到自行车的横杠前面，侧身坐了上去，李叔也骑上自行车，将车子蹬了起来，曲蔚然等车子骑得平稳以后，才跳坐了上去。

李叔笑："彤彤长漂亮了啊，在城里住就是不一样，没几年就长得又高又俊，将来肯定能找上好婆家。"

夏彤没说话，一点也不想理他。李叔是村里的鳏夫，前妻一个孩子也没给他留下，以前家里有什么她和妈妈做不了的重活时，都会叫他来帮忙，听隔壁的奶奶说，李叔从小就喜欢她妈妈，可妈妈不喜欢他。李叔一直对她也很好，每次去城里打工赚了钱也会给她买些吃的用的，所以小时候，夏彤一直当李叔就是她爸爸。

自行车刚在院子里停下，夏彤妈妈就迎了出来，紧紧地拉着夏彤的手："你这孩子，现在脾气怎么这么坏？也不听妈妈说话。你这么跑了，妈妈多担心啊。"

夏彤低着头，一直很沉默。

"哎呀，别说了，进屋去，带孩子吃点饭啊，都什么时候了。"李叔推了推夏彤妈妈，"给彤彤炖个鸡蛋不，好不容易回来一趟。"

夏彤妈妈转过身，偷偷擦了下眼泪说："炖什么鸡蛋啊，菜都做好了。要炖也明天再炖。"

"那就明天炖吧。走走，吃饭去。"李叔大手一挥，带着一家子人进屋，坐上饭桌。

夏彤妈妈给大家都盛了饭，抱着孩子坐在一边，看着大家吃饭。

"你不吃饭干什么？"李叔问。

"我不饿。"

"你不饿才有鬼呢，平时都吃三大碗。"

夏彤妈妈瞪他一眼。

"哎呀，吃啦吃啦。"李叔将饭碗推过去，"彤彤回来是好事哦，你不是也想她吗？以后在家住就是了，不就是多双筷子吗？能吃多少？"

夏彤低头扒饭的动作停顿了下，大眼抬起来，有些感激地望着李叔。

"我嫌她这一双筷子啊！"夏彤妈妈忽然发火了，将碗往桌上一摔，"我想她以后上高中、上大学啊！你能赚钱给她缴学费吗？你上有老下有小，还要养你前妻家的两个老人，我父母那边也要贴补一些，还有我们儿子……这病……"夏彤妈妈说着说着就哭了，"我不想和女儿一起住啊？都是身上掉下来的肉，我哪舍得……"

夏彤妈妈抬手用手心使劲擦了下眼泪："城里再苦也是城里人，彤彤留在这里，过了十八岁就得找婆家，不到二十岁就要给人当妈，嫁得好也就算了，要是嫁得不好，又要苦一辈子！"

"我是下狠心了！我绝对不要我女儿和我一样！"夏彤妈妈擦干眼泪，倔强地望着夏彤说，"城里再苦你也给我回去！我和你说过多少遍！你读出书来，就能掌握自己的命运！"

"彤彤我告诉你，什么都是空的！什么人都靠不住！你要靠你自己！懂不懂！"

"你这孩子怎么就不能坚强一点，上进一点呢？"

"你跑回来干什么呀！"夏彤妈妈越说越大声。

夏彤咬着嘴唇，一直没说话。曲蔚然吃饭的动作也缓慢了很多。

"哎呀，小孩子不想待城里，你逼她干什么呀？"李叔阻止道。

"我是恨她不上进啊！什么被人欺负，被人欺负不能忍啊！"夏彤妈妈瞪着夏彤连声道，"你去的时候我怎么和你说的？你要忍，要忍耐。"

夏彤咬着嘴唇，眼眶泛红，一脸愧疚地看着碗里的米粒，小声地说："对不起……"

"对不起妈妈……"滚烫的泪水滑落脸颊，滴进碗里。

曲蔚然低着头，放下手中的碗筷，冷声道："好伟大啊！"

所有人都奇怪地看着他。

"阿姨您好伟大。"曲蔚然抬起眼，眼镜片一阵反光，眼里满是精明与冷静，"既然这么伟大，为什么要问夏彤爸爸借钱呢？"

"哦，说借太好听了，"曲蔚然挑眉，"应该说是'勒索'。"

"这么聪明的您，这么爱夏彤的您，在'勒索'之前，没有想过她的处境吗？"

"在她被她爸爸完全抛弃之后，还想将她赶回去。您既然这么为她着想，那您说说，她父亲会再次让她进家吗？"

"为什么你们这些大人，总是找些好听的借口为自己辩解？让自己成为正确的一方，然后责怪我们孩子不懂事、不上进、不宽容？"

"承认吧，您就是一个真的自私者、伪善者，您根本没有资格责备夏彤。"曲蔚然说完，转头望着夏彤继续道，"还有你，别总是那么傻，人家说什么你就信什么。"

曲蔚然说完优雅地起身，有礼地道谢："我吃饱了，谢谢您的招待。"

而夏彤睁大眼睛望着曲蔚然，一脸醒悟，又转过头去，一脸受伤地望着自己的母亲……

她又被骗了吗……

又一次，被她最爱的母亲骗了……

夏彤妈妈的脸一阵红一阵白，老实巴交的李叔也尴尬地咂咂嘴："都说让你别敲那家伙的钱，你不听。"

夏彤妈妈咬着嘴唇，蜡黄的脸上满是憔悴，她轻轻地点头道："是……我是自私。可我要不自私，我到现在还住在前庄那个破屋子里，等着那个永远不会回头的男人回来！我就是自私！做人就要自私！一定要，夏彤你要和妈妈学！你也要自私！"

"好了，你别教坏孩子！"

"我教坏孩子？我只是不想她将来变成我这样……"

李叔也有些不耐烦："行了行了，你吃饭吧，饭遮不住你的嘴。"

夏彤放下碗筷，低声说了一句："我也吃饱了。"然后就转身走出门外，她不想再听，不想再听她的辩解。

门外，院子里，曲蔚然站在漆黑的夜色里，双手插着口袋，微微仰着头，百无聊赖地望着天上的星星，夏彤一步一步走过去，走到他的面前，曲蔚然转过头看她，仰唇微笑，轻轻抬起手，擦去她面颊上的泪水："又哭了？"

"嗯。"

"完全受不了你，笨死了。"

"嗯。"

曲蔚然揉揉她的头发，用很温柔的声音哄道："乖了，不哭。"

"嗯……"夏彤点点头，然后伸出双臂，缓慢地将曲蔚然抱住，她的脸颊贴在他单薄的胸口，她的低泣声震动着他的心脏。曲蔚然默默地看着前方，抬手回抱住了她，叹气地说："对不起……"

对不起，我不应该揭穿她。

对不起，也许傻傻的你更应该活在谎言里。

对不起，我将你小小的期望，最终打破。

曲蔚然闭上眼睛，使劲地将夏彤抱住，心里有些后悔。


清晨，天还蒙蒙亮的时候，曲蔚然就起来了，他睡不惯这里的床，更不习惯身边有一个中年男人的打鼾声一直在他耳边吵着，他从房间出来，打开双开的大木门走了出去，外面还有些黑，冰冷的空气一下灌进肺里，让他瞬间清醒了不少。他沿着村里的小道缓缓地往前走着，偶尔在路上遇到一个人，都会用好奇的眼神看着他，而他只是有礼地对人点头微笑。

从村头走到村尾只用了二十分钟的时间，曲蔚然站在地势较高的地方，向下看着，这个满是黄土的村庄，就是夏彤出生的地方啊。曲蔚然微微地笑着，他可以想象出小夏彤扎着两根土土的麻花辫在村庄里跑的样子，小鹿一般的眼睛在遇见生人时，总是露出害怕伤害的眼神，有些胆怯，却带着想要接近你的温暖。

他低下头，用脚尖在地上画了个圈，又将它涂掉，仰起头，将双手插在上衣的口袋里，深深地呼出一口气，继续往前走，忽然，远处的一辆黑色的小轿车吸引住他的视线，他转头看去，只见那黑色的小轿车缓慢地开进村庄，在遇到路上的村民后，停下来打听了什么，又继续往前开。

曲蔚然微微挑眉，嘴角忍不住仰了起来，高兴地向前跑了几步，又猛地停下来，像是极力压抑心中的兴奋似的，不急不慢地往夏彤家走。

在离夏彤家还有十几米的时候，他停下来，躲在草垛后面，随手抽出草垛里的稻草，在修长的手指中绕来绕去，身子微微侧着，看着不远处的院子里一个穿着红色呢子大衣的女人，焦急地敲着夏彤家的木门。房门被打开了，李叔披着一件军绿色的旧棉袄出来，睡眼蒙眬的样子，可等他一看清门外的女人相貌时，眼睛瞬间睁大了，也许是他从未见过这么好看的女人，他甚至有些不敢相信地揉揉眼睛。

女人精致的脸上满是愁容，她皱着眉问着什么，李叔恍然大悟，连忙回身到房里去找，可房里没有他要找的人，他不解地扒拉着头发，对着女人摇头。

女人的眼睛瞬间红了，眼泪吧嗒吧嗒地往下掉，曲蔚然双手猛地用力，手中的稻草轻易地被他扯断开。

院子里，夏彤和夏彤妈妈也起来了，女人见到夏彤很激动，抓着夏彤的肩膀连声地问着。夏彤也急了，摇着头，眼神到处乱找，似乎希望能看到什么。

曲蔚然扔掉手中的稻草，从藏身的草垛中一步一步地走出去，夏彤第一个看见他，大大的眼睛猛地一亮，抬手指着他叫："阿姨，曲蔚然在那儿呢！"

女人猛回过头去，看见曲蔚然的时候，几个大步就飞奔过去，一把抱住他，双手使劲地捶着他的后背，连声责怪："你要把妈妈急死了！你这个孩子！我的命啊……我找死你了，找死了。"

曲蔚然双手插着口袋，有些僵硬地让她抱着，过了好久才嗫嚅地叫：

"妈妈。"

曲妈妈一直哭着:"你怎么变得这么任性?说都不说就跑了,你知道妈妈多担心吗?要是找不到你,妈妈也不想活了,你想急死我啊?想急死我啊?"这个美艳的女人,抱着自己的儿子,一点也不顾形象,哭得大把眼泪大把鼻涕的。

一向淡定的曲蔚然此时也慌了,语气里也带着内疚和着急,他从没想过,自己的母亲会为了他这么大声哭泣,就如他是她唯一的珍宝一般,多么多么害怕失去他……

"妈妈,你别哭了,我错了还不行……"

可是曲妈妈像是听不见一般,一直哭泣着,几天绷紧的神经在见到曲蔚然这一刻彻底断了,她知道自己儿子活得苦,一直受了很多委屈,可是她更知道他的儿子活得够坚强、够懂事,也很善良……所以她以为他能承受很多,终究忘了他也只是一个孩子。

承受不住了,他也会哭的;承受不住了,他也会跑的。

她多怕,再也见不到这个孩子啊……

一直在一边围观的李叔笨拙地插话道:"孩子找着就好,都进屋坐,站门口干啥呀?"

夏彤妈妈也上前劝着,曲妈妈又哭了一会儿才被搀扶着走进屋里。原来曲蔚然失踪的第二天,曲妈妈就开始到处找他了,在得知夏彤也失踪之后,猜想也许他们会在一起,便开了车子找过来。

几个大人在屋子里寒暄了一阵,曲妈妈要带曲蔚然回青晨区,夏彤妈妈指着夏彤说:"也带她一起回去吧。"

曲妈妈看了看夏彤,夏彤低着头,双手无措地绞在一起。

曲妈妈点点头,答应了。

夏彤上车的时候,夏彤妈妈小声地在她耳边交代着:"妈妈昨天晚上给你爸爸打电话说了,不和他借钱。他也说让你回去的,你到那边别怕,他怎么也是你爸爸,说什么不养你,那都是气话,你就脸皮厚点,自己回去，知道吗？”

夏彤低着头一直没说话，夏彤妈妈拉起她的手，将一沓零碎的纸币塞在她的手中："这些钱你拿着，缺什么自己买些。"

"彤彤，你原谅妈妈好吗？妈妈……妈妈也没办法。"夏彤妈妈将钱紧紧地按在夏彤手里，言语有些哽咽。

夏彤看着手中的钱，轻轻地咬着嘴唇，过了好一会儿，她才开口说："妈妈，你还会在这里等彤彤吗？等彤彤出息了，回来接你过好日子？"

"哎……妈妈等，妈妈等彤彤回来。我们彤彤，一定会出息的。"

"嗯，我一定会努力的！"夏彤望着自己的母亲，微笑着使劲地点着头，她会努力的！为了将来，为了自己十年后的家。那个家里，一定要有爱她的妈妈，还有……他。

回城的路比来时的路近很多，中途休息了一个晚上，第二日下午便回到了青晨区，车子一进四合院，夏彤就觉得有些压抑，抬起头，便看见林欣阿姨站在走廊上向下望着她，夏彤紧张得不知怎么办好，再偷偷往楼上看的时候，林欣阿姨已经不见了，夏彤松了一口气。楼梯上，只见弟弟夏珉蹦蹦跳跳地跑过来，凶巴巴又不乐意地对她叫："夏彤！妈妈叫你回家。"

夏彤愣了愣，连忙答应："哦。"转头望着曲蔚然说，"我先回去了。"

曲蔚然点点头，鼓励地望着她。

夏彤也像是得到勇气一般，一口气跑回家，林欣阿姨正在厨房烧饭，夏彤小心翼翼地走到厨房门口，小声地说："阿姨，我回来了。"

林欣翻炒了两下菜，没搭理她。

夏彤咬咬嘴唇，转身往自己房间走，才走了两步，忽然听见身后的声音说："去洗洗手，马上吃饭。"

夏彤像是不敢相信一样回过头，林欣阿姨依然木着脸炒菜，可夏彤却很高兴地点头答应："是。"

　　吃完饭，夏彤回到自己原来的小书房。房间里安静又压抑，夏彤想着这些天发生的事，像是做了噩梦一般，可也是在噩梦中，她的王子和她说：从此以后，我为你活着，你为我活着。

　　每当想到这句话，夏彤就好像充满力量一般，什么也不畏惧了，想着的，只有好好活着，骄傲、自信、有尊严地活着。

　　那之后，夏彤像是开窍了一般，从原来的死读书变成寻找技巧和窍门读书，数学不会，她每天从小学的习题一点一点地做；英语不会买了一本字典，从A开始背起，一直背到Z；语文不会，她把每一篇课文和课后习题都背下来！

　　笨鸟先飞是有用的，夏彤的成绩在她不懈的努力下，逐渐有了起色，初中考高中的时候，她以五百八十一分和曲蔚然一起考进了全市最好的高中——青城十一中。放榜的那天，夏彤看着自己的名字，特别开心，第一次有了一种也许能掌握未来的自信。

　　她紧紧握住双手，告诉自己，要加油啊，夏彤。

## 第十三章

### 顺利的高中生活

高中开学的第一天，夏彤和曲蔚然早早去了学校，市里的高中离家里很远，曲蔚然和夏彤都办了学校的住宿手续，这是夏彤第一次住校，难免有些紧张，又带着一些兴奋。女生宿舍里一个房间放着四张上下铺，夏彤第一个来，她按着学校贴在床铺横梁上的姓名字条，找到自己的床铺，是靠窗的下铺，夏彤将带来的行李放在位置上，开始收拾东西，没一会儿，进来了一个女生，女生剪着利落的短发，穿着蓝色的足球衫，底下穿着短裤，清爽利落中透着随性的帅气。女生看了眼床铺上贴的姓名字条，很不满地皱眉："靠，什么破位置？"她抬手，将每张床铺上的字条都撕了下来，揉了揉，随手丢在地上，然后将包往靠窗的另外一个下铺上一丢。

夏彤愣愣地看她，女生柳眉一竖："看什么看，不服啊？"

夏彤连忙摇头，表示没有不服。

女生瞅她一眼，然后向她走来。

夏彤有些怕地往后退一些，女生把手伸过来，漂亮的手指一掀，将夏彤床铺上的名字字条也撕了下来，瞟也没瞟，继续揉揉丢地上。

"不许说啊，"女生扬扬拳头，"不然揍你。"

夏彤睁着可怜的大眼睛，点点头。

住宿舍的女生陆续来了，来得早的便自行挑选了位置，来得晚的只能睡靠走廊的床铺。后来的四个同学非常不满，吵着说："为什么别的宿舍床铺有贴名字，我们的没有，是谁撕掉了？"

夏彤整理着桌子，偷偷地看了一眼一直躺在床上的女生，那女生不痛不痒地继续睡觉。

"真是没素质，最讨厌这样的人了。"

"就是。"

几个女生一边说还一边用怀疑的眼神打量着夏彤。

夏彤非常无辜地摇头："不是我。"

"不是你你紧张什么？"

"我们又没说是你。"

"看，心虚了吧！"

夏彤百口莫辩，只能气呼呼地瞪着撕字条的女生，而那女生只是睁开眯着的眼睛，无赖地对她吹了一声口哨。

于是，可怜的夏彤，在高中开学的第一天，就被舍友们莫名其妙地讨厌了！


夏彤气呼呼地对曲蔚然说起这件事的时候已经是开学一周后了，两人没有分到一个班，夏彤在（7）班，曲蔚然在（1）班。（1）班是重点班，重点班在教学楼的最顶楼，每个年级的重点班都在四楼，学校对重点班的同学特别呵护，生怕他们上课的时候被吵到，所以将最安静的一层楼给了他们。

而高一的新生却在最下面一层，曲蔚然懒，自然不会每节课下课跑到一楼去找夏彤，夏彤更不好意思去五楼找他，两个人也因为上了高中，而变得有些生疏了。

这次见面，还是因为要一起回家，才约好的。

夏彤一边抱怨着自己的新同学，一边偷偷地看了眼曲蔚然，他还和以前一样，只是越发俊俏了，炎炎的夏日让每个人的皮肤都或多或少地黑了一些，可他还是那么白净。

"那个女生叫什么？"曲蔚然好笑地问。

"严蕊。"

"哦，然后呢，她还有得罪你吗？"

"有啊，她坐我边上，每天作业都抄我的，连考试也抢我考卷抄，我不给她，她还硬是抢，我怕老师发现，就把考卷给她抄了，结果入学模拟考试，她的分比我还高两分！气死我了。"

"呵呵呵呵，真是个有趣的人。"曲蔚然眯着眼睛笑。

夏彤见他笑了，她的心情也好了些，也跟着笑了，感觉以前的亲密感又回来了一样。

就在这时，一个女生忽然冲到他们面前，拦住他们的去路，红着脸，将一封粉色的信封双手举到曲蔚然面前："你……好……这个是我朋友要我给你的。"说完，将信猛地塞给曲蔚然，转身就跑了。

夏彤不爽地嘟着嘴，哼，还是这么受欢迎！

曲蔚然倒是一如既往的开心，将信封拆开，打开信，只看了一行字，眼神就冷了下来，将情书扔在地上，踩了一脚走过去。

夏彤纳闷地看他，奇怪，他不是最喜欢人家给他送情书的吗？

蹲下身，捡起情书一看，开头的第一行居然写着：曲宁远，你好。我一直很注意你……

曲宁远？

夏彤将情书重新装好，想着下次遇见那个女孩的时候，再把情书还给她，告诉她送错人了。曲蔚然却回过头来，瞪着她说："扔掉，你收着干什么？"

"呃？扔掉？"夏彤握着情书摇头，"不行不行，怎么也是人家的一份心意啊。"

"连人都送不对，能有多少心意？"曲蔚然不以为然地抢过情书，随手丢进垃圾箱。

"哎哎……"夏彤见阻止不了，便只能耸肩叹气。

"走啦。"曲蔚然一边走一边转头叫她。

"哦。"夏彤连忙跟上。

两个人走到公交车站牌，夏彤远远地就看见那个送情书的女孩和另一个大眼睛的女孩站在一起，送情书的女孩转头，一看见他们，便激动地扯着大眼睛女孩的衣袖，低声地叫着什么。

大眼睛女孩转过头来，脸一下子就黑了，大声叫："什么，你把情书给他了？你猪啊！长眼睛没有！那个是高一的曲蔚然，不是高三的曲宁远！"

送情书的女生愕然："呃……你不是说斯斯文文、戴个眼镜、长得很帅的？"

"我拜托你，这两个人你也会弄错啊！一个是全球五百强企业的董事长的儿子，一个是经常拿着菜刀到学校砍人的神经病的儿子！他们两个虽然长得很像，但一个是真正的王子，一个只是披着王子外衣的乞丐，只有眼拙的女生才分辨不出来吧！"

"刘靖！你在说什么呢？"夏彤听着气到爆炸了，猛地冲上前去，推了她一下！在她心里，谁都不能说曲蔚然不好！

"难道我说的不对吗！夏彤，也只有你这个没人要的可怜虫才跟在他身后！小心有一天他像他爸爸一样发病把你砍死！"

"你！"

"我怎么了！"刘靖高高地扬起下巴！

"哈。"曲蔚然轻声嗤笑，走上前来望着刘靖笑，"怎么这么嫌弃我？我记得你去年给我写情书的时候，情书上明明写着：曲蔚然，你好！我一直注意你，你的一举一动都牵动着我的心。你是第一个让我想为你做一切事的人，我想，我真的真的好爱你，我不奢望你的爱，我只求你看我一眼。"

"是这么写的吗？"曲蔚然轻声地问，缓缓地靠近刘靖，抬手将她耳边的碎发撩到耳后，他的动作温柔得让女孩的心轻轻颤抖，他微微歪着头，细碎的刘海盖住美丽的双眸，"可是，仅仅过了一年，你就写了同样的情书给别人。"

"我真伤心……"说完，他放下手，低头，转身离开了。

"对不起……"刘靖刚刚嚣张的气焰都没有了，内疚又后悔地对着曲蔚然的背影道歉。

曲蔚然却没停下，他眼中的冰冷只有在他转身时被他身后的夏彤看得一清二楚。

夏彤知道，他不是很伤心，而是很生气。

从那之后，夏彤经常听到曲宁远的消息，她听说，每天黄昏时，逸夫楼里传出的钢琴声，是出自他手。

她听说，隔壁班的胖妹受到男生嘲笑调侃，是他递出手帕，让她拭泪。

她听说，他身上的衣物，从来没有商标，但都是出自意大利名设计师之手。

她听说，他每天步行至学校，但其实，在离学校不远的地方，总有一辆黑色的劳斯莱斯停靠在路边，默默地听候他的差遣。

她听说，他每天都能从学校传达室收到很多信，有朋友的、爱慕者的，可更多的是从各地偏远山区寄来的，信上的每个字都写得极其认真工整，带着浅灰色泥土和沉沉的谢意。

她不时地在学校里听到有关他的事情，优雅、高贵、英俊、富有、善良，完美得像是只有在书中才会出现的人物。就连宿舍里也有两个女生迷上了他，一聚在一起，总是说起他，一说起曲宁远，就会有人说起曲蔚然，两个同样引人注意的少年，总是会被她们拿来比较，比相貌，比才华，比家世，每每一比下来，曲蔚然却总是被她们说得一钱不值。

宿舍的人知道夏彤和曲蔚然是一个初中毕业的，并且关系不错，便好奇地跑来问夏彤：

"听说曲蔚然的爸爸在你们学校砍死过一个老师？"

"听说曲蔚然爸爸经常拿菜刀在你们学校门口乱砍？"

"听说曲蔚然爸爸打他就像打狗一样？"

"曲蔚然的爸爸还活着吗？还打他吗？"

夏彤紧紧地握着双手，使劲地忍着气，可最终还是忍不住，张嘴刚想让她们闭嘴的时候，却听见床上的严蕊大叫一声："闭嘴！吵死人了！还睡不睡啊？"

瞬间，整个宿舍安静了，几个女生默默地闭上嘴，乖乖地回到自己的床铺上，大家都有些怕严蕊，她怪癖得让整个班没人敢惹。

开学不到两个月，因为英语课上看漫画，一直捂着嘴巴偷笑，被老师发现，骂了她并且要没收她的书，严蕊不让，老师用教鞭打了她两下，她当场发飙走人，几天之后，严蕊回来了，那个英语老师自动辞职了。

从此，全校再也没人敢惹她。

夏彤一直觉得严蕊是个怪人，高兴的时候对人很好很可爱，不高兴的时候，当场就翻脸，摔书摔板凳的一点不给他人留余地，夏彤和她坐前后位，总是小心翼翼地和她相处，生怕惹到这位大小姐。

可这位大小姐似乎看出了夏彤胆小懦弱的本质，总是把她当丫鬟一般使唤，叫她干这干那的，就连去小吃店买个雪糕这种事都要夏彤去做，有的时候她早上不上课，中午直接让夏彤在食堂里给她买好吃的带回来。

夏彤越发觉得，她是个保姆丫头的命，以前是曲蔚然，现在是严蕊。

只是曲蔚然比严蕊好伺候多了。

夏彤郁闷地叹口气，抱着书包往教学楼走，5月的空气里夹杂着一阵桂花香，夏彤抬眼，望着远处花圃中开得热闹的一排桂花树，轻轻地抿了抿唇，想着等下课，摘一些放在宿舍里，啊，也摘一些给曲蔚然送去吧，他最喜欢桂花的香味了，淡淡的、轻轻的，带着若有似无的甜味。

夏彤想着想着，便入了神，连楼上传来的叫声她也没听见，猛然地，觉得头顶一疼，好像被什么重物砸到。夏彤低叫一声捂着后脑勺蹲在地上，疼得眼泪都溢了出来。

"对不起，你没事吧？"楼上传来问候的声音。

夏彤睁着大眼抬头往楼上看去，温和的晨光中，一个少年趴在护栏上，低着头往下望着，有些过长的刘海在晨风中被微微吹起，俊美的面颊上带着担忧的神色，好看的眉头轻轻皱起，他望着她说。

夏彤眨了眨眼，这一刻，她以为她看见了曲蔚然，如此相似的轮廓，如此相似的气质，就连微皱起眉头，苦恼担忧的模样都那么相似。可是，那少年，似乎比曲蔚然更英俊一些，英气的眉眼，闪着明亮磊落的光辉。

那少年看见她，微微一愣，便连忙说了一句："你别动，我马上下去。"转身就往楼下跑。

夏彤揉了下头顶，捡起砸中她的书，随手翻开，书页上用漂亮的草书写着——曲宁远。

宁远，宁静致远。

夏彤抬起头，仔细地打量小步跑到她面前的人，心里暗暗地想：远远看着的时候确实有些像，可近了，就一点也不像了。曲蔚然的眼睛很长，微微地上挑，一笑起来，总是眯成漂亮的弯月形；而曲宁远的眼睛却有些圆，显得很精神。曲蔚然的个子比他略高一些，身材比他要单薄一些，他的五官更加立体深刻一些，曲蔚然的却更加细致精美一些。

"你没事吧？"少年担心地望着一动不动盯着他看的夏彤，伸出手想撩开夏彤额前的刘海，看看她被砸肿的额头。

夏彤退身让开，摇摇头，将手中厚厚的英文书递给他，垂着眼睛说："没事。"

"真的没事吗？"曲宁远有些不相信，"这么厚的书，砸到不疼吗？"

"没事。"夏彤重复完一遍后，捂着额头从曲宁远右边走过，咬着嘴唇闷闷地想：怎么可能没事？疼死了，只是她不想和曲宁远多说话，因为舍友老是拿他来贬低曲蔚然，所以她有些莫名地讨厌他。

曲宁远接过书，视线一直望着夏彤，看着她与自己擦身而过，看着她头也不回地离开，看着她笔直的背脊。

这时的曲宁远不知道，他这一辈子记得最深、看着最痛的就是这个女孩离开的背影。

中午下课铃一响，教室里的学生像是飞一样冲出教室，生怕跑去晚了食堂里的菜就给打光了，夏彤却不慌不忙把书桌上的东西全收拾好，才拿起饭盒往外走，刚下了教学楼，就听见身后叫她："同学。"

夏彤停下脚步，转过身去，只见曲宁远疾步走来，站定在她面前道："我找你一早上了。"

"找我？"夏彤眨了眨眼睛，"有事吗？"

曲宁远未语先笑，从口袋里掏出一个白色的药膏盒，伸手递过去："这个给你，消肿很有效果的。"

夏彤看了眼药膏，摇摇头："我不要，我真的没事。"

曲宁远并没有因为她的拒绝而生气，只是低下头，打开药膏盒，一阵好闻的药香味传来，他用手指蘸了些药膏，抬手就往夏彤的伤口上抹去。夏彤想躲，却被他拉住，有些强硬地将冰凉的药膏抹在她的额头上，夏彤也不知道是因为疼，还是因为太凉了，脸深深地皱成一团，可爱的表情逗得曲宁远扑哧一笑，夏彤诧异地张开眼睛，看着他的笑容，很漂亮，明亮得让人有些恍惚，那是曲蔚然从来没有过的笑容，曲蔚然的笑总是那么淡、那么敷衍。

曲宁远趁着夏彤发呆之际，又在她额头上多抹了一些，才礼貌地退开，将手中的药膏放进夏彤的掌心，轻声说："让漂亮的女生脸上留下疤痕，可不是绅士的作为，算我拜托你，好吗？"

夏彤有些不好意思地握紧手中的药膏盒，她从来没被人用这样温和的语气拜托过，而且，还是拜托她照顾好自己。他真是个奇怪的人，却奇怪得让人讨厌不起来……

夏彤偷偷地望了他一眼，然后轻轻地点点头。

随后的日子，夏彤忽然发现，她遇见曲宁远的次数忽然变多了，回宿舍的路上，去教室的途中，去食堂的路上，等等，总是能看见他。而且，曲宁远好像抓住了她的爱好一般，总是会在书包里装一些吃的，有时是牛肉干，有时是果冻，有时还会拿着她从来没吃过、包装精美的零食，然后他会用各种理由让夏彤收下，夏彤想说不要都不行。

"他在追你啊？"身后忽然出现一个懒洋洋的声音。

夏彤吓得连忙回过头去，结结巴巴问："什么？"

"那个男的啊，天天给你送吃的，不是在追你？"严蕊拿过夏彤手里的肉脯，塞了一块在嘴里，"嗯，味道不错，什么牌子的？"

"追我？"夏彤连忙挥手，"不是不是，他……我……我们……又不熟的。"

"哦，不熟。"严蕊翻着包装袋，瞅来瞅去，郁闷地捂下眼睛，"不熟给你送英国进口的猪肉脯？"

"啊？"

"靠，到底是什么牌子，老子最讨厌看英文了。"严蕊粗鲁地将肉脯全掏出来，丢给夏彤，拿着袋子说，"叫我爸按这个给我买去。"

夏彤捧着一手的肉脯，傻傻地站着，脑子里还不停地回响着严蕊说的话，曲宁远在追她？怎么可能哦？不可能！只是给自己几包零食而已。

可是，自己只是被他的书砸了一下，他有必要、有必要对自己这么好吗？

"喂，上课要迟到了，还发呆？"严蕊将塑料袋装进口袋里，推了一下夏彤之后，大步往教学楼方向走。

"哦……哦，来了。"夏彤手里抓着肉脯，小步地跑着跟上，严蕊又从她手里抽了两片出来吃，一边吃一边赞不绝口，声称一定要去买。

夏彤看着严蕊的样子，忍不住笑了，她觉得，严蕊有时候真的和小孩子一样，高兴不高兴，迷惑不迷惑，什么都写在脸上，一看就知道是一个被家里人宠坏的大小姐。

虽然难伺候了点，但是人不坏，算算，从小到大，严蕊还是第一个和她关系不错的女生呢。如果继续努力的话，说不定可以变成朋友。

对，朋友！

夏彤开心地偷笑着，觉得生活随着上了高中之后，越发好了起来。

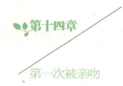

第十四章

第一次被亲吻

上课的时候，同桌的严蕊一直偷吃着肉脯，夏彤看她吃得带劲，忍不住咽了口口水，右手受不住诱惑地一点点摸到桌子底下，艰难地撕了一小块肉脯，在老师转身的时候，迅速丢进嘴巴里。夏彤不敢用力地嚼，只抿着嘴巴瞪大眼睛看着讲台，嘴巴里肉脯的鲜味在味蕾中散开，味道比下课时候吃起来更好吃一些。

严蕊看见她也偷吃，对她挤眉弄眼一番，好像在问她：好吃吧？

夏彤抿着嘴巴笑，单手捂在鼻子下面，挡住嘴，低下头偷偷地嚼了几下。

"夏彤。"老师忽然叫到她的名字。

夏彤吓得牙齿一打战，一紧张咬到了舌头，疼得她五官皱成一团，眼泪直冒，嘴里一股血腥味。

她苦着脸站起来，无辜地望着英语老师。

英语老师似乎没发现她的惨状，点头道："你来读下课文。"

夏彤拿起英语书，遮住脸，将嘴巴里和着血味的肉脯使劲咽下去，然后用受伤的舌头朗读着英语课文，刚读两句，英语老师纠正了几次读音以后，皱着眉头叫她坐下。

"夏彤你搞什么？你是大舌头啊？发音没有一个是准的！"

夏彤羞红了脸，低着头不说话，严蕊咧着嘴没心没肺地坐在一边嘲笑她，夏彤瞥过眼，用劲地瞪她一下，严蕊被瞪得更开心了，伸出手摸着夏彤的大腿，一副心情很好的样子。

夏彤脸更红了，伸手将严蕊的手拿掉，低声道："干吗呀？"

"妞，给大爷摸摸。"严蕊一副流氓的样子，继续摸着夏彤的大腿。

夏彤无语半晌，怎么抵抗也没用，最终只有从了她。从那之后，严蕊没事就喜欢对着夏彤耍流氓，非要讨夏彤做小妾，夏彤不肯，问："为什么我是小妾，而不是正室呢？"

严蕊摸着下巴笑："爷喜欢你嘛，爷喜欢的都是小妾，正室那都是不受宠的。"

"我才不要做小妾呢！"夏彤坚决不同意。

"妞，你就从了我吧。"

"我才不要嘞。"

"要的，要的。来嘛！"说完，一脸贱样地又往夏彤身上扑，夏彤尖叫地跑开，严蕊追了上去，两个人打打闹闹地往教室外跑。

夏彤一边跑一边笑，她感觉自己的身体变得很轻，轻得像是回到了小时候，跟着小表哥一起抓鱼、打鸟，跟着妈妈上镇上赶集时那样轻，好像稍稍一蹦，整个人都要飞起来了一般快乐。

最终，严蕊还是在教学楼后面的花圃前抓住了她，死死地揽住她，不停地哈着她的痒，夏彤笑得都快坐到地上去了，严蕊忽然停手，望着前方笑："哟，又有人送吃的来了。"

夏彤抬起笑得快僵硬的脸看过去，只见曲宁远站在不远处看着她，对她微微地点了下头，很细微的一个动作，却显得那么优雅。

夏彤站起身来，拍拍身上的灰尘，严蕊对夏彤好一番挤眉弄眼之后，识相地离开了。夏彤知道严蕊的意思，她用眼神在说：小样，有帅哥追你啊，回来吃的带一些给我。

曲宁远抬起脚，轻轻地走近她道："今天心情很好吗。"曲宁远的声音很好听，带着一丝丝低沉和穿透人心的磁性。

"嗯。"夏彤低着头，有些不好意思地扭着手指。

"你怎么都不看着我？"曲宁远的声音里带着小小的抱怨。

"没有啊。"夏彤否认，脸颊更红了，像是为了证明什么一样迅速地看他一眼，可一看到他那对深邃的双眸，她又迅速地撇开视线。

曲宁远笑了笑，又靠近一些，小声问："上次的肉脯好吃吗？"

"嗯。"

"那下次再给你买。"

"不用，不用了。"

曲宁远像是没听到她的拒绝一般，从书包里拿出一盒包装精美的蛋糕："过几天是我妈妈生日，我想给她订一个最好吃的蛋糕，这是店家推荐我买的品种，我不喜欢吃甜的，你能帮我尝尝味道吗？"

"啊……"夏彤看着蛋糕，想拒绝却又说不出拒绝的话。

曲宁远将蛋糕又往前伸了伸，夏彤双手接过，抬起眼，看着他一脸期待的眼神，脑中又想起严蕊的话，心脏怦怦地直跳起来。曲宁远伸出手，就着夏彤拿蛋糕的手，轻轻解开红色的丝带，将蛋糕盒盖子打开，形状漂亮的水果蛋糕出现在夏彤眼前，曲宁远拿起小叉子，蘸了一些奶油，轻轻地送到夏彤嘴边，夏彤微微让开，一手捧着蛋糕，一手接过小叉子，将奶油送进嘴里。

"味道怎么样？"

"嗯，"夏彤点头，"很好吃。"

"是吗？那我就选这种蛋糕好了。"曲宁远好像很开心，望着夏彤继续说，"谢谢你帮我尝味道。"

"啊，不客气。"

"那蛋糕就当谢礼好了。"曲宁远笑眯了眼。

"呃？"夏彤连忙摇头，"不用，这个蛋糕好贵的，我不能要。"

"没事啦，反正我又不吃甜食，再说你都吃过了，我又不能送给别人吃了。"

"我就吃了一点点，看不出来的。"

"包装都拆了。"曲宁远一边说一边后退，"好啦，就麻烦你帮我把它吃掉吧。"

"喂喂……"夏彤对着曲宁远的背影叫着，可那人像是听不见一般，快速地跑走了。

夏彤苦着脸，实在是想不明白曲宁远到底在干什么，总是找各种东西给她吃，她都快不好意思了，难道真的像严蕊说的那样，他想追她？

夏彤一想到这里，连忙摇头，不可能，不可能，自己又不是什么美女，又没什么突出的地方，曲宁远这么出色的人怎么可能喜欢自己嘛。

夏彤一边想，一边不自觉地用小叉子挖着蛋糕吃。

"好吃吗？"身后的一个熟悉却又略显得阴沉的声音响起。

夏彤回身一看，只见曲蔚然不知道什么时候已经站在那里了，他还和从前一样，清俊的脸上带着一丝温柔的笑容，只是那深深的双眸藏在眼镜片下，让人看不清情绪。

夏彤没由来地摇头撒谎："不好吃。"

曲蔚然靠近她，两个人的距离只剩下半步远，夏彤忽然发现，曲蔚然好像又长高了，她现在的个子，只能抵着他的肩膀。

"你是猫吗？"

"呃？"夏彤不解。

曲蔚然眨了下眼，嘴角的笑容忽然消失殆尽，他抬起手，一把夺过夏彤手上的蛋糕，然后丢在地上，连着蛋糕盒子一起狠狠地踩碎，他的脚踩着已经扁掉的蛋糕盒，默默地抬眼，有些阴沉地盯着夏彤说："你再吃他的东西，我就杀了你。懂了吗？"

夏彤不由自主地点头。

曲蔚然缓缓地靠近她，在她额头轻轻地落下一个吻，夸奖道："乖女孩。"

夏彤呆住，曲蔚然说了什么她也没听清楚，整个人被这个突如其来的吻吓住了，白皙的脸颊猛地烧了起来，整个脑子像是死机了一般，只能听到嗡嗡的耳鸣声。

热闹的女生宿舍里，几个要好的女生坐在一起，聊着天，吃着瓜子，夏彤从外面回来，女生们看了她一眼，没一个搭理她的，继续谈笑着。

夏彤低着头，顺手把宿舍门关上，像是丢了魂一般走到自己床铺旁，一屁股坐下。她的眼前什么也看不见，脑子里乱哄哄的全是曲蔚然刚才的那个轻轻的吻，一想到那个吻，她全身就一阵酥麻。

夏彤忍不住抬手，捂着刚才被亲吻的地方，感觉好烫好烫，耳朵好烫、脸好烫，全身都好烫。她一下扑到床上，将脸使劲地埋在枕头里，心脏到现在还在怦怦直跳，她闭上眼睛，好像又回到了刚才那一刻，高大的银杏树下，他的嘴唇轻轻靠近她的耳边的时候，她能听见他的呼吸，感觉到他柔软的嘴唇和滚烫的温度……

夏彤在床上使劲地扭了两下，打了两个滚，啊啊，真是着死人了……

可是……可是，那一刻，她觉得全身好像都轻飘飘的，心脏都跳到麻痹了，那种感觉，真的好奇特。

哎呀，曲蔚然……

曲蔚然……

这个名字一直在夏彤的脑子里盘旋不去，那个吻，也一遍一遍地在夏彤脑子里不停回放。

夏彤的嘴角越扬越高，她猜想着，他今天的动作，是代表喜欢她吗？是代表吃醋了吗？夏彤拿起被子，遮住脸，兴奋地在床上打滚，反正不管是代表什么意思，她都好高兴哦。

忽然，身上被人压住，夏彤拿开被子，睁眼看去，只见严蕊压在她身上，伸手拽了她的脸颊一下。

"啧，脸这么烫，是不是那个帅哥和你告白了？"严蕊小声问。

"没有，没有。"夏彤摇头。

"妞，在爷面前还撒谎？"严蕊一脸的不信，"要是他没说什么，那你的脸为什么红得和猴子屁股一样。哎呀，还有耳朵，乖乖，都红得发紫了。"

夏彤一听，连忙捂住耳朵，很不好意思地挪了挪身子："你好重，下来啦。"

"你不说我就不下来。"

"好啦，好啦，我告诉你。"夏彤现在也急需要一个倾诉的对象，刚才的事，让她开心的表情从眼角眉梢流露出来。

严蕊一个翻身，睡在夏彤边上，拉过被子，盖在两人身上："说吧。"

"就是我喜欢的人，"夏彤抿着嘴笑，"看见那个男生给我送吃的了。"

"然后呢？"

"然后就生气了，把那个男生给我的蛋糕给扔地上了，还踩扁了。"

"哇，吃醋了嘛，性格好酷哦。"

"嘿嘿……"夏彤咧着嘴巴傻笑。

"就这样，你就高兴成这样啊。"

"他……他还……还亲了我一下……"说完，脸又红得快冒烟了一样。

"嗤。"严蕊低声笑，"亲哪儿了？"

"耳……"

"嗯？"

"耳朵……"

"哇……居然亲耳朵？"

夏彤点点头。

"好色情啊。"严蕊评价。

"哪有？"

"你不知道啊？耳朵，是女人最敏感的部位之一哦。"严蕊挑了挑眉，继续说，"你那个喜欢的人啊，真是好坏哟！"

"他……他才不坏呢。"夏彤捂着耳朵，小声反驳，可一想到刚才那一下，全身又是一阵酥麻，曲蔚然这家伙，真是……真是坏人啦。

那天晚上，夏彤失眠得厉害，闭上眼睛想到的就是曲蔚然，睁开眼睛想到的还是曲蔚然，想小时候的曲蔚然，想初中时的曲蔚然，还有想现在的曲蔚然。

曲蔚然在夏彤脑海里，一点一点地长大，小时候的他，温雅善良，是个对谁都很好的孩子，长大后，他变得忧郁淡漠，甚至有些阴深古怪，再也不愿隐藏眼里的锋利与冰冷。可不管什么时候的他，都充满了让人不可抗拒的魅力。

这就是她喜欢的人啊，不管如何变化，总能轻易地诱她心神的人。

她觉得，她这一辈子，只会喜欢上一个人了。

那个人，毫无疑问就是他曲蔚然。


夏彤总是很乖，曲蔚然的每一句话她都遵守着，从那天之后，夏彤一见到曲宁远掉头跑掉，如果跑不掉，就假装没看见一样躲起来，她觉得只有这样，才能向曲蔚然表明她坚定的立场，让他相信，只要是他要求她做的，她都会去做的。

曲宁远像是感觉到了她的躲避，也不追她，只是站在原地，远远地看着她跑掉的背影，俊美的面容上慢慢地染上一层浓浓的失落。

有的时候，夏彤都跑开好久了，他还站在那儿，夕阳的余晖遥遥地照着他，他抬着眼，安静地望着她消失的地方，心里抱着小小的期待，也许她会转头回来。

曲宁远的朋友弄不明白，他不懂这么出色的曲宁远为什么这么千方百计地去讨好夏彤？他不觉得夏彤有什么好呀，说漂亮吧，没有上星期告白的校花一半漂亮，说性格吧，总是唯唯诺诺，一点个性也没有，到底哪里吸引住这个从小便被众星拱月一般的大少爷了呢？

"你到底喜欢她什么？"曲宁远的朋友问。

曲宁远愣了愣，没有马上回答，只是遥遥地望着夏彤消失的方向，过了很久很久，才轻声道："我也不知道。"

是的，他也不知道。他不懂，他为什么会被就见过几次、毫不熟悉的女孩迷成这样，他下课的时候，去食堂吃饭的时候，总是在不经意间搜索她的影子，看到了，便会开心好一会儿，每次借故靠近她时，心里总是有一阵说不出的心悸，他觉得自己脸上的笑容都是僵硬的，而看不见的时候，总像是丢了什么东西一样，两眼茫然地在人群中一直找、一直找。

他最近一直在问自己，他是不是喜欢上她了？他从未喜欢过谁，更不知道喜欢的感觉，只是，每次看到她见到自己如蛇蝎的样子，他总是很失落，总想追上去问问她为什么，他只是喜欢她的眼睛，喜欢她那羞涩又有些胆怯的表情，他并没有恶意，只是心动来得这么突然，这种莫名其妙又排山倒海一般呼啸而来的心动感，让他不由自主地想靠近她，想对她好，想送很多很多东西给她，想给她幸福，甚至想天天和她在一起。

曲宁远试着将心里的这种感觉说给朋友听，朋友听后哈哈大笑："你这还不是喜欢呢？你啊，快点放下你大少爷的架子，赶快去追吧。"

"追？"曲宁远低下头轻声重复这个字，眼神闪了闪，再抬起头来的时候，像是下定了什么决心一般，温雅而坚定地笑着。


转眼，又是周末，夏彤整理好要带回家的书本，背上书包走出宿舍，远远地就看见等在树荫下的曲宁远。夏彤转身就往宿舍里面跑，曲宁远笑着看她，没说什么，依然在外面等着，几个周末回家的女生，从宿舍出来，眼神都偷偷地往他身上瞄去。

夏彤握着书包带偷偷地躲在墙角，探出一个头悄悄往外看，曲宁远居然准确地抓住她的位置，漂亮的眼睛望着她，对她轻轻地笑，好像在说：我不急，你慢慢躲，我等你。

夏彤缩回头，纠结地扒拉了下头发，在墙边躲着，等他离开，可曲宁远像是铁了心一样，一直站在外面等着。

夏彤算算时间，觉得已经过了很久了，探头又偷看了一眼外面，曲宁远单手插着口袋，半靠着一棵银杏树，因为是秋末，秋风一起，枯黄的银杏叶像下雨一样，一片片从树上飘落，落叶像是也被他淡雅的容貌所迷惑，流连地在他身边旋舞、旋舞……

夏彤眨眨眼，有些被眼前的美景所迷惑了，曲宁远真是一个奇特的人，他的身上散发着一种常人难有的气质，那气质与外貌无关，只是远远地看着，就给人一种悠然淡雅、飘逸宁人的感觉。

夏彤忽然觉得自己有些过分，人家对你这么好，你却一句话不说的忽然不理人，还躲着别人，看见他还像看见瘟疫一般躲着。

要是自己被别人这样对待，一定会难过死的。

夏彤微微抿了下嘴唇，考虑了半晌，慢慢地从藏身的墙壁后走出来，曲宁远一直注视着她所在的地方，看她出来，没有太多表情，只是笑容越发温柔了。

夏彤抓了抓头发，一步一步向他走去，心里想着，有什么话还是说清楚比较好吧。

可刚走到一半，

"夏彤。"忽然一个声音叫住她的脚步。

## 第十五章

突如其来的变故

夏彤转头望去，只见曲蔚然拎着书包站在不远处，微微皱着眉头："搞什么，都等你半小时了。"

"啊？"夏彤当然知道曲蔚然在等她，他们早就在开学的时候就约定好，每个星期都一起回家的。

"啊，对不起。"

曲蔚然转身，对她伸出手："快点。"

夏彤想也没想地跑过去，将自己的手递给他。曲蔚然紧紧握住，拉着夏彤从曲宁远的身边走过，曲宁远漠然地看着他们俩，而曲蔚然却目不斜视，连眼角的余光都没有瞟向曲宁远。

曲宁远轻轻地握紧双手，曲蔚然微微地歪头，在转弯的时候，不经意地回头瞟了一眼曲宁远，眼神里带着一丝轻蔑与深深的厌恶。

"你好像……很讨厌他？"夏彤抬头望他，用轻轻软软的声音问。

曲蔚然收回眼神："嗯。"

"为什么？"夏彤心里偷偷地问，难道是因为我？哎呀，真不好意思，想着想着，开心得红了脸。

曲蔚然淡定地瞟她一眼，猜到了她的想法，忍不住低笑一声。

"笑什么？"

"没。"

"为什么讨厌他啊？"夏彤继续问。

"因为……"曲蔚然垂下眼答，"我们同父不同命。"

曲蔚然说这句话的时候，声音很轻，语气很淡。

"什么意思？"夏彤诧异地睁大眼睛，艰难地问，"难道，你的有钱爸爸，就是曲宁远的爸爸吗？"

曲蔚然笔直地看着前方，冷冷地"嗯"了一声。

只是这轻轻的一个音调，夏彤还是从中听出了淡淡的嫉妒和对命运不公的控诉。

原来……

夏彤转头看了眼曲蔚然的侧脸，怪不得，他们长得这么像啊……

老天真是不公平，他们两个有着一样出色的外表、一样优秀的品质，甚至流着一样的血液，可……

一个生活在天堂，一个置身于地狱。

当地狱里的曲蔚然没有人可以对比的时候，也许并不觉得地狱有多么痛苦，自己有多么可怜，可曲宁远的出现，却打破了他心里的平静，他忽然发现，命运对他是多么苛刻，它给了曲宁远一切，却一点也不肯施舍给他。

夏彤忍不住握紧曲蔚然的手，想将力量传给他一样，想告诉他，喂，别难过，你看你旁边还有一个比你更倒霉的呢。

曲蔚然像是感觉到一般，低着头轻轻笑了。

夏彤还想再问些什么，可曲蔚然一副不想再谈的样子，让她自觉地退了回来，

回家的路上曲蔚然都没说话，他不说话，夏彤也不知道说什么，只能安静地待在他身边，汽车摇晃着将他们送到熟悉的车站，穿过前面的马路，沿着小路走，就是他们住的四合院了。

两人一前一后地走进四合院，夏彤说了声拜拜，曲蔚然点了下头，

步伐没停地继续往前走，走到家门口，忽然觉得身后有人跟着他，他一回头，只见夏彤背着书包，用大眼睛瞅着他，见他回过头来，连忙露出一个怯怯的笑容。

曲蔚然问："你不是回家了吗？跟着我干吗？"

"嗯……"夏彤低着头，"那个，我，我新教的课程有好多不会……"

曲蔚然瞅着她，一副不相信的样子。

夏彤红了脸，习惯性地绞着手指，支支吾吾地老实回答："我也不知道为什么就跟着你了。"

曲蔚然严肃的面孔再也板不住了，咪地笑出声。

夏彤的脸更红了，连忙转身就跑："我回家了。"

"好啦。"曲蔚然拉住她，"到我家玩一会儿吧。"

曲蔚然转身打开家门，夏彤跟在后面，房间的格局还和从前一样，没什么变化，只是一个月没回来的家，看上去已经蒙了些灰尘。

曲蔚然将书包放在沙发上，转身望着夏彤说："随便坐吧，我去看看可有水。"

"嗯。"夏彤将书包放在曲蔚然的书包边上，自己也坐了下来。

忽然，她听到身后的房间里好像有铁链碰撞的声音，一下一下的，还夹杂着男人的说话声。

夏彤好奇地站起来，走到房间门口，轻轻地推开木门，忽然一个男人往她这边扑来，夏彤吓得尖叫一声，腿一软就坐到了地上。

男人很开心地拍着手，捆在手上和脚上的铁链哗啦哗啦地响着，眼神怪异地盯着夏彤看，嘴里咕噜咕噜不知道说些什么，他看人的眼神很可怕很可怕，好像极度饥饿的人盯着久违的美食一般。

夏彤心里一阵发毛，颤抖地往后退了些。

"没事吧？"曲蔚然听到夏彤的叫声，连忙赶来，看了一眼房间里的男人，伸手将房门带上。

隔着木门，夏彤又听见那瘆人的铁链声，和男人不知所云的低语声，她狠狠地咽了下口水。

"吓着你了？"曲蔚然伸手，将夏彤扶起来。

夏彤的腿有些发抖："你们就这样锁着他？"

"嗯。"

夏彤小心地问："这样捆着他不太好吧？"

"放他自由，我和我妈才不太好。"曲蔚然耸耸肩，淡定地说，"况且，我现在都住校，把他锁起来，是怕他伤了其他人。而且，他清醒的时候自己也愿意的。"

"他有清醒的时候吗？"

曲蔚然摇摇头："很久没有清醒过了，以前他还能叫出我的名字，现在连我的名字都忘了。"

"我觉得……是不是应该送医院比较好？"

"我妈妈舍不得，怕见不到他，也怕他吃苦。"

"可是这样……我总觉得这样……"

"很可怕？"曲蔚然轻笑地问。

夏彤使劲点头。

曲蔚然抬手揉了揉夏彤的头发："别怕。"

"你不怕吗？"家里养着这么可怕的病人，他难道从来就不怕吗？

"习惯就好了。"曲蔚然拉夏彤坐下。

习惯？

夏彤觉得她永远也不会习惯的，她总觉得疯子像一颗被掩埋起来的地雷一样，沉默着、压抑着、等待着，等待着爆炸的那一刻……

夏彤为自己的想法使劲摇摇头，她不敢再想下去，只觉得全身一阵阵的冷汗往外冒，夏彤拉着曲蔚然的手，神色害怕而又慌乱："我害怕。"

曲蔚然安慰着握紧她的手，柔声安慰着："乖，没事的。"

"可我就是很害怕。"夏彤上前紧紧抱住曲蔚然，"就是害怕。"

"不会有事的。"曲蔚然轻轻地拍着她的背，一下一下地柔声安慰。

不会有事的。

曲蔚然当时是那样安慰她的，夏彤相信了曲蔚然，就像往常那样，他说什么，她便信什么。于是，她强压下自己的恐慌与不安，用力地告诉自己，不会有事的，那个疯子被锁着，他再也不能伤害曲蔚然了。所以，不会有事的。

其实世界上的事情就是这样的，你越怕什么，什么就越来找你。

越期待什么，什么就总不会轻易发生，就好像老天让你出生，便是让你体会这世间的苦痛与磨难一般，不依不饶地让你无法逃避。

十七岁那年夏天，夏彤终于凭自己的努力在高二分班考试时，以全年级第三十三名的成绩考进了理科重点班。那天，她很开心，真的很开心，她第一次证明了自己是个聪明孩子，至少，她的成绩单上再也不是红彤彤的一片了，当她把排名表和成绩单拿给父亲看的时候，那个对自己一向严苛疏远的男人，竟然也微微笑了起来，一边看着成绩单，一边点头："嗯，不错，不错。"

连续的两个不错，便让夏彤心花怒放，她真的好高兴好高兴，那天父亲抬起手轻轻地揉了揉她的头顶："还要继续努力，争取下次考得更好一点。"

"嗯！"夏彤低着头，鼻子微微有些酸，她第一次感觉到父亲那宽大粗糙的手竟然那么温暖、那么厚实。

她忽然不恨爸爸了，一点也不恨了。原来，只要那么简单的动作和语言，便能消除她心中那多年的怨恨。原来，她从来没有恨过爸爸，从来没有。

那天，夏彤真的高兴坏了，一路小跑着去向曲蔚然报喜，她想告诉他，曲蔚然，我考进重点班了；她想告诉他，我们以后又能在一个教室了；她想告诉他，我和你一样，我一点也不恨我爸爸……一点也不。

她想，他一定会为她高兴吧，会揉着她的头发，露出倾城的笑颜，用好听的声音说："啊，这样啊，真好。"

夏彤想着想着，脚步越发快了起来，欢快地蹦下楼梯，飞奔过小院，拐过走廊，不远处，便是曲蔚然的家，她开心地跑过去。忽然，可怕的尖叫声震破了她的耳膜，夏彤一听声音，是曲妈妈的声音，她脸上的笑容立刻冷了下来，不安的预感猛烈地敲打着她的心脏。夏彤急急忙忙地推开门，刚进门，远远地就发现捆着疯子的房门大大地敞开着，疯子脚上和手上的铁链被扔在地上，那个被困了一年有余的疯子，像是刚得到自由的猛兽一般，疯狂地撕裂着眼前的活物……

曲妈妈全身是血地倒在地上，疯子的手上拿着可怕的老虎钳，一下一下地捶着那个可怜的女人，老虎钳上沾满了鲜血……

曲妈妈睁着已经迷离的双眼，双手死死地抱住疯子的脚，虚弱地望着身后叫："然然……然然……快跑，快跑……快跑……"说着说着，语气越来越轻，双手慢慢地垂了下来，再也没有了声音。

"妈！"曲蔚然的身影跃入眼前，他的身上也满是鲜血，他惨叫一声，对着疯子扑了上去，这一声，也叫醒了疯子。疯子抬起头，满眼血红地望向曲蔚然，挥舞着老虎钳一下就将他打倒在地，鲜血顺着他的额头流下。夏彤尖叫一声，疯了似的扑过去，抬手就将她在客厅抱起的青花瓶砸在疯子头上，可花瓶碎了一地，疯子像是不疼不痒一般，猛地转过头来，一双通红的眼睛恶狠狠地盯着夏彤！

一向柔弱的夏彤也不知道哪里来的勇气，毫不退缩地又扑了上去，使劲地抱着疯子的胳膊，又是拉扯又是撕咬，拼了命一样地拦着他，不让他靠近曲蔚然："曲蔚然，你快跑，快跑啊！"

夏彤大声叫着，可发了狂的精神病人力气是那么大，他一只手就把夏彤掀翻在地上，地上的花瓶碎片划破夏彤的后背、手臂、小腿，鲜血瞬间从各个伤口中流了出来，夏彤疼得爬不起来，眼见疯子压了上来，粗暴的拳头和着沉重的老虎钳毫不留情地敲了下来，夏彤抬着胳膊挡着，骨头断裂的声音，无边无际的疼痛，让她哭喊了起来，这一刻，她觉得，她真的会被打死！

这时候，一只修长有力的手，带着坚定的决绝，紧紧地握着残破却锋利无比的花瓶碎片，猛地伸到男人的脖子前面，用力地在疯子脖子上一拉！时间像是静止了一般，夏彤仿佛听见肉被拉开的声音，疯子的身子僵住，头一歪，鲜血猛地喷射出来……

那血直直地喷在夏彤脸上，夏彤吓得尖叫："啊啊啊啊啊！"

身上的男人，痛苦地捂着脖子，猛然倒地，他身后，一个美丽的少年，手中紧紧地握着花瓶碎片，因为用力过猛，碎片的另一头刺穿了他的手心，鲜血顺着修长的手指一滴一滴地往下落着，他垂着眼睛，一眼的黑暗与空洞……

疯子趴在夏彤身上，嘴唇用力地张合着，夏彤吓得用断掉的手臂使劲地推着身上的疯子，一边推一边尖叫着，视线一片鲜红色，血蔓延了整个世界，夏彤失去意识时，最后看见的，好像是曲蔚然那……默默流泪的脸……

## 第十六章

### 曲蔚然，你哭一下好不好

再次醒来的时候，夏彤是被活生生地疼醒的，她用力地皱眉，全身就像被人折断了，又拼接起来一般疼痛。夏彤迷茫地睁开眼睛，雪白的墙壁，陌生的环境，她想起身，抬抬手，两只手臂都疼得动不了，眼睛向下看了看，雪白的石膏将两只手臂都包裹了起来。

"来……咳咳。"长时间没喝水的喉咙，干得让她说不出一句完整的话。

夏彤舔舔嘴角，使劲地咽了下口水，再次用干哑的嗓音叫："来人啊，有没有人？"

没一会儿，一个面相慈祥的大妈出现在夏彤眼前，低着头望着她："丫头，怎么了？"

"阿姨，我好渴。"夏彤痛苦地望着大妈。

"渴啊？"大妈点点头，转身倒了一杯水，喂夏彤喝下。

夏彤咕噜咕噜一会儿就将一杯水喝了个干净，大妈好心地问："还要不？"

夏彤点了点头，大妈扶她坐好，转身又去倒了一杯水，夏彤一边喝，一边打量着房间，这里是医院的病房，大妈穿着睡衣，头发散乱，应该也是住院的病人，啊！曲蔚然呢！？

曲蔚然怎么样了？夏彤一想到他，心里就猛地一抽，慌张地看着四周，到处看着："阿姨，阿姨，你有没有看见曲蔚然？"

"曲蔚然是谁啊？"

"就是，就是，一个男生，很漂亮的男生。他也受伤了，他没和我一起送进医院吗？还有他妈妈，还有……咳咳咳咳。"

"丫头，你别急，慢慢说。"大妈伸手拍着夏彤的背，思索了一会儿问，"你是说和你一起被送进医院的那些人啊？"

夏彤使劲点点头。

大妈有些怜惜地看着她问："他们是你什么人啊？你家里人吗？"

夏彤摇摇头："不是的，是我邻居。"

"哦。"大妈好像放心了一般，退后两步，坐在对面的病床上说，"和你一起送进医院的有三个人吧，两个大人都死了。那个女的，听说没到医院就死了，那个男的，喉咙给割了，那个血流得哟，一路都是，抢救了好几个小时，最后还是死了。"

夏彤一听这话，心都凉了，眼神特别无助地望着大妈："那……那个男孩呢？他怎么样了？"

"那个小男孩受伤也挺重的，头上、手上都是血，听说缝了十几针呢。"

"他在哪儿？"夏彤急着去找他，挣扎着就想下床。

大妈连忙上来拦住她："哎哟，你别乱动，他在医院，住在A区的病房，门口还有警察看着呢，据说谁也不让进。"

"警察？为什么！警察为什么要看着他！"夏彤激动地从床上下来了，她脑子里现在只有一个念头，她要去找曲蔚然！现在！马上！立刻！

"哎哎，你别激动。丫头别起来，你都躺三天了。"大妈焦急地想扶起夏彤，"看吧，叫你别起来，跌着了吧。哎，你手别用劲，你骨头断啦！"

就在这时候，严蕊提着一大袋子东西走进病房，看见倒在地上的夏彤，连忙跑过去，用力地抱起她："你个白痴，在干什么？"

"严蕊。"夏彤抬起脸，脸色苍白得吓人，额头上是因为疼痛冒出的冷汗，她双眼通红地望着严蕊说，"严蕊，怎么办啊？"

"曲蔚然怎么办啊？"夏彤急得哭了出来。

严蕊拿起床头柜上的纸巾给她擦着，却怎么也擦不干净："哎，你别哭，没事儿。"

"曲蔚然那算是正当防卫，不会被判刑的。"

夏彤低着头，小声抽泣着："我知道。"

"我知道那是正当防卫。"

"可是，可是即使法院不判他的刑，那他自己呢？"

"他自己，他自己……他自己的心里有多难受啊。"

夏彤哭得泣不成声："你不知道他有多爱他妈妈，你不知道他有多渴望疯子的病能好。他忍耐这么久，坚持这么久……到最后，为什么会变成这样？他明明就想当一个好孩子。"

严蕊想不出话来安慰她，只能抬手轻轻抱了抱她，低声叹气。

夏彤忽然抬头："严蕊，我想去找曲蔚然。你让我去找他吧，我看不见他，担心得都快疯了。"

"好好好。"严蕊受不了夏彤的哭求，硬着头皮答应，"不过你得先吃点东西，不然连走路的力气都没有，我可不背你。"

"我吃，我吃。"只要能快点见到曲蔚然，让她吃什么都行。

夏彤吃了严蕊送来的食物，第一次，她吃不出食物的味道，第一次，她觉得吃饭是件很麻烦、很浪费时间的事。

一个小时后，严蕊带着夏彤来到A区病房，远远地就看见一个警察守在病房门口，严蕊对值班警察说明来意后，警察摇着头，不让她们进去。

两人求了一会儿，值班警察让她们等一下，走进病房，过了一会儿，病房里出来一个中年男人，男人作了自我介绍，他是专门负责这个案件的邵警官，邵警官望着打着石膏的夏彤说："你是当事人夏彤吧？"

"对。"

"我刚还想去你病房找你呢，来了也好，你跟我过来做下笔录。"

"是。"夏彤站了起来，有些紧张地跟在邵警官身后。

邵警官带她到一个没人的房间，房间里有六张空病床。

"坐。"邵警官挑了中间的床铺坐下，指着对面的床铺让夏彤坐。

夏彤僵硬地走过去，坐下。

邵警官拿了一沓纸，坐在夏彤对面，趴在床头柜上写着什么，夏彤看了一眼，纸上写着"询问记录"四个大字，邵警官在询问记录上写着时间、地点，他一边写一边说："你别紧张，邵叔叔就问你几个问题啊，你老实回答就行了。"

夏彤睁着大眼睛，使劲地点头。

"你身上的伤是谁打的？"

"是那个疯子。"

"你和他什么关系？"

"他是我邻居。"

"当天为什么要到他家去？"

"我去找曲蔚然玩。"

"疯子是曲蔚然杀的吗？"

"他不是故意的！那个疯子先打死了他的妈妈，还想打死我，当时曲蔚然是为了制止疯子打死我，才用玻璃扎了他的。"

邵警官一直埋头写着，他又接着问了很多当时的情况，夏彤都一一回答了，询问结束后，他让夏彤在笔录上签名，按手印，夏彤很辛苦地用断手完成了这个任务。

"警察叔叔，"夏彤小心地叫了声整理资料的邵警官，"那个，曲蔚然怎么样了？他会不会有事啊？"

邵警官抬起头来，轻轻地皱起眉头道："他的问题很严重。"

"严重？"夏彤激动地站起来，"怎么会严重呢？他不是故意杀人的，真不是！"

"他的问题是他不肯配合调查！"邵警官打断夏彤的话道，"从把他抓来，他就一句话也不说，问什么都不说。他这样不配合，我们警方没办法帮他。"

夏彤急红了眼："警察叔叔，你让我见见他吧，我来劝他，我劝他配合你们！"

"你是这个案件的当事人，按规定，你们是不可以见面的。"警察想了想说，"不过考虑到这个案子的特殊性，也不是不能见，不过你要记住不能说关于案件的事情，不能串供，知道吗？"

"嗯！"夏彤使劲点头，"我保证不会的。"

"行。"警察整理好资料，"我带你去见他。"

"谢谢警察叔叔。"

夏彤跟在警察后面，小步跑着，因为她的双手都打了石膏，跑起来的姿势古怪得好笑。

夏彤一出病房，严蕊就走上来问："怎么样？"

夏彤摇摇头，她也不知道怎么形容现在的状况。

严蕊安慰地拍拍她的脑袋："我刚给我爸打电话了，放心吧，曲蔚然绝对没事的。"

"嗯。"夏彤望着前方的病房门，呆呆地点点头，她没听到严蕊说什么，她现在的眼睛、耳朵、心，都飞过那道房门，望向病房里的那个人。

邵警官打开病房门，对夏彤招招手，夏彤用她可笑的步伐跑过去。

"给你二十分钟。"邵警官说。

夏彤点头，笔直地从他身边穿过……

夏彤走进去，房间里一片阴暗，窗外明亮的阳光被厚重的窗帘挡在外面，连一丝也照不进来，宽敞的病房里只放着一张病床，夏彤往里走了几步，侧着身子想关上房门，却被邵警官阻止："你们的对话必须在我的监视之下。"

夏彤没有反抗，乖巧地点了点头，转身往病房里走。

一步，一步，沉重的脚步声在病房里响着，病床上的人好像睡着了一样，一丝反应也没有。夏彤越是接近他，心里越是难受，她轻轻地咬着嘴唇，缓慢地走到他面前。

可他侧着身子，将脸埋在松软的被子里，只有几缕黑色的头发露在外面。

他总是这样，一伤心难过了，就将自己整个地包起来，生怕别人看见，他不知道，他越是这样，她就越担心。


"曲蔚然……"夏彤听到自己用颤抖的声音，轻声地叫着他的名字。

等了半晌，床上的人毫无反应。

"曲蔚然。"夏彤又叫了一声，可房间里还是一片死寂的沉默。

夏彤低下头，忍不住哭了，她看着曲蔚然那蜷缩在被子里的单薄身子，她多么想伸开双手去抱抱他，可是她的双手都被打上了厚厚的石膏，连动也动不了。

她知道他醒着，他只是不想从被子里出来，他只是不想睁开眼睛去看这个世界，他觉得累了、疼了，他受不了。她多想开口去安慰她，可是从小就口拙的她想不出任何安慰话。从嘴里出去的声音，不是破碎的哭泣声，便是心疼地叫着他的名字……

她真的好没用，她什么也不会，什么也做不到……

夏彤站在曲蔚然的床边，双手可笑地抱在胸前，懊恼又无助地低着头，小声哭着。

就这样，过了好久好久，一直蜷缩着的人缓缓地动了动，夏彤一愣，睁大眼睛看着他，只见曲蔚然伸出缠着绷带的手，将被子扯开，苍白俊美的面容露了出来。他没戴眼镜，抬起眼看向她的时候，微微地眯了眯眼，额头上的绷带渗出暗红色的血迹，他张了张嘴，干燥到裂开的嘴唇，缓缓地渗出血丝。

"别哭了，"曲蔚然淡淡地说，"我又没死。"

"对不起……"夏彤小声道歉。

曲蔚然没说话，房间里，又是一片寂静。

曲蔚然抬起眼，默默地看着夏彤打着石膏的手臂，抬手用包着绷带的手磨蹭着石膏，轻声问："还疼吗？"

夏彤使劲地摇头："不疼！一点也不疼。"

"骗人，一定很疼。"曲蔚然虽然在和夏彤说话，眼睛却没有望着她，空洞的眼神像是透过夏彤的手臂看向更远的地方，他一边机械地磨蹭着夏彤的手臂，一边呢喃着，"一定很疼，一定很疼……"

夏彤猛地用力想抬起手臂，可带来的却是钻心的疼痛，夏彤没办法，整个身子扑到曲蔚然身上，用力地压着他，想给他温暖，想给他拥抱，她一直在他耳边重复着："曲蔚然！我真的不疼。真的，真的不疼，一点也不疼，不骗你，真的不疼……"

夏彤半个身子压在曲蔚然身上，用蹩脚的谎话安慰着他，眼泪顺着脸颊滑落，沾在曲蔚然的脸颊上、脖颈上，冰冰凉凉的一片。

曲蔚然空洞的眼神慢慢回过神来，身上的重量与耳边吵闹的哭声将他从噩梦般的回忆里拽了出来。他抬头，直直地看着雪白的天花板，冰凉僵硬的身体像是感觉到夏彤身上的温度一般，慢慢地苏醒过来，他缓缓地抬起双手，用力地抱住夏彤，很用力很用力地抱住！尽管她身上的石膏压住了他的伤口，尽管他的手心的伤口又变得鲜血淋淋，可他依然没有放手，他紧紧地闭着双眼，似乎在这个充满疼痛的拥抱中，得到了小小的温暖与安慰。

病房外面，一直站在门口的邵警官微微叹了口气，看向他们的眼神充满怜悯，抬起手，轻轻将病房的门带上。

过了二十几分钟，夏彤双眼又红又肿地从病房里出来，邵警官问："怎么样？"

夏彤抬起脸，感激地望着他笑笑："嗯，曲蔚然说他会好好合作的。"

邵警官点头："哦，不错啊，谢谢你。"

"哪里，是我该谢谢你才对。"夏彤连忙鞠躬道谢，她一直以为警察都蛮凶的，没想到邵警官这么亲切。

邵警官笑笑：“你先回病房休息吧。”

“那曲蔚然没事吧？他不会被抓吧？”

“这事还需要调查取证，如果他真是正当防卫，那应该没什么事。”

“他真的是正当防卫，真的是！”

“好了，好了。”邵警官挥挥手，“是不是，我们警方会调查的，你先回去休息吧。”

夏彤还想说什么，却被一直等在一边的严蕊拉走：“走吧，没事的。”

“可是……”

“你一直说警察会烦的啦。”

夏彤想想也对，只能一步三回头地往回走。

邵警官摇摇头，点了根烟道：“现在的孩子，这么小就谈对象。”

“就是，也太早了。”站在一边看守的警官附和了一句。

“呵呵。”邵警官笑了两声，将手中的烟抽完，理了理放在一边的材料道，“唉，把这小子的笔录做完，就下班了。” 说完，推开病房门走了进去。

病房里的窗帘已经被拉开，窗户也被打开，新鲜的空气灌进来，清爽的微风吹动着窗帘，阳光洒在雪白的病床上。病床上的少年，安静地靠坐在床头，他微微仰着脸，望着窗外的蓝天，长长的睫毛在光影中轻轻颤动，白皙的皮肤通透得让人惊叹。他的周身像是围绕着淡淡的忧愁一般，安静寂然。

很俊的孩子，这是邵警官对曲蔚然的第一印象。

“曲蔚然。”邵警官出声叫他。

曲蔚然缓缓地转过头来，狭长的双眼微微地眯了起来，一直到邵警官走近他才睁开。

邵警官抬手，递给他一个东西：“你的眼镜。”

“谢谢。”曲蔚然抬手接过，打开眼镜腿戴上，再次抬起头来的时候，眼神清澈了些，整个人变得斯文又精明。

"关于前天发生的案件，很多问题要问你。"邵警官公事公办地坐到曲蔚然对面。

曲蔚然点头，表示愿意接受提问。

"卫明侣是你什么人？"邵警官问。

"养父。"

"你知道他有精神病？"

"知道。"

"家里的铁链是拿来锁他的？"

"嗯。"

"谁的主意？"

"他自己。"

"既然锁起来了，为什么事发当天又要打开？"

"那天……"曲蔚然轻轻闭了下眼睛，回忆道，"那天，妈妈回家看他，他叫出了妈妈的名字。妈妈很高兴，以为他清醒了，便想打开锁让他自由一下，可是锁的钥匙早就给我丢掉了，妈妈就在厨房找了老虎钳，想剪断了铁链。"说到这里，曲蔚然忽然安静了。

邵警官也没催他，只是看着他，等他慢慢说。

"然后，卫明侣很高兴，一直笑，一直笑，一直笑……"

曲蔚然忍不住用力地咬了下手指，瞳孔慢慢放大，表情像是陷入了当时的恐怖，他颤抖着说："他一直笑，一直笑，忽然就抢过妈妈手中的老虎钳……然后就……就开始打她……"

曲蔚然说到这里，轻轻地闭上眼睛，不再往下说了。

邵警官合上记录本："累的话，就等一会儿再做笔录吧。你先休息吧。"说完，便站起身来往外走。

当他快走到门口的时候，忽然听见身后的少年轻声地问："警官，我能为我的妈妈办丧事吗？"

"不行。"邵警官回过头来，"你伤好之后，就得去拘留所，在开庭宣判之前，必须待在那里。"

曲蔚然默默地看着他，眼睛里看不出情绪。

"抱歉。"邵警官避开他的目光，轻声道歉。

曲蔚然低下头，什么也没说，只是双手用力地抓紧床单，手心上一直没愈合的伤口再一次裂开。艳丽新鲜的血液，染上了雪白的床单，有一种刺目的红。


一个月后，S市高级人民法院判曲蔚然为正当防卫，无罪释放。

曲蔚然最终还是没能来得及参加母亲的葬礼，听说母亲的葬礼是远房的亲戚帮忙办的，办过葬礼后，还顺便以曲蔚然未满十八岁的理由暂时接收了母亲的遗产，只是这暂时暂得让曲蔚然再也没有找到过他们。

夏彤为这事气了很久，发誓要找到那群人，将遗产夺回来。曲蔚然却很淡然，一点也不在乎的样子打开四合院的家门。

他在开着的门口站了很久，默默地看着里面，像是在回忆着什么，过了一会儿，他眨了下眼，望着夏彤说："带我去看看我妈妈吧。"

夏彤点点头，鼻子又开始发酸。

她觉得曲蔚然变了，原来温和优雅的他，变得和一潭死水一样，毫无波澜。

虽然他以前也会这样，可是，至少他还会戴着面具，微微笑着，希望自己吸引所有人的目光，希望用自己的努力改变自己的生活。

可是，现在……

他好像绝望了，无所谓了，随便了，他不想在为任何事努力了，他放弃了他的梦想，放弃了他的追逐。

"曲蔚然……"夏彤小声叫着他。

曲蔚然没反应，眼神一直盯着墓碑上的照片。照片上的女人有着绝美的外貌，微微上挑的丹凤眼曾经迷死过千万男人，可最终剩下的也只是一把骨灰、一张照片，还有一个悲伤的故事。

"夏彤。"曲蔚然站了很久之后，忽然叫她的名字。

"哎。"夏彤上前一步，转头看他。

"知道吗？"曲蔚然轻轻地张嘴说，"我妈妈是这个世界上最傻的女人。"

"真是个……傻女人……"曲蔚然轻声地说着，身子止不住地颤抖着，"怎么会有这么傻的女人……白痴啊……"

"笨死了……"

"我都说了，别打开……别打开，为什么你就是不听呢？"

"笨蛋啊！"

夏彤难过地从他身后抱住他，很温柔很温柔地说："曲蔚然，你哭出来吧……"

寂静阴郁的公墓林里，瘦小的少女紧紧地抱着背对她的少年，那少年穿着浅色的蓝格衬衫，他笔直地站着，却微微地低着头；过长的刘海遮住双眼，盖在了挺俊的鼻梁上，少年紧紧地咬着嘴唇，不肯发出声音，身体因为极力地压制而不可自已地颤抖着。

10月灿烂得过分的阳光，明晃晃地照耀着他，有什么轻轻地滑过他俊美的面颊、尖细的下巴，一颗颗沉重地坠落……

曲蔚然再次回到学校时，已经是9月底，学校高二划分文理科是按高一期末考的成绩划分的，曲蔚然毫无疑问地分在了高二（1）班，高二（1）班只有三十五个人，班主任是教数学的，姓曹，一头白花花的头发，戴着厚厚的眼镜，说着一口不够标准的普通话，板着黑糊糊的脸，看人的时候总是喜欢低着头，将眼睛使劲往上翻着看。

曲蔚然的数学成绩很好，好到几乎没有题目能难住他，曹老师对这个天才学生早有耳闻，曲蔚然去上课的第一天，他便在黑板上出了一道夏彤连看都看不懂的题目，让曲蔚然上去做。

曲蔚然拿着白色的粉笔，在黑板前站了很久，最后将粉笔丢回粉笔盒，淡淡地说了一句"不会"，便走回到座位上。

曹老师显得有些失望，但还是笑笑："这题目是比较难，是去年全国高中奥数竞赛中最难的一题，也是很有意思的一题，大家看……"

曹老师拿起粉笔，在黑板上打起公式，口若悬河地解说着，夏彤偷偷回头望了一眼曲蔚然，只见他安静地坐在位置上，微微侧着头，看向窗外，眼神空洞得像是映不出一丝景色。

他变了，夏彤回过头来，无声地叹气，他变得冷硬、淡漠，不在和从前一样，总是带着温柔的笑容，亲切优雅得像个贵族一般为人处世。

现在的他抛弃了理智，抛弃了信念，甚至抛弃了自己经营多年的面具，将本来的自己完完全全地展现在世人面前。

其实，人都有两面性，一面阴暗一面阳光，人们都喜欢将自己阳光的一面展现给别人看，或者活泼可爱，或者聪明大方，或者仗义勇敢，或者沉稳老练。以前的曲蔚然，也是这样，他极力地将自己好的一面做给大家看，他温柔，他优雅，他聪慧，他善良，他努力地让自己变得完美，他想让所有遇见他、认识他的人都为他惊叹……

他差一点就成功了。

可最终却功亏一篑。

夏彤垂下眼，失神地盯着桌子，忽然一个纸团飞到夏彤桌子上，夏彤一惊，伸手抓过字条握在手里，转头看去，只见秦晋对着她比了个"V"字。

秦晋一直和夏彤在一个学校，因为高一没分在一个班，所以两人几乎没怎么说过话，奶片也因为越来越大不能放在学校养，而被秦晋抱回家去了。

夏彤挑挑眉，打开字条看：奶片上个月生了两只小猫，我妈不给我养这么多，小猫都要送人，你要不要？

夏彤想了想，在字条上写：我住校，不能养猫啊。

夏彤写完，丢了回去，秦晋拿起字条看了看，写了一句，又传过来：那你问问你宿舍有没有人要吧，我舍不得把小猫给不认识的人。

夏彤看完，将字条握在手心，对秦晋比了一个OK的手势。

回宿舍后，夏彤问严蕊要不要猫，严蕊摇头："要是狗我就要，猫不要。"

"为什么？"

严蕊跷着二郎腿笑道："猫养不熟，谁给吃的就和谁走了，跟你一样。"

"你胡说。"夏彤瞪她，"我什么时候谁给吃的就和谁走了？"

"哦，是吗？"严蕊挑挑眉，奸笑地从枕头底下掏出一包肉脯，对着夏彤摇了摇，奸笑地道，"来，叫相公。"

夏彤鼓着嘴巴瞪她，严蕊眯着眼笑，一副奸诈的样子。

夏彤咳了声，扭捏地叫："相公。"

严蕊哈哈大笑地拍着床板："还说你不是猫，你个好吃佬。"

夏彤红了脸，恼羞成怒地扑上去抽打严蕊，顺便把她手中的肉脯抢来，气呼呼地打开包装，发泄似的大口大口地吃起来。

吃了两口忽然停下来，奇怪地看着肉脯的包装。

"是不是觉得味道似曾相识啊？"严蕊靠着夏彤的肩膀问。

夏彤点点头，这肉脯的包装看起来和曲宁远送她的好像是一样的，当时严蕊觉得好吃，叫她爸爸照着买了好久都没买到。

"从哪儿买的？"夏彤问。

"嘿嘿嘿。"严蕊奸笑，"从曲宁远家里拿的。"

"呃？"夏彤奇怪，"你怎么去他家了？"

"他老子在家办了什么聚会，邀请了我爸爸，我爸爸还非要带着我去。"严蕊一边嚼着肉脯一边说，"然后我就遇见曲宁远啦。"

夏彤眨眨眼："呀，曲宁远啊，他不是出国了吗？"

夏彤升上高二的同时，曲宁远结束了高中的课程，在家里的安排下去了美国读书。他走的那天约过夏彤，希望她能去送送他，可夏彤没去，安静地在女生宿舍待了整整一天。

从那之后，夏彤再也没有听到过曲宁远的消息。

严蕊揉揉鼻子，继续道："本来是出去了，不过他妈妈忽然病重，他又回来了。我们就聊了一会儿，就聊到了这个肉脯，我说我想吃，他就拿了很多给我。"严蕊眯着眼笑，"他人真不错。"

"他还问起你了。"严蕊八卦地说。

"问我什么？"夏彤疑惑地看她。她笑着继续说："他问你现在怎么样了，我说蛮好的。嘿，我觉得他真蛮喜欢你的。"

"怎么可能，人家那样的贵公子哪里看得上我。"夏彤挥着手，使劲否认。

严蕊耸肩，放松地往单人床上一躺："你不相信就算了。"

夏彤不再接话，捻起一块肉脯，温柔地喂进严蕊嘴里。严蕊大爷一样地跷着二郎腿，用力地嚼着，吃完了又"啊"地张开嘴，夏彤笑着又喂了进去。

严蕊满足地眯了眯眼，躺在床上看着夏彤。其实夏彤说不上漂亮，只是当她低头时，那温顺的模样，让人忍不住地就想疼她；当她抬起头，用小鹿一般纯净的双眸望着你，怯怯地对你微笑时，再冷硬的心，都会为她变得柔软起来。

严蕊轻轻抬手，捻了一撮夏彤的长发在手中揪着，她垂着眼，忽然出声道："夏彤。"

夏彤疑惑地望着她："嗯？"

严蕊一改平日吊儿郎当的态度，有些认真地看着夏彤说："曲蔚然不适合你。在没受伤之前，趁早离开他吧。"

夏彤一愣，眨了下眼睛，没答话，垂着眼，有一口没一口地吃着肉脯。

过了好一会儿，严蕊听见夏彤轻声说："我不会离开他的。永远不会。"

这是夏彤对严蕊说的，也是对自己说的。

在她心里，不管曲蔚然变成什么样，他都是曲蔚然，即使他变得阴郁、冷漠、尖锐、可怕。

可夏彤知道，他只是累了，他不再稀罕得到他人的爱慕与仰望，他也不想再戴着伪善的面具去生活。

可是，他忘记了，其实，他真的是一个温柔的人，一个爱笑的、善良的、手心带着淡淡温暖的人。

夏彤相信，坚强的曲蔚然总有一天会找回迷失的自己。

在这之前，她一定会，一直一直陪着他，支持他。

第十七章

亲爱的，请别迷失到太远的地方

　　连续阴沉了好久的天气，终于在周一上午利索地下了一场阵雨，伴着雷鸣和着闪电，天色晦暗，仿佛深夜。窗玻璃上雨水冲刷而下，依稀看见教学楼外的银杏树在雨幕中剧烈摇曳着。

　　语文老师走到教室右边，伸手按开了墙上的开关，教室里的六个长条日光灯闪烁了几下，一道亮了起来，黑暗的教室被瞬间点亮。

　　"还有二十分钟。"老师看了看手表，提醒道。

　　教室里埋头考试的学生们将头埋得更低了，身子绷得更紧了，大家都想趁着最后二十分钟多做对几题，毕竟高二的期末考试成绩会对明年的高三的分班造成很大的影响，谁也不想被从快班分出去。

　　坐在第二组第四位的严蕊正低着头快速地做着卷子上的作文题。

　　作文的题目是"我家的XX"。

　　严蕊写的是：我家的小狗升官。

　　我家的小狗升官是一只漂亮的拉布拉多犬，它两个月的时候来到我家，那时候它只有一点点大，特别可爱。我叫它升官，是因为它来的第一天，我爸就升官了。我爸说升官这个名字不好，太招摇！我说，我就喜欢招摇，我家的狗怎么能不招摇？后来，事实证明我是对的，自从升官来了之后，我爸就一直升官，瞧，他现在当上省长了不是……

严蕊嚼着口香糖，一边写一边笑，想到她的爱犬，她就思如泉涌，奋笔疾书。她觉得，这个题目出得太好了，太好写了，以后都出这样的作文题就好了。

坐在她后面的秦晋，卷子已经写了满满一页，看上去马上就做好了，作文纸只剩下几行了，他写的是"我家的奥特曼"。

幸福是什么? 幸福是猫吃鱼狗吃肉，奥特曼打小怪兽。对我妈来说，生活是幸福的，因为她是生活里的奥特曼，而我和我爸就是可怜的小怪兽……

秦晋写了满满两张纸，语言风趣、形容活泼，让人读起来忍俊不禁。

窗外的雷雨还在下着，一道闪电劈了下来，在黑暗的天空中裂出一道激光色的口子，夏彤抬起头，望了一眼窗外风雨吹乱的银杏树。她的卷子差不多已经填满，只是作文却干干涩涩地写了一小段：我家的书柜。

我的房间有两个大大的书柜，书柜上放着很多很多书。我记得小时候我还看不懂那些书，只觉得它们很占地方，将我的房间占去一大半，可现在，我却恨不得书柜上再多摆一些书。

我家书柜上放着的大多是爸爸妈妈年轻时候读的书，有四大名著《金庸全集》《世说新语》鬼谷子等等，好多好多……

夏彤垂着眼睛，继续瞎扯着，其实她家书柜上根本没几本书，放着最多的就是她和弟弟的教科书。夏彤写一会儿，数一下字数，写一会儿数一下字数，终于写到八百字。她松了口气，坐直身子，靠着后面的桌子，视线在作文题目上面顿了一顿，莫名地想，曲蔚然会写什么呢?

她偷偷地转头望向曲蔚然，只见他正埋着头，奋笔疾书。

夏彤抿了抿嘴唇，回过头来，轻声地叹气。这个学期，曲蔚然经常迟到早退，听班上的男同学说，他这学期根本没住校，四合院里的大妈也说他家晚上根本没人住，夏彤只有白天看见他在学校上课，话很少，样子也很疲倦，不管上课下课总是埋着头在睡觉。

夏彤轻轻咬了咬嘴唇，他到底去哪儿了呢?

窗外，雷声阵阵。

"丁零零——"

考试的结束铃声响起，老师大声道："停笔。把卷子反盖在桌子上，都别动啊，不许再写了。"

大部分同学们都乖乖地坐着等老师来收考卷，只有个别几个还在抓紧最后一秒写一点。

老师刚抱着卷子离开，教室里就像炸开的锅一样吵吵闹闹的，有的对着答案，有的互相问对方作文写了什么。

严蕊瘫在桌子上，夏彤走到她身边，在她前面的座位坐下："考得怎么样？"

严蕊无所谓地歪头一笑："期中考试而已，随便考考。"

夏彤笑："呵呵，你作文写了什么？"

"我家的狗啊。"

"呃？怎么写狗？"

"升官可爱啊。"

两人闲聊开来，夏彤虽然和严蕊讲着话，眼神却时不时地注意着曲蔚然，当她看见曲蔚然背着书包走出教室的时候，她立刻站了起来，想也没想地追了上去。

夏彤追到教室门口，曲蔚然的身影已经消失在楼梯的转角处。夏彤急急地追上去，终于在教学楼后面的自行车棚看见他。隔着二十几米的距离，夏彤高声叫："曲蔚然。"

曲蔚然停住脚步，在车棚的屋檐下回过头来，乌黑的发梢被雨水打湿，透明的雨水顺着他精致俊美的五官滑下。他伸手，用手背抹了一把脸上的雨水，眯着眼睛遥遥地看着她。

天空雷雨还在不停地下着，夏彤低着头，冒着大雨从教学楼的走廊上冲过去，天空洒下的雨水，瞬间将她的衣衫打湿，地上水洼溅起的泥水沾在她干净的裤子上。

夏彤跑到曲蔚然面前仰着头问："你去哪儿？下午还有考试。"

"我知道。"曲蔚然轻声回答。

"那你背着书包要去哪儿？"

"我去哪儿和你没关系吧。"他的声音很淡，他的语调很轻，像是和她隔得很远很远。

窄窄的屋檐并不能遮住多少的暴雨，雨水被风吹散，朦胧的雨雾溅落在两人身上，风声呼啸而过，似乎要将面前的人风筝般地吹走。

夏彤没说话，只是固执地望着他，眼睛里是满满的受伤。

曲蔚然漠然地垂下眼，躲开她的眼神，转身往车棚里面走，可刚走一步，身后的衣摆被人紧紧拽住。

曲蔚然的身子顿了一顿，夏彤低着头，长发被风吹乱，遮住眉眼，看不见表情，只是那紧紧抓住他衣摆的右手在风雨中轻颤着。

曲蔚然轻轻地仰起头，漠然的眼睛微微眯起，望着阴霾的天空低声道："你别跟着我，我会毁了你的。"

夏彤没说话，只是像是怕只有右手抓住不够牢似的，连左手也伸过去，紧紧抓住他的衣摆。

"夏彤。"曲蔚然有些无奈地叫着她的名字。

"请带着我。"夏彤仰起脸，用望进人心灵的眼神紧紧地看着他的背影，固执却温柔地说，"不管到哪儿。"

话音刚落，下一秒，她的身体就被他紧紧抱住。曲蔚然将脸埋进她微湿的长发，轻声道："笨蛋，你真是个笨蛋。明明给你逃走的机会，你却笨得不走。"

"嗯。我是笨蛋，就是的。"夏彤情不自禁地伸手回抱住他，牢牢揪住他的衣衫，指甲深深地嵌进掌心。她用尽全身力气可还是觉得不够，紧一点，再紧一点……

"完全受不了你了，完全。"曲蔚然的手臂也用力收紧，两具年轻的身体隔着微湿的衣衫紧紧相贴，像是恨不得将对方揉进骨血中一般。

雨点自四面八方打来，狂风吹得衣衫飞扬，相贴的身体柔软、温热，让人贪恋得不愿离开。

其实，紧紧相拥的两个少年并不明白什么叫爱情，他们只知道，怀里这个人，是这一生即使死去了，也不愿意放手的存在。

雨渐渐小了，曲蔚然从车棚取出一辆老旧的山地车，从后座上抽出一把雨伞递给夏彤，转身跨坐在车身上。车子跑起来以后，他转头对着夏彤说："上来吧。"

夏彤拿着伞，追着自行车跑了几步，揽住他的腰身，侧身跳坐在后座上，曲蔚然稳住车头，用力一蹬，车轮快速地旋转起来。夏彤打开蓝色的伞，将伞撑到曲蔚然的头顶，想为他遮挡风雨，可他却忽然站起身来，撞开她的伞，迎着风雨用力地骑起来。自行车被骑得飞快，路上的自行车被超过一辆又一辆，夏彤吓得一手抓紧曲蔚然，一手打着雨伞，轻声叫："你骑慢点啊。"

曲蔚然像没听见一般，车速变得更快了，他黑色的外套被风吹得鼓起来，仰起头，雨滴毫不留情地打在他脸上，冰凉的，有点疼，可他却觉得异常舒服，好像那干净透明的雨水能将自己身上那浓浓的血腥味冲刷干净一般。

自行车行驶过市区，在靠着市南边的一个汽修厂停下。曲蔚然刹住车，夏彤从车上下来，打着雨伞好奇地望着四周，这个汽修厂不是很大，里面大概有一千多平方米，上下三层，外面的院子里停着好几辆高级轿车，抬头，明亮的招牌上写着"华朔专业汽修"。

"我在这里打工。"

"呃？"打工？怪不得他总是很疲倦了，"多久了？每天工作多久呢？一天给多少钱啊？"

曲蔚然没回答，将自行车锁好，拉着夏彤走进汽修厂对面的快餐店，给夏彤点了一份便宜的快餐，让她吃。

夏彤不满地嘟着嘴："你还没回答我的问题呢。"

"你一边吃我一边告诉你。"

"你不吃？"

曲蔚然淡笑："修理厂包中饭。"

"哦。"夏彤拿起筷子，小口小口地吃起来，眼睛炯炯地望着他，"你怎么忽然想到在这打工了？"

"没办法，我在家里找了很久，也没找到一分钱，估计被那些莫名其妙的亲戚全卷走了。"曲蔚然单手托着下巴，他的声音很平静，仿佛是在说一个不相干的故事，带着嘲讽的语调。

夏彤停住吃饭的动作，嘴里含着的食物瞬间失去了味道，她愣愣地望着他。

"那天我在街头晃，看这里贴了招聘启事，我就进去了。这里蛮好的，工资虽然不高，包吃住。"曲蔚然微微笑了下，"白天没有固定的上班时间，晚上五点半到十一点，周末全天。"

"累不累？"夏彤小声问。

曲蔚然垂下眼眸，一脸淡然："累点挺好的，累得倒头就睡，什么都不用想。"

夏彤握紧双手，刚想说些什么，曲蔚然看着窗外站起来道："啊，发盒饭了，我过去了。你吃完是先回去还是等我一起？"

"我等你一起。"

"那还要好一会儿呢。"曲蔚然看着墙上的时钟说，"吃完饭，总得做两个小时事吧。"

"没关系，我等你。"夏彤乖巧地望着他笑。

曲蔚然没说什么，转过身来，墨石般美丽的眼睛紧紧地望着她，抬手，轻轻在她头顶的黑发上揉了揉。

夏彤红了脸，开心得像是得到最高的奖赏一般，心脏怦怦乱跳着，心里的欢喜像是快要压抑不住一般。

那个中午，夏彤就坐在人来人往的快餐店，看着忙碌中的曲蔚然，那时的他和平时不一样，换上了汽修厂统一的橘黄色制服，戴着帽子，精致干练的脸上偶尔被不小心粘住的油垢抹黑。他举手投足之间，散发着鉴于男人和男孩之间的迷人魅力。

他的每个动作都那么漂亮，即使只是低着头，用肩膀抹着汗的时候，眯着眼为汽车冲洗的时候，蹲下身为汽车打蜡的时候，他的手像是带着魔法，将身边的每一样东西都点亮了一般。

夏彤陷在他的魔法中，久久不能自拔。为什么，她觉得即使是这样看着他，也会有满心的幸福感呢？

曲蔚然像是察觉到夏彤的目光，转过头来，遥遥地望着玻璃窗里的夏彤，轻轻地扬起嘴唇，露出一个淡淡的却异常温和的笑容。

夏彤高兴地扬起手对他挥了挥，可惜她没看见他的回应，一辆黑色的轿车从他们中间开过去，挡住了两人的视线。驾驶座上率先出来的是一个穿着黑色司机制服的中年男人，男人拿着伞绕到汽车后面，打开后座的门，一个穿着得体的贵公子从车上下来，俊美的脸上，带着亲切温雅的笑容，淡淡的闪着光华。他接过伞，将伞更往车门靠靠，让车里走出的人一点雨都淋不到。

干净发亮的皮鞋，笔直的西裤，一个穿着笔直西装的中年男人走下车来。那中年男人像是被上天眷顾了一般，时光并未在他身上留下多少痕迹，修长结实的身材一点也不像一个中年人，只是他紧紧皱起的眉头，让人不自觉地有些害怕。

汽修厂的老板小跑着从车间里迎了出来："哎呀哎呀，曲总，您怎么亲自来了？您的车我昨天就测试好了，下午刚准备叫人给您开过去呢。"

"嗯，顺道路过这，就带我儿子来看看。"被叫曲总的人淡淡地说。

"哎呀，这是贵公子啊，真是一表人才，我还真没见过这么俊的少爷。"汽修厂的老板一脸讨好地说，只是这话却也是实话，曲宁远的外貌确实少有人能比。

曲宁远微微笑道："您过奖了。"

"哎呀，没有过没有过，曲总真是好福气啊，生了个这么优秀的孩子。"

曲总严苛的脸上也染上了点点笑意："小孩子夸不得，车呢？"

"哎，还不把曲总订的车推过来。"汽修厂老板挥着手叫着。

四个员工将蒙着油布的汽车从车间推出来，停在曲家父子眼前。曲总微微扬了扬下巴，疼爱地望着自己的爱子道："宁远，你也快二十岁了，该给你买辆好车了。来，看看爸爸给你订的这辆，喜不喜欢？"

曲宁远也没拒绝，带着一丝好奇走上前，掀开油布，只见一辆全新的黑色劳斯莱斯赫然出现在眼前。

"曲少爷啊，曲总可真是疼你啊，这款车全球限量一百辆，这可不是有钱就能买到的呀，还得看身份，没身份再多钱也不卖。"

曲宁远伸手摸了摸车子，回头望着曲总笑，那笑容和平日里的优雅不同，带着一丝还未成熟的孩子气，灿烂得让人侧目。

"我知道，这款车，刚开始生产的时候我就注意到了，当时我去英国下订单，可是因为我身份太低，他们没通过审核。没想到爸爸会给我买。"

"哎呀，曲少爷，肯定是你爸爸知道你喜欢特地给你订的呀。"

"真的吗，爸爸？"

曲总看见儿子开心的笑颜，再加上车厂老板在一边拍着马屁，本来严肃的他，居然乐呵乐呵地点着头："开着试试，看有什么地方不合适的，再叫汪总给你调调。"

"好。"曲宁远打开驾驶座的车门，坐了上去，发动轿车，黑色的车身像是一道水流一般划出车厂。

"哎呀，曲公子的车开得真好啊。"车厂老板一直夸奖着。

"呵呵。"曲总笑着望着远去的车身，可不知为什么，他忽然微微转头看向右边，温和的笑容慢慢冻结，一片一片地碎开，自脸上掉落。

只见一群穿着员工制服的孩子中，一个漂亮的少年轻轻地望着他，原本白皙干净的脸颊，被污垢的黑油抹了一道一道的。

只有那双让人永远忘不掉的、像极了他母亲的丹凤眼，灼灼如桃花般地望着他。

"曲总，曲总？"汽修店的老板叫了声怔住的曲总，曲总回过神去，只见黑色的高档轿车开了回来。曲宁远从车上下来，高兴地走过来，使劲地拥抱了下疼爱自己的父亲："谢谢爸爸，我很喜欢。"

曲总笑着拍了拍曲宁远的肩膀，转眼再看向人群，那双漂亮的丹凤眼已消失不见……

曲蔚然一个人走到清洗间，为一辆奥迪车打蜡。他拿着工具认真仔细地滑过车身，如墨一般的双眸什么也没倒映出来，他像是机器人一般重复着打蜡的动作。

"曲蔚然。"夏彤从后面走过去，她刚才在快餐店看见曲宁远和他爸爸过来的时候，就有些担心曲蔚然了。

"嗯。"曲蔚然淡淡地答应。

"你没事吧？"

"没事。"

"哦。"夏彤无措地绞着手指，过了一会儿小心翼翼地问，"你不去和他打个招呼吗？"

这个他，自然指曲宁远的父亲，海德实业的老总曲田勇。

"没必要。"曲蔚然依然双手利落地打着蜡。

"哦。"夏彤有些失落，其实她知道，曲蔚然是想过去的，只是心里有些怨恨，怨恨曲田勇没来找过他，没关心过他，就连偶遇了，也装作没看见的样子。

曲蔚然他还是有些受伤了吧……

他的心里是不是也在期待，期待曲田勇会给他一点点的关爱，哪怕只有一点点，哪怕只有对曲宁远的千分之一那一点。

夏彤忍不住叹气，抬手拍打着车子，眼神不经意间瞟到车间门口，一个穿着笔直西装的中年男人站在那儿，单手插着裤袋，微微皱着眉头，沉默地盯着曲蔚然。

夏彤有些激动地推了曲蔚然一把，曲蔚然抬头望去，同样沉默地望着中年男人。

气氛沉闷得诡异，两个人谁也不愿先开口，互相倔强地较量着。

夏彤难得机灵地掉头就跑，给他们父子俩留下一个安静的空间。

曲蔚然收回视线，依然动作娴熟地擦着车子。曲田勇走过来，品质优良的皮鞋敲打着地面发出清脆的声音，停在曲蔚然不远的地方问："怎么弄成这样了？"

"什么？"

"给你妈的钱，不够你吃饭吗？"

"你给她的，又不是给我的。"

"也是，给她的钱不够她贴男人。"曲田勇掏出一根烟点上，"哪有钱给你用。"

曲蔚然没答话，蹲下身来，将抹布浸湿。

曲田勇吸了一口烟，沉声问："你妈死的时候是不是很痛苦？"

曲蔚然的动作顿了顿，双手不自觉地握紧，好半天，才低低地"嗯"了一声。

"真是个蠢女人。"烟雾在他身边缭绕，曲田勇微微地眯了眯眼，"我就知道她最终会死在卫明侣手上。"

"你知道？"

曲田勇深吸一口烟，冷哼一声："我当了十几年冤大头，怎么会不知道。"

"你知道还给她钱？"

"她要钱，我要她，各取所需而已。"

"各取所需？"曲蔚然冷笑一声，手指深深掐进肉里，忍了好久之后问，"我是你儿子吗？"

"废话，你要不是我儿子，早死在你妈肚子里了。"曲田勇冷笑地说，"不过，你也不用高兴，我不会认你的。你最好把这个秘密烂到肚子里，要是被人知道了，我可不保证你能活多久。"

曲蔚然面无表情地听着他的威胁，双眼直勾勾地盯着他。

"你瞪我也没用，我的儿子只有曲宁远一个。"曲田勇说完，将手中的香烟丢在地上，用脚尖踩灭，拉开西装外套，从衣袋里拿出钱包，将一沓厚厚的百元大钞递给曲蔚然，"拿着吧，算是我最后被你们母子骗一次。"

曲蔚然没接，默默地看着那一沓厚厚的纸币。他想起以前，这个有钱的父亲也是这样给他钱的，一副高高在上、不可一世、充满了施舍，甚至带着鄙视的神情。

曲田勇将钱往上抬了一下："怎么，嫌少？"

"哦，也对，我给你妈钱的时候，她总是嫌少。"曲田勇嘲讽地一笑，"她真是奇怪，为了一个疯子，贴钱贴人贴自尊，最后连命都贴进去了。"

"够了！"曲蔚然冷声打断他，"不许你再说她！"

"我不说？这个世界上除了我和你，还有谁会说起她？有人说，是她的福气。"曲田勇说到最后，居然有些微微的伤感，也许，这个男人对曲蔚然的母亲并非一点感情也没有，也并非像他自己说的那样不在乎，只是那样的感情，深沉得他自己也没发觉。

"拿着吧。"曲田勇将钱递到曲蔚然面前。

曲蔚然看了一眼，扭过头："既然你不认我，就不是我爸爸，也不用给我钱。"

"倔强是不能当饭吃的，你看你的脸，都脏成什么样了？"曲田勇望着他脸上的油垢，眼神不再那样高高在上，甚至闪过一丝不忍。

曲蔚然迷惑了，就为了那一丝不忍，他缓缓抬起手⋯⋯

"爸爸，原来你在这儿。"一个清亮的声音，将他的迷惑打破，将他的不忍收回。

曲田勇很慌乱地想将手里的钱塞回口袋，可是他的动作怎么也比不上曲宁远的视线快。曲宁远皱起好看的眉头，奇怪地看着父亲手上那一沓厚厚的人民币问："你这是干吗？"

"哦，这个孩子，刚给我擦车，蛮认真的，给他点小费。"曲田勇笑着解释。

"爸爸，你真的是。"曲宁远好笑地说，"你给人家这么多钱，会把那孩子吓到的。"

曲宁远走过来，拿过父亲手上的钱，从中抽出几张递给曲蔚然，歪头轻笑，温文如玉，清雅依然。

"辛苦你了，谢谢。"

曲蔚然一直低着头，他忽然觉得很可笑，母亲在生前是见不得人的情妇，拿父亲的钱就像做贼，像贪婪的骗子，而自己，好像也在继承母亲的命运呢。

如此见不得人，如此卑微低贱！

曲蔚然猛地抬头，眼神里充满了满满的怨恨与愤怒，还有心灵上那受到羞辱一般的让人说不清道不明的难受感！

曲宁远被他的眼神吓得有些微怔，曲田勇第一反应却是将曲宁远护在身后。

曲蔚然用力地握紧双手，猛地转身，踹倒了水桶，肮脏的污水溅到三人的裤腿上。曲宁远望着曲蔚然远去的背影，微微皱起眉头，若有所思。曲田勇急忙找理由将曲宁远拉走，生怕他发现些什么。

曲蔚然极力压抑着自己的怒气，用力地咬着嘴唇，捏紧拳头，走回员工休息室。休息室里几个汽修厂的几个工人们正聚在一起聊天，他们说的正是今天见到的这对有钱父子。

"哎，那个曲少爷真好命啊。"

"是啊，身在这种家庭，从小含着金钥匙出生，看看，长得细皮嫩肉的，估计连这么重的东西都没拿过吧。"一个维修工甩了甩手上的铁扳手。

"你嫉妒也没用，你看人家公子长得，比电视上的明星还漂亮呢。我要是有这么漂亮的儿子，我也疼，往死里疼。"

"得了吧，就你这命，能生出儿子吗？"

"放屁，我怎么生不出儿子了！"

"哎，你们不觉得那个曲蔚然和那个少爷长得有点像吗？"一个年轻的维修工忽然指着曲蔚然问说。

大家的目光集中到曲蔚然身上，曲蔚然低着头没理他们。

年轻的修理工极力想证明自己的观点，跑过去，用力抬起曲蔚然的头道："你们看，是不是很像。"

"哎，是的耶，长得真像。"

"样子是像，但是命不像啊。"

"就是，一个金贵如宝，一个命贱如草，光样子像有什么用。"

"哎，曲蔚然，你是不是特别嫉妒那少爷啊？人家少爷有豪华车开，你连擦那车的身份都没有……"

一直沉默的曲蔚然忽然猛地转身挥出一拳，将年轻的修理工打倒在地。他像是压抑到爆发一般扑上去用力打着那修理工，但那修理工哪肯乖乖被打："操！你居然敢打老子！"

"别打了。"

"别打了。"

"再打扣你们工钱！"

"别打了！"

休息室里乱成一团，一直到老板来了，两个打到眼红的年轻人才被众人分开。曲蔚然气喘吁吁地瞪着年轻修理工，年轻修理工也不示弱，放话道："你小子给我记住！我不弄死你！"

曲蔚然呸了一口血水出来，一脸藐视。

老板很生气地扣了两个人一个星期工资，让他们都回家冷静冷静，再在厂里打架就全部开除！

曲蔚然一脸瘀伤地走出修理厂的时候，吓坏了夏彤。夏彤红着眼睛，颤抖地伸出温热的小手，轻轻地扶上他俊美的面颊，带着哭腔问："你怎么又受伤了？"

曲蔚然握住夏彤的手，忽然猛地将她往前一拉，很用力很用力地抱住她！很用力！抱得夏彤疼得皱眉，可是她却没有发出一点声音，只是乖巧柔顺地让他抱着，伸出双手，一下一下地拍着他的背，轻声安慰他。

过了好久，曲蔚然才冷静下来，拖出自己破旧的二手自行车，不知道为什么脑子里又闪现出曲宁远打开轿车门的样子。曲蔚然摇摇头，将那景象甩开，跨上自行车，让夏彤上来。

夏彤跳坐上去，抓着曲蔚然的衣摆，等他骑稳了之后，小声问："下午考的化学你复习没？"

"没。"

"呃，怎么办，我好多都不会。"夏彤随口找着话题，希望能转移曲蔚然郁闷的心情。

可很明显，她失败了，曲蔚然陷入了自己的思绪中无法自拔，脑子里一直闪现出曲宁远的身影，优雅的微笑，贵族般的举止，父亲的拥抱，他人羡慕的眼光，金贵的命运，一切一切一直在他脑子里盘旋不去。

他忽然想起，第一次见曲宁远的时候，那时，他还很小，记不清楚几岁，只记得当时妈妈还是以秘书身份待在有钱人爸爸曲田勇身边。那一次似乎是有钱爸爸的公司开年会，妈妈带着他一道去参加。那天他第一次见到了彩灯流转的世界，女人们打扮得一个比一个美丽，各色的礼服裙在宴会中摇摆着；男人们穿着笔挺的西装，单手拿精致的香槟酒杯，每一个都显得那么成熟干练。

小小的曲蔚然睁着干净漂亮的眼睛望着这个华丽的世界，就在这时候，公司的老总带着妻子。儿子走出来，曲蔚然第一眼注意到的就是那个和他差不多大的男孩子。那孩子带着温柔的笑容，大方地对着众人微笑，动作优雅而得体，就像这个世界最耀眼的明星一般，一瞬间将所有人的注意力吸引过去。

那一场晚宴，曲蔚然一直注意着曲宁远，不着痕迹地看着他，他说话的样子，他笑的样子，他举手投足之间呈现的优雅。

也不知道为什么……

那天回来之后，他开始偷偷地模仿曲宁远，模仿他的动作、他的笑容、他说话时的温柔与优雅。

等他发现时，他已经将他模仿得惟妙惟肖……

并将那样的他，当成自己的面具，一丝不苟地戴在脸上。

曲蔚然垂下眼，有些恼怒以前的自己和一个白痴一样模仿别人，他忽然觉得那样的自己很恶心，假得连自己都觉得恶心。

# 第十八章

要有多坚强，才能学会不流泪

　　曲蔚然用力地踩着自行车，他将心中那说不清道不明又不能见人的愤恨与嫉妒通通化作力量，用力地蹬着自行车，上坡，下坡，转弯，车速越来越快，越来越快。夏彤紧紧地抓住他的衣服，有些害怕："曲蔚然，曲蔚然，你骑慢一点。"

　　曲蔚然像是没听见一样，他站了起来，继续猛地往前骑，冷风直直地往他衣服里灌去，将他的运动服外套吹得鼓起来，额前的刘海向后飞着。天空不知何时又飘起细雨，将他透明的眼镜打上一点点的雨滴，一缕缕从镜片上滑落。他的视线一片模糊，可他就像无法控制自己一样，一直用力一直用力踩！

　　"砰"的一声，自行车撞向马路旁的绿化带，倒了下来。曲蔚然觉得自己的身体飞了起来，然后有力地摔在地上，疼痛，无尽的疼痛感，熟悉的疼痛感，他有多久没这样疼过了……

　　可为什么，为什么他会想念那样的日子。那时，疯狂的养父、疯狂的母亲、疯狂的他，他们这疯狂一家人，互相伤害着，互相折磨着，却又互相期待着对方会清醒……

　　可到最后，到最后，他连这一点伤害与期待都不再拥有了……

曲蔚然躺在肮脏的地面，茫然地看着天空，眼镜早已经飞了出去，雨水直直地打进他的眼睛里，和着他的泪水，快速地流出，他哭了⋯⋯

他真的哭了。

他一直以为自己是冷血的，他一直没有哭，他一直不敢去想他们、回忆他们，他一直告诉自己他们都死了，多好啊，多好啊，他应该开心的，他应该开心才对⋯⋯

可是为什么他还是为他们哭了⋯⋯

曲蔚然抬起手臂，盖住眼睛，身子不住地颤抖着，像是从胸前发出的沉闷哭声，一点一点地哽咽着，像是压抑受伤到极致的小兽，终于决定放弃坚强，放弃伪装，痛快地哭一次。

他一直告诉自己，告诉所有人，曲蔚然是从来不哭的孩子⋯⋯

夏彤从地上爬起来，难过又无措地望着曲蔚然，眼泪簌簌地往下掉。她缓缓地靠近他，轻轻地握住他冰冷的手。她以前总是说：曲蔚然，你哭出来吧。

可他从来没哭过，不管受了多大伤害，不管多难过，他总是倔强着，倔强着，就是不愿意哭出来。她多么希望，他可以好好地哭一场。

可现在，看见他哭得这么难过，她觉得自己的心都快碎了。

她又多想说：曲蔚然，你别哭了⋯⋯

夏彤紧紧地握住曲蔚然的手，紧紧地，像想将她微弱的力量全部给他一样。

明明是下午，可天空却越发阴暗，雨越来越大，他们就这样，一个躺着，一个坐着，不躲不让地让从天而降的雨水冲走他们的眼泪，他们的悲伤，他们的委屈，他们的不甘与仇恨⋯⋯

那天之后，曲蔚然病了，很严重，高烧不退，脸色煞白，不停地出冷汗，意识不清。极不安稳的昏睡中的他总会害怕地低喃，像是和谁道歉一样，一直说着：对不起，对不起，对不起⋯⋯

夏彤急坏了，拖着重感冒的身体一直照顾着曲蔚然。严蕊看他们两个都病成这样，发怒地指着夏彤骂她："你白痴，还不把人送医院！"

夏彤哭着说："我没有钱。"

严蕊气得跺脚，一边给人打电话，一边骂道："你个猪！你没有我还没有吗！"

夏彤特别无助地看着严蕊："怎么办，他好像好痛苦，整个人都像垮掉了一样。"

"你别哭啦，你是水做的呀！"严蕊看到夏彤的眼泪就有些烦躁，忍不住就骂她。她骂的声音越大，夏彤泪珠掉得越快。

最后她实在受不了，将夏彤拉到怀里安慰，奇怪地问："曲蔚然这小子不是一向很坚强的吗！怎么忽然变得这么脆弱？"

曲蔚然给她的感觉就像一根紧紧绷住的弦，忽然被人给一瞬间割断了一样。

"到底是什么刺激了他呢？"

夏彤被这样一问，忽然想到了那天在修车厂的事，是因为他亲生父亲曲田勇吗？是因为他不认他吗？一定是这样的，曲蔚然多想从他那边得到一点点亲情，可最后却这么难过地回来。

夏彤心疼地咬着嘴唇摇头。

"你不知道？"

夏彤还是摇头，她不是不知道，只是她不能告诉严蕊，这是曲蔚然的秘密，她不能告诉任何人。

"不说算了。"严蕊像是有些生气，微微皱着眉头走到一边。夏彤伸手去拉她，却被她甩开。其实严蕊隐隐地已经将夏彤当成最重要的朋友，她最重视的人，可夏彤的心里，曲蔚然才是她最重视的，就连曲蔚然那些狗屁事情都比她重要。

是的，她生气了，她严大小姐什么时候对一个人这么好过了？什么时候这么在乎一个人、重视一个人过了？可这家伙却一点也不知道回报，满心满意都是那个莫名其妙的只是长得还不错的男生。

没过一会儿，一辆救护车停到曲蔚然家门口，两个医护人员下来，将曲蔚然抬走。夏彤跟着上了救护车，严蕊闹脾气地将钱包丢给夏彤之后转身就走了。

"严蕊。"夏彤叫她的名字，可怜兮兮地望着她。

可严蕊却闷着头走，假装没听到一样。救护车开了，车子从严蕊身边经过，夏彤趴着窗户看着严蕊，只见这个个子高挑、长相俊美的短发女孩，双手插着口袋，赌气地撇着头不看她。夏彤看了她好久，她都低着头不理她。

车子越开越远，严蕊的身影渐渐消失，夏彤紧紧地握着手中大红色的真皮钱包，钱包里还贴着一张照片，是她和严蕊上次在街上照的大头贴。照片里的两个女孩，搂在一起对着镜头笑得灿如朝阳。

曲蔚然到医院检查之后，医生说是劳累过度再加上淋了雨，导致高烧引发肺炎，需要住院治疗。严蕊钱包里的钱，交了住院押金和三天的医药费之后便不剩什么了。

夏彤因为淋了雨，受了凉，咳嗽得厉害，隐隐觉得自己的身子也有些发烫，摸摸自己的额头暗想，莫不是也发烧了吧？

夏彤望着病床上的曲蔚然，用力地摇头，我可不能病，我要是病了，他可怎么办啊？夏彤抬手将敷在他额头上的湿毛巾拿掉，贴着额头的毛巾那面已经有些发烫了。夏彤将毛巾浸湿了之后，又敷在他的额头上，手上的一滴水，落在他的面颊，她连忙伸手过去，将水滴抹去，抹着抹着，手指不由自主地轻轻划过他的鼻梁、他的眉眼、他的脸颊。曲蔚然真的长得很漂亮，这漂亮是遗传那已化作尘土的极漂亮的阿姨，可眉眼却不似那个阿姨般阴柔，精致中带着张扬。现在，他睡着了，眼梢处那点冷漠和极力装出的坚强消失不见了，生出一些久久未见的宁和与温雅。

夏彤失神地看着，看着微明的晨光在他脸上勾勒出细细的光线，看着那双紧闭的眼睛忽然慢慢睁开，看着他的嘴角微微翘起，看他用有些沙哑的轻声问："总是这么看着我，不腻吗？"

夏彤愣了下，羞红了脸，咬着嘴唇轻轻摇头："不腻，我喜欢这样看你。"

曲蔚然像是累极了一般，轻轻闭上眼睛，就在夏彤以为他睡着了的时候，忽然听见他小声说：“可是，夏彤，我不喜欢。”

夏彤怔住，愣愣地望着他。

“我不想再这样，总是这么无力地躺在病床上，让你这样看着我。”曲蔚然闭着眼睛，像是宣誓一般地说，“我再也不会让自己变得这么狼狈。再也不。”

说完，他就像是累极了一般，沉沉地睡去。

夏彤久久无法反应过来，她觉得她自己越来越不了解他了。

曲蔚然睡得很沉，夏彤站起身来，一阵头晕后勉强站住，端着水盆走出病房，转弯的时候没注意，忽然撞到一个人身上，水盆打在地上发出刺耳的“咣当”声，盆里的水溅得两人一身都是，夏彤低着头连声道歉：“对不起，对不起！”

“该道歉的是我。”轻柔好听的低笑声从头顶传来，“我不该挡住你的路。”

“呃？”夏彤奇怪地抬头，眼前高挑俊美的曲宁远像是带着耀眼的银色光芒一般，微微望着她轻笑。

“夏彤。”曲宁远像从前一般，柔声叫着她的名字，优雅得体地问候，“好久不见，你还好吗？”

夏彤一阵失语，她对曲宁远的感情很复杂，明明谁也没办法讨厌这个温雅俊美的贵公子，她也一样，可又因为曲蔚然的关系，她很讨厌他。不，不仅讨厌，比讨厌更多，恨不得他从来没在他们的生活中出现过。

“你怎么在医院？”曲宁远关心地问，“病了吗？”

夏彤摇摇头：“不是，我朋友住院了。你呢？”

“我妈妈到医院来检查。”

“哦。”夏彤讪讪地点头，眼神躲闪道，“我还有事，先走了。”

“好，等你有时间再聚吧。”曲宁远虽然很舍不得就这样让她走，可良好的教养阻止他继续纠缠。

“嗯。”夏彤敷衍地点头，蹲下身子，捡起水盆，站起来的时候，强烈的晕眩感让她向前一倒，曲宁远伸手接住了她。夏彤无力地被他接住，他的怀抱很宽阔，很温暖，还带着一种说不出的香味，很好闻，让人觉得很安心……

"怎么了？你的身子好烫。"曲宁远一手抱着她，一手伸向她的额头，神情严肃地道，"你好像发烧了？"

夏彤不自在地拿开曲宁远的手，退后一步："没事的，睡一觉就好了。"

"怎么可能睡一觉就好呢？去前面看看医生吧？"曲宁远关心地说。

"不用了，真没事，你别看我这样，我身体很好的，从小到大连感冒都很少有。"

"你这是什么逻辑？"曲宁远好笑道，"因为以前不生病所以现在也不生病了？"

夏彤还想再说什么，却被曲宁远不由分说地一把拉住："走，我带你去看看。"

"不用了，真不用，我还有事呢。"夏彤想挣扎却挣扎不开，他的手握着她的手腕，握得很紧，温热的掌心贴着她滚烫的皮肤。夏彤抬头看他，却发现，这时的曲宁远多了一丝平时的强硬，全身散发着让人不容拒绝的气质。

一向软弱的夏彤只能乖乖地闭上嘴巴，被他拉着走，不一会就被带到了医生面前，量了体温，三十八点五度，高烧。医生说要挂吊水，夏彤连忙摇头说自己没时间，吃点药就行了。

曲宁远站在一边，微笑地对着医生说："吊水吧，开好些的药。"

医生点头，完全无视夏彤的意见，在医药单上写上很长的一串药名。夏彤越看越心惊，计算着严蕊钱包里的钱估计是不够了，连忙叫："好了，好了医生，我……我没带钱，你给我开几片退烧药就行了。"

医生抬头看了她一眼，又看了曲宁远一眼，曲宁远对他优雅地微笑，医生低下头来，继续将没写完的药方写完，满满一页，交给曲宁远："你去缴费。"转头又对着夏彤说，"你到吊水室等一下，一会儿有护士给你打吊水。"

夏彤急了，追着曲宁远要药方："曲宁远，别去拿药，我真没事。"

曲宁远停下脚步，微微皱起好看的眉头："夏彤，你怎么回事？生病了就要听医生的话，开什么药你只管用就是了。"

夏彤拉着他，还是不愿意放他走。

"医药费我可以先帮你垫，你要觉得不好意思，日后还我就是了。"曲宁远温和地笑，"关键是要把身体养好了，对不对？"

夏彤低着头没说话，手依然紧紧抓着曲宁远的衣袖。

曲宁远安慰地望着她笑，抬手拍拍她的头顶，像一个哥哥疼爱妹妹一般，轻柔地说："乖啦，去吊水室等着好不好？"

夏彤的手轻轻松开，点了点头。

曲宁远指着前面的吊水室让夏彤先过去，自己转身去了医院的缴费处。夏彤看着他的背影轻声叹气，其实她不是在乎曲宁远为她付这点医药费，而是……她不想欠他的情，不想欠他的，她希望自己能和曲蔚然一样讨厌他。

可事实上，这个世界除了曲蔚然，没有人有办法会去讨厌、去拒绝这样一个男子，他就像他的名字一般，是一个真正的谦谦君子，温文儒雅，宁静致远。

夏彤转眼往吊水室走，可眼神忽然一顿，抬眼居然望见长廊尽头处曲蔚然正遥遥地看着她，他的眼睛被镜片挡住，看不出情绪，只能看见他唇边那冰冷的微笑。

夏彤急急忙忙地走过去，走到他面前，开口想解释，却不知道怎么解释，又为什么要解释，只是慌乱地看着他。

"他怎么在这儿？"曲蔚然沉声问。

"他……他母亲病了。"

"你呢？你刚才拉着他干什么？"

夏彤连忙摇着手解释："不是的，他是看我发烧了，非要给我买药……让我打吊水，我我……我拒绝过了……"

夏彤越说到后面越小声，头也渐渐地低下来。一只漂亮的手轻轻地抬起来，覆在夏彤额头上，曲蔚然有些心疼地问："你也发烧了？"

夏彤点点头。

"怎么不早点看医生呢！"

"我……我以为，没什么的……"

"胡说。"曲蔚然呵斥一声，拉着夏彤的手就走，"你没什么，我还没什么呢。都别看病了，回家睡觉好了。"

"哎，那不行，你可是肺炎，医生说最少要住半个月的医院呢。"

"你再不打针吃药，小心也烧成肺炎。"

"不会的，不会的。"

"什么不会的，走，拿药水去。"

"那个，曲宁远已经帮我去拿了。"

"你干吗要他去拿？"曲蔚然声音有些大。

"我我我……"夏彤一见他发火了，着急得不知道怎么解释。

"啊，因为她没带钱，所以我帮她先垫一下。"不远处，曲宁远拿着几包药走过来，转头望着夏彤，温和地说，"吊水的药水已经在护士手上了，先进去坐着等吧。"

夏彤没有动，无措地望着曲蔚然。

曲蔚然沉默着。

曲宁远劝道："有什么事，先挂上药水再说吧，夏彤还病着呢。"

曲蔚然望了眼夏彤，低声道："你去吧。"

"那你呢？"

"我有些不舒服，先回病房了。"

"那……那我吊完药水来找你。"夏彤追上去说了一句。

曲蔚然没点头，也没拒绝，转身走了。

"他是你男朋友？"曲宁远转头问夏彤。

"啊？不是，不是。"夏彤红了脸，使劲摇头，他们还算不上男女朋友关系吧，曲蔚然可从来没说过喜欢她呀。

"那，你喜欢他。"曲宁远这句不是问句，而是肯定句。

夏彤没答话，只是脸颊更红了。

曲宁远看着这样的夏彤，有些失落："不知道为什么，我总觉得他对我有敌意。"曲宁远笑笑说，"不过，我倒是挺喜欢他的。"

夏彤一愣，转头望向曲宁远，只见他俊美的脸上，带着淡淡的疑惑和温和的笑意。

曲蔚然一个人走回病房，在病房门口穿着护士服的圆脸女孩笑着问："哎，你女朋友找到了没？"

原来曲蔚然醒来，半天看不见夏彤，觉得有些担心，便拖着病体出去找她，当时护士还取笑他，怎么这么黏人的啊。

她记得他当时只是轻轻地低下头，长长的睫毛盖住漂亮的桃花眼，她似乎听见他低声说："我只剩下她了。"

他的声音很低，当时，她以为她听错了。

曲蔚然像是没看见护士，也没听见护士的问题一样，径直走进病房，直直地躺在床上，将自己整个人用棉被包裹起来，一丝不露地紧紧包裹起来，护士奇怪地看了他一眼，也没多问，关上病房门走了出去。

被窝里的曲蔚然紧紧地咬住手指，用力地咬着，咬得全身疼得有些微微颤抖，可他还是不愿意松开！他自己也不知道为什么，当看见曲宁远那样亲密地拍着夏彤头发的时候，他会那样愤怒！愤怒过后却又是深深的恐惧！是的！他害怕，害怕他世界里最后一点温暖被人抢走！

不会的！夏彤不会被抢走的！不会的！曲蔚然这样告诉自己！他相信夏彤，相信！

可随后的日子，曲宁远的举动越发让他崩溃，他每天都来看吊水的夏彤，总是拿着成捧的鲜花、新鲜的水果，像是将世界上最好的东西都捧到她面前一般。

夏彤总是害怕他生气，坚决地拒绝这些礼品，可曲宁远总有办法说出冠冕堂皇的理由让夏彤收下。

曲蔚然越来越无法淡定了，他恨死了曲宁远，可让他如此恨的人，却毫无所觉，总是优雅温和地对着他笑，甚至关心他的病情，带着他的母亲和父亲从他的病房经过，一家人温馨和睦地向他打招呼！

　　而他的父亲，总是心虚地躲开他的眼神，看也不愿意看他一眼。曲蔚然冷笑着、鄙视着、嘲讽着、诅咒着！他觉得自己真的快疯了！可最终让他爆发的，却是因为医药费的事情，原来医疗费早就用完了，夏彤拿不出钱来，只能偷偷地在曲宁远母亲的病房外，堵住了曲田勇，紧张地绞着手指，红着脸，结结巴巴地说明原因，可怜兮兮地望着曲田勇，希望他能解决医疗费的事情。

　　可曲田勇却只是心虚地东看西看，生怕被人听见一样，急急地打断夏彤的话："什么乱七八糟的，你在说什么？我不认识那孩子，什么医疗费，要我捐助是吧？行行，看你们可怜，捐给你们一些，要努力学习啊……"

　　曲田勇的话还没说完，就被跟在夏彤后面的曲蔚然打断，他忽然冲出来，一把拉住夏彤，恨恨地说："走！"

　　夏彤不愿意，哭丧着脸："可是……可是……"

　　"没有可是！"曲蔚然大吼一声，转头望着曲田勇，一字一字地咬牙说，"我会让你后悔的！绝对会！"说完，他用力地将夏彤拉走，胸口因为气愤而大力起伏着。

　　夏彤紧张地扶着曲蔚然说："你别这样，别生气，你还病着呢。"

　　"他们就祈祷我病吧！我最好病死了！"曲蔚然一边说，一边止不住地咳嗽，"我要是病不死！你看我怎么报复！"

　　曲蔚然咳得直不起腰来，夏彤拍着曲蔚然的后背，忽然想到了什么，连忙从口袋里拿出一盒止咳糖给他："你吃一颗吧，这个止咳很管用的。"

　　曲蔚然看了一眼糖果盒，疯狂地将它扔在地上："曲宁远给你的吧！"

　　夏彤一愣，说不出话来。

　　"我就是咳死了，我也不吃他的东西！"

　　"你别这么说……"

曲蔚然盯着滚动的药糖的包装袋，包装袋上全英文写着说明，彩色的包装铁盒分外耀眼，曲蔚然冷笑着说："看啊，这盒英国进口原装的巧克力止咳糖，说不定都够我交医药费的了！"

"呵呵呵呵！明明我也是他儿子！为什么？为什么他却连看也不肯看我一眼？为什么差这么多？为什么？"

曲蔚然激动地剧烈咳嗽着，像是要把肺都咳出来一般，一阵猛烈的咳嗽之后，居然吐出一口鲜血！

夏彤吓得哭了，心猛地揪紧，扶着曲蔚然的手越发用力了。

而曲蔚然却居然……笑了。

染着鲜血的嘴唇，带着久违的笑容，让夏彤彻底愣住了。

他的笑容还如从前一般，漂亮得醉人，弯弯的嘴角轻轻地抿着，清俊的眉眼带着无尽的柔和，他优雅地低下头，看着夏彤问："是不是觉得他很好？"

夏彤疑惑地望着他："什么很好？"

"曲宁远啊。"曲蔚然说到他名字的时候，声调轻轻上扬。

"没有，我没觉得他好。"夏彤正色地回答，一脸坦然。

"你就是觉得他好，我也不会怪你的。"曲蔚然低笑着转身，望着前方道，"因为就连我，都觉得他很完美。"

"曲蔚然，你到底怎么了？"夏彤有些着急，拉着曲蔚然的手问，她好奇怪，为什么他忽然说曲宁远好了？

"没有，我没怎么。"曲蔚然忽然低下头来，用额头抵着夏彤的额头，低声道，"我只是在想，你和我在一起一定很辛苦吧？"

夏彤抿着嘴唇，她觉得她的喉咙似被什么东西堵住，在他内疚和探究的目光下，说话异常艰辛："不，我不觉得辛苦。"

一直很温柔的脸渐渐地浮上一层笑意，然后渐渐变得冰冷："可是我觉得很辛苦。"

曲蔚然忽然沉着声音说："夏彤，我以前和你说过，我的心里住着一个恶魔，它肮脏丑恶得见不得人，我努力地将它压在内心深处，可是他

171

们，他们却能轻易地唤醒这个恶魔，这个叫作嫉妒、仇恨、疯狂、丑陋的恶魔。我恨曲田勇，我恨曲宁远！我恨他们！这仇恨快要把我淹没了！烧着了！我疯狂地想要报复！我想要报复他们每一个人！我想要他和他最爱的儿子，尝一尝这世界上最痛苦的事！不，我不是想，是一定要。"

"夏彤。"曲蔚然轻轻地望着她微笑，那笑容灿烂得让夏彤想起了想掐死奶片时的他。

夏彤忍不住咽了下口水，怔怔地看着曲蔚然，只见他慢慢地俯下身，呼吸渐近，他隐藏在镜片后面的眼中一闪一闪亮着邪恶的光芒，她听见他轻声问："你知道这个世界上最痛苦的事是什么吗？"

夏彤像是被迷惑了一般，望着他闪亮的眼睛，颤抖着轻声问："是什么？"

"爱而不得。"曲蔚然轻轻地说着。

"爱而不得？"夏彤有些迷惑地咀嚼着这句话。

"夏彤，你会帮我吧？"

"我……我怎么帮你？"夏彤有些害怕地握紧双手。

"去接近曲宁远，让他爱上你，他本来就很喜欢你，只要再花点心思，这事就太简单了。"

曲蔚然深深地望着眼前的女孩，抬手抚摸着她柔软的长发，心里暗暗地盘算，与其这样每天担心夏彤被抢走，不如让他自己亲自将她送走！一份由欺骗开始的爱情，永远不可能开花结果。

夏彤皱着眉头，咬着嘴唇道："可是……可是你怎么知道我不会爱上他？"

曲蔚然听了这个问题，挑唇笑了，探过身来将夏彤抱在怀里，低着头，嘴唇轻轻碰到她的唇，蜻蜓点水一般的吻让人连反应的时间都没有。

曲蔚然直起身，自信地说："我当然知道，因为，你早已爱上了我。"

医院的走廊上，人来人往，穿着病服的病人、搀扶着病人的家属、穿着白色护士裙的漂亮护士，病房里孩子们抗拒打针的哭闹声、家长柔声安慰的哄骗声、医生耐心的安慰声，一切一切的影像和声音，在这个时候忽然走远，夏彤眼里只看见面前这个男孩。他穿着干净的卡其色休闲外套，背脊笔直地站在她面前，漂亮得过分的俊颜上带着满满的自信，就好像多年前，夜色下的四合院里，也是这样的身影，干净的、高贵的，散发着耀眼的光芒。

而你能做的，只是抬头仰望，然后，乖乖地臣服。夏彤知道，曲蔚然已经被嫉妒与怨恨烧掉了理智，蒙蔽了双眼，她没有能力拯救他。

她能做的，只是陪着他一起沉沦。

就像当时，他陪着她一起去死一样。

不管是生还是死，他们总是要站在一起，站在同一个战线，同一个国家。

## 第十九章

当天堂已远，请让我陪你去地狱猖獗

夏彤虽然答应了曲蔚然帮他报复，可她却什么也不敢做，什么也不会做，她一看见曲宁远几乎立刻就掉头躲起来，她不知道如何带着企图之心去接近别人。在躲着曲宁远的同时，她也没脸面对曲蔚然，明明答应了他，明明决定和他站在同一阵线上，却一直拖着，什么也不去做。

时间就这样在相对无语中默默流逝，一转眼，高三开学已经很久了，不知不觉地进入了冬天，天气开始变得冷了起来。早晨起来的时候，窗外的雾浓得让人看不清远处的路，女生宿舍提供的自来水冷得冻人，夏彤刷牙的时候，一口冰水喝进去，冷得她牙齿都打战，蒙蒙的睡意瞬间就没有了。每当这个时候，夏彤总是想到住在修理厂的曲蔚然，想着他漂亮的双手、冰冷肮脏的污水、乌黑的抹布，想着他的咳嗽一直没有好。上课的时候，她总能听见他沉闷的咳嗽声，一声一声的，痛苦得像是要把肺都咳出来一样。

每次想到这夏彤都心疼得像是整个五脏六腑都纠结在一块了一般，她要用好一会儿才能在这种疼痛中回过神来。夏彤洗漱完之后，回宿舍叫严蕊起床，严蕊总是将身子更往被窝里钻一钻，用朦朦胧胧的声音说："我不去了，你给我请假吧。"

　　严蕊一入了冬天，就像冬眠了一样，懒懒地将自己埋在厚厚的被窝里，打死都不出来，就连吃饭，也要夏彤打好了，端到她床前，有的时候她甚至无赖地张着嘴巴要夏彤喂，夏彤又好气又好笑地问："你的手呢？你的腿呢？都断了啊？"

　　严蕊小孩一样在床上耍赖撒娇："嗯，嗯，你喂我嘛！"

　　夏彤受不了这样耍赖的严蕊，每次当她如此这般的时候，她就满心柔软的，半是生气半是不愿地、温柔地一口一口地喂她吃。

　　自然，严蕊对夏彤也是极好的，她每次回家都会带很多零食过来和夏彤一起分着吃；她总是买很多课外书和习题卷堆着满满一桌子，却从来不去翻动；她的衣服很多，却总是以穿不到的理由将新衣服给夏彤穿。

　　严蕊，就是这样一个女孩，高傲的，带着些怪癖，又有些小小尖锐，可一旦靠近了人，贴近了心，却发现，她是个如此温柔、如此善良的女孩。

　　在这个冰冷的冬天，除了妈妈，夏彤第一次和另外一个人睡在一起，人的体温那么温暖，小小的单人床，紧紧靠在一起的人，暖和得让她想流泪。

　　一场大雪之后，孩子们迎来了圣诞节。圣诞节这东西也不知什么时候在中国流行了起来，好像一夜之间大家都知道这个西方节日了。街上的商店里也早早地挂起花花绿绿的装饰品，憨态可掬的圣诞老人被摆在街上的各个角落。街边的松树上挂着一圈一圈的彩灯，圣诞节的气氛浓烈得让人向往。

　　夏彤和严蕊在街边的小书店里挑选着彩色的小贺卡，班上的同学流行在一年结束的尾声，互相送贺卡祝福。

　　贺卡有很多种类，有的装着电池，一打开就能发出悦耳的音乐声；有的相对简单，薄薄的一张贺卡，正面是图案，背面是写祝福的地方。

　　严蕊挑了一堆漂亮精致的贺卡，每一张都是能唱歌的贺卡。夏彤本来不想买的，可是她今年收到了二十几张贺卡，怎么也得给同学回礼。

她低着头，一直翻着最便宜一栏的贺卡，希望能找出漂亮的，可是便宜的贺卡和贵的贺卡一比，就显得非常难看，质量不好，就连图案都很丑。

夏彤翻找了半天，也就找出几张还不错的，其他都很难看。

严蕊付完钱回来，望着夏彤道："哎呀，你都挑半个小时了，可挑好了？"

夏彤颇为苦恼："没好看的。"

"随便拿几张啦，还不都一样？"

"不行，不行，送的本来就比别人便宜了，还不好看，多不好啊。"

"有什么关系呢，贺卡嘛，是表示传递心意的东西啊，重要的是你写在上面的心意，不是贺卡本身啦。"

夏彤停下翻找的动作，思索道："也对哦。"

"我严蕊的话怎么可能有错呢。好啦，就这些吧。"严蕊不由分说地拿起两包最便宜的贺卡给夏彤，"去付钱吧。"

夏彤看着手里的贺卡，是套装的，一套里面十张，只要一块五毛钱，两套只要三块钱，而严蕊的一张贺卡就要五块钱。

"这个……这个……"

"礼轻情意重啦！"严蕊推她一下。

夏彤半推半就地付了钱。两个人买了贺卡都很高兴，一路笑眯眯地往回走。严蕊强烈要求夏彤给她写三千字的祝福语，夏彤囧住。什么祝福语能写三千字啊！

夏彤连忙摇头："不行，不行，这么多字我可写不出来。"

严蕊神气地道："那我不管，谁叫你的贺卡这么便宜，你不能在金钱上表示情意，只能在字数上补足了！"

"你……你……你刚才不是说，贺卡只是传递工具，便宜一点没关系吗？"

严蕊笑得奸诈："没有啊，我没说。"

"你坏死了！又骗我！"夏彤生气地抬手追打她，严蕊哈哈地笑着往前跑："谁叫你这么笨的！"

　　两人追打一段路，严蕊忽然停下来，夏彤一下撞到她后背上，软软的羽绒衣让她一点也感觉不到疼。她站直身体，从严蕊身后往前看去，只见曲宁远从前面走过来，周身散发着如冬阳一般的温和气质。

　　曲宁远在她们面前停住，未语先笑："严蕊、夏彤，上街玩呀。"

　　夏彤躲回严蕊身后，不敢看他。

　　严蕊笑呵呵地扬扬手中的贺卡道："是啊，我们上街买贺卡。"

　　"哦，是圣诞贺卡吗？"曲宁远一眼温柔，接过严蕊手中的贺卡，一张张翻看着，"很漂亮呢，你眼光真好。"

　　"哈哈，那当然。"严蕊笑眯了眼，抽出一张色调优雅的风景画贺卡道，"你喜欢这张吗？我打算把这张送你的。"

　　曲宁远笑："当然喜欢，期待你的贺卡。"

　　"好的，我一定给你写得满满的，你一定要回送哦！"严蕊无耻地要求道。曲宁远好脾气地点头应了，眼神转到一直躲在严蕊后面的夏彤身上，夏彤偷偷地看他时，正好被他瞧见。

　　曲宁远好笑道："你躲在后面干什么？怕我吃了你吗？"

　　夏彤尴尬地红了脸，不自觉地扭着手指，从严蕊身后走出来，小声地打招呼："你好。"

　　"好。"曲宁远的笑容越发灿烂，他看着夏彤手上的贺卡道，"你也买了呀，有没有送我的呢？"

　　夏彤攥紧手里的贺卡道："我这个……很便宜。"

　　严蕊笑道："便宜好啊，便宜的贺卡要写三千字的祝福语。"

　　"呃？"夏彤开口想否认，却被曲宁远笑着打断，"真的吗？那夏彤一定要送我一张啊。可以吗？"

　　夏彤想要拒绝，可看着曲宁远那期待的眼神和满满的笑容，她又说不出拒绝的话来，只能点点头答应。

　　曲宁远见夏彤答应，很是高兴，就连语调都微微上扬了："今天运气真好呢，上街走走居然捡到两份祝福。说到圣诞节，我妈妈在家里开了平安夜晚会，你们俩那天要是没事的话，来我家玩吧。"

"好啊！"严蕊一口答应，"你会送我们圣诞礼物吗？"

"当然会，只要你们愿意赏光。"这句话曲宁远是望着夏彤说的，夏彤低着头没答话。

严蕊看了两人一眼，一把揽过夏彤，笑着说："你放心吧，我们一定会去的，那就这么说定了。我们下午还有课，先走了。"

"我送你们吧。"

"不用了，就几步路。"严蕊一拉夏彤，对着他摆摆手，"走了，拜拜。"

曲宁远笑着目送她们离开，目光一直没有离开过夏彤的背影，夏彤像是感觉到他的目光一样，忍不住回头看了他一眼，两人的眼神正好对上，夏彤逃一般地闪开了，转过头，拉着严蕊赶快离开。而曲宁远却微微地以为夏彤对他还是有一点感觉的，每次当他靠近的时候，她脸红得都会滴出血来，当她无措地扭着手指的时候，样子可爱得像一只无处躲藏的小松鼠。

他自己也不知道自己为什么这么喜欢她，也许这就是人们所说的缘分吧，一种莫名其妙、连他自己都觉得不可思议的缘分。

在遇见她之前，如果有人和他说什么一见钟情，他一定会嗤之以鼻，可现在，他却相信了，相信那一瞬间的心动，一刹那的恍惚。

"你啊，对宁远哥哥太冷淡了，这样不太好吧。"回去的路上，严蕊坐在公交车上说。

夏彤望着车窗外面，没答话。公交车开过曲蔚然打工的那条街，夏彤使劲地往汽修厂里望着。

严蕊双手抱头，靠在椅子上道："其实，我觉得曲宁远比曲蔚然好多了。"

汽修厂一闪而过，夏彤没有看见曲蔚然的身影，失望地收回目光，低声道："曲宁远是很好。可是，喜欢这种事情，并不是谁好就喜欢谁的啊，即使曲蔚然全身是缺点我也喜欢他，即使他变成世界上最坏的人，我还是喜欢他。"夏彤淡淡地笑，"这个世界上，除了你，谁也不能和他比。"

严蕊听了这话，特高兴地转头问："为什么除了我？"

"因为你是女的，他是男的。"夏彤笑，"女的我最喜欢你，男的我最喜欢他，这辈子都不会变！"

严蕊开心地一把抱住夏彤："哈哈，我也最喜欢你啦，像喜欢升官一样喜欢！"

夏彤生气地推开她："哼，你拿我和你家狗狗比！"

"升官不是狗，是我儿子。"严蕊一脸认真地纠正她。

夏彤扑哧一下笑出来，无奈地说："好吧，它是你儿子。"

两人回到学校，离下午上课还有半个多小时，教室里只有寥寥几个人坐在位置上或是看书，或是睡觉。教室最里面的一排座位上，只有最后一位坐着个男生，那男生趴在桌上浅眠，偶尔一连串的咳嗽声，让他单薄的背脊上下起伏着。夏彤揪心地看着他，曲蔚然好像又瘦了，本来就很瘦的他，一场大病之后，连双颊都凹了下去，脸上的轮廓变得如刀削一般清冷阴霾。

夏彤用自己的杯子去接了一杯热水，轻轻地放在他的课桌上，他没有睁开眼，漂亮的眉毛紧紧地皱着，夏彤的目光被他手上那一个个冻疮吸引住，她轻轻地握紧双手，抬手将杯子往前推了推，温烫的杯子碰到他的手。曲蔚然缩了一下手指，睁开眼睛，望着夏彤，刚张口，又是一连串的咳嗽声。

夏彤连忙抬手，拍着他的背部，过了好一会儿，他才用已经咳到哑掉的嗓子说："谢谢。"

"喝点热水吧。"夏彤将水杯往前推了一下。

曲蔚然双手捧过，一脸平静地握住，午后的阳光从窗外照了进来，他的脸色有些发青，厚重的黑眼圈浮现在他原本清亮的眼睛下。他就像是将死之人那样毫无生气，一点也没有那天说要报仇的锐利与满身愤怒。夏彤忽然害怕了，要是他连报仇都不想了，那他是不是觉得活着也没意思了？

他是不是想丢下她一个人，自己离开呢？

夏彤猛地一把抓住曲蔚然，咬着嘴唇，双眼通红地望着他："曲蔚然……你，你不可以……"

曲蔚然惨笑一下，疲倦地闭上眼睛："傻瓜，我不会死的。"

"可是你……可是你都咳了好久了，为什么还是这么严重？"

曲蔚然半垂着眼，声音里像是有些无助："不知道啊。"

"我们去看医生吧，我们去医院吧。"夏彤拉着曲蔚然说，"找医生看看，一定能马上治好的。"

曲蔚然不动，拉住夏彤："我已经去过医院了，医生也开了药，按时吃就会好的。"

夏彤有些不相信地问："真的吗？"

"真的。"

夏彤总是相信曲蔚然的，只要他说是真的，她永远都不会怀疑是假的。有的时候，夏彤自己都觉得自己很蠢，可即使无数次这样觉得，但当曲蔚然和她说是真的的时候，她还是会毫不犹豫地相信的。

这就是夏彤，傻到无可救药的女孩。

这个傻女孩，看着毫无生气的曲蔚然，像是想讨他高兴一样，紧张地坐到曲蔚然前面的座位上，小声地说："曲宁远邀请我去他家的圣诞晚会，我……我，我去吗？"

一直垂着眼睛的曲蔚然缓缓抬起眼睛，眼里闪过一道光芒，嘴角轻扬，残忍地吐出一个字："去。"

夏彤的心脏像是被用细细密密的针猛地扎了无数下，她咬牙，紧紧地握着双拳，艰难地问道："那……那我该做些什么呢？"

曲蔚然笑了，笑容将他苍白的俊颜点亮，美丽的双眸中燃烧着一种叫作仇恨、叫作疯狂的火焰。"你什么都不用做，只要去就好了。你要多和他相处，了解他的一切，这样，你才能投其所好。"

夏彤低着头，用力地点了点，使劲睁大眼睛，想将眼中的泪水逼回去，可泪珠还是不听话地从眼眶里坠落。

曲蔚然一直平放在桌面上的双手紧了紧，撇开眼，仰起头直直地望着窗外，沉声道："现在拒绝我还来得及。"

曲蔚然轻轻地闭上眼睛，他自己也不知道，他想听到什么答案，他希望她拒绝，他一分钟也不想让她和他在一起，一分钟也不想！可是心里又有一个疯狂的声音大叫着，不，不能让她拒绝！他要报复！要报复！

曲蔚然用力地摇摇头，他不知道该压制心里的哪一个声音，他矛盾得快疯了，或许他已经疯了。他继承了疯子的思想，正一步一步地将自己逼上发疯的道路！

哈哈哈哈哈，他忽然想大笑，笑自己蠢，笑自己白痴，笑自己终究逃不过命运，笑自己最后还是变成了一个疯子。

"我帮你。"就在曲蔚然快要陷入发狂的境界中时，一个轻柔的声音传入他的耳膜，那声音轻轻地说，"只要你开心，我什么都帮你。"

曲蔚然从疯狂的思绪中回过神来，漠然地看着她，看着看着，忽然大笑起来，她疯了，她和他一样都疯了。

"笨蛋，夏彤，我和你说过，不要做傻女人。"

"不，我愿意。"如果这样就能减少他心里的仇恨，只要能让他的身体变得健康，只要让他变回原来的样子，那她愿意为他当个坏女人，当个玩弄别人感情的坏女人。

"我愿意为你傻。"这是她的决定，一个背叛自己良心、自己道德底线，甚至背叛自己的决定。夏彤轻轻地笑着，她忽然想起曲蔚然的母亲，那个为了自己的丈夫委身于他人，做别人情妇的漂亮女人，那个女人是不是也和她一样呢？一样爱着一个也许已经无可救药的男人。

那个女人，是不是也和她一样，为了爱情，已经病入膏肓了……

平安夜那天很快就来了，冬天的夜总是来得很早，不到六点，天已经全黑了下来。夏彤和严蕊走出宿舍的时候，天空居然洋洋洒洒地飘起了白雪。冬天的第一场雪，夹带着一些雨水，有些湿润，抬手接住，雪花在手心中瞬间化成水滴。

可即使这样，漆黑的天空还是被白色的小雪点亮，像是会飞舞的繁星，点点地飞舞在人们的身边，孩子们兴奋地尖叫着。严蕊收起雨伞，张开双手，尖叫着在雪中打转。夏彤拿下撑开的伞，抬头，望着天空不停飘下的白雪，冰冰凉凉地打在脸上，那冰冷的温度，传到全身，让她的身体，她的心，也变得冰冰凉凉了。

回身望着教学楼方向，穿过漫天白雪，她似乎看见三楼的走廊上，一个美丽的白衣少年，遥遥地望着她，一脸强装出来的坚强，厚重的眼镜片后，却满是浓烈得让人窒息的悲伤与不舍。

"夏彤，走吧。"严蕊玩够了雪，在不远处叫着夏彤。

夏彤打上伞，转身一步一步地往前走，可不知道为什么，冰冷麻木的脸上，却有什么温热地流过。

"你怎么哭了？"严蕊弯着腰，心疼地问。

夏彤擦了擦眼睛，像是不相信地问："我哭了吗？"

"笨蛋。"严蕊一把抱住她，"不想去就不要去啊，哭什么呢？"

"我……我也不知道。"夏彤心中被冻结的委屈像是在她温柔的怀抱化开了一样，她紧紧地抱住好友，低声道，"我也不知道，只是心里好难受。"

"笨蛋哪。"严蕊笨拙地哄着，"你到底怎么了？"

夏彤摇头不答，只是抱着严蕊不动。严蕊无奈地说："夏彤，你真是水做的，这么爱哭。"

"对不起。"夏彤放开严蕊，抬手擦着眼泪，不好意思道歉，总是给她添麻烦。

严蕊摸摸她的脑袋，笑着说："我要是男人，一定不会让你哭的。"

严蕊说的是真心话，她总是觉得夏彤哭起来特别漂亮，特别惹人心疼，泪珠一滴一滴落下的时候，她都跟着难过了。多年后，当韩剧风靡全国的时候，严蕊看着那些哭得可怜的韩剧女主角，她总是会想，她们哭起来，连夏彤的半分好看都没有。

夏彤，多年后，她是如此想念她……

第二十章

圣诞节的灰姑娘魔法

夏彤和严蕊到达宴会地点时，正是雪下得最大的时候，大雪纷飞中严蕊家的小轿车缓缓地停在一个五星级酒店外面。这是青晨区最豪华的酒店，车子刚刚停稳，车外穿着体面的门童已经殷勤地将车门打开，地上铺着厚厚的红地毯，将被雪打湿的大理石地板盖起来，细心体贴地防止客人下车时跌倒。

严蕊率先从车里下来，一米七二的个子将一身白色修身小西装穿得帅气逼人，明亮的霓虹灯将她照得越发清俊如画，明明是个女孩却举手投足之间带着让人着迷的帅气。严蕊绅士地对着车里伸出手，一只白皙的小手怯怯地伸出来，放在她手上。她一把抓住，将车里害羞的女孩拉出来。女孩穿着大红色的吊带小礼服裙，上身披着雪白的貂毛披肩，清秀的小脸轻轻低着，小鹿一般干净的大眼，偶尔会偷偷地抬起来，好奇地张望。

严蕊拉着夏彤快速往酒店里走，两边的门童将酒店大门为她们推开，强烈的暖气让她们冷得缩着的肩膀放松起来。

"我就说穿成这样不会冷吧。"严蕊转头笑，"一会儿你披着披肩还会热呢。"

夏彤有些不安地拉着齐膝的礼服裙："我穿成这样，会不会很奇怪呢？"衣服是严蕊让她家里人带来的，她们在车上换好的衣服。

"怎么会奇怪呢？圣诞夜穿红色的裙子，多可爱呀。"严蕊笑得可爱，转身从酒店的柜台上拿了一个红色的圣诞帽给夏彤戴上，"看，这样就更应景啦。"

帽子戴在夏彤的马尾辫上，鼓起一块，严蕊伸手将她头上的皮筋拿下来，黑亮的长发披散下来，散发着一种说不出的味道，惹人垂怜。

"哇哇，夏彤，你真应该经常披头发，漂亮死了。"严蕊毫不吝啬地夸赞着。

夏彤红了脸："真的吗？"

严蕊点头。

夏彤忍不住扬起嘴唇笑了，右手不好意思地梳着长发，将有些凌乱的长发打理好，柔顺地垂在胸口。

就在这时，曲宁远不知从什么地方走出来，双手背在身后，亲切地望着严蕊和夏彤笑："你们俩来了呀。"

严蕊笑着点头，从口袋里拿出一张贺卡道："圣诞快乐！"

"谢谢！"曲宁远双手接过，礼貌地打开看了看，笑着又对严蕊道了一声谢。严蕊耸肩："别客气，小东西。"

曲宁远将贺卡装回包装袋，细心地拿在手里，转头望着夏彤，眼神亮闪闪的。

夏彤低着头咳了一声，有些为难地小声说："我……我的还没写完，我……我……写不出三千字的祝福。本来我想写很多圣诞快乐、新年快乐，但是写了好几遍都觉得写得不好，又啰唆又重复……那个，要不，我元旦给你吧……"

严蕊扑哧一下笑了，这孩子真傻，她开玩笑说要她写三千字，她就真的以为一定要写三千字了。

曲宁远也笑了："那我等你元旦送我了，到时候可别还是没写完哦。"

"嗯。"夏彤小声地点头答应。

曲宁远看着这样可爱的夏彤，心里止不住地欢喜，用了很大力气才压抑住自己想去抱抱她的冲动，转身做了个请的动作，笑容迷人地望着两个女孩："今晚，就让我为两位公主殿下带路吧。"

严蕊一仰头，笑着说："请叫我骑士。"说完拉着夏彤说，"公主殿下，我们走！"

夏彤羞红了脸："我才不是公主呢。"

"对对，你是灰姑娘。"严蕊转头对着曲宁远说，"王子可要接好她的水晶鞋啊。"

曲宁远没答话，只是用那双如墨的电眼，一直望着夏彤，夏彤红着脸不敢看他，只能低着头用力地拧了严蕊一下。


三人一边走一边聊，很快就到了宴会场地。电梯门一打开，夏彤便惊呆了，用餐的地方在六楼，全落地窗外，偌大的绿色高尔夫球场呈现在眼前，餐厅外面，五彩的霓虹灯、绿色的松树与草地、飞舞着的白雪、漆黑的夜空，美得让人惊叹。餐厅里面，用心打扮过的男男女女，不同颜色的礼服在宴会上满场飞舞，闪亮的首饰与明亮的灯光，美味的食物与香槟，精致华丽的座椅餐具和人们优雅得体的笑容举止，像电影里演的那样遥远而又美丽。夏彤忍不住后退一步，用力地眨了一下眼，确定这不是漫画故事里的场景后，如实地称赞："好漂亮。"

严蕊却像是习以为常了一般，毫无知觉地拉着夏彤往里面走："别傻站着，我们吃东西去，饿死了。"

"我可以吃吗？"夏彤一听到有的吃，眼睛瞬间亮了起来。

"呵呵，当然可以了，我带你去。"

那天夏彤第一次知道了什么叫自助餐，自助餐就是可以自己随便拿，随便吃，吃好多好多都没关系的地方！

夏彤忽然决定了这辈子最大的梦想，那就是等她长大以后开一家自助餐厅！那样她就可以天天吃自助餐了！那样，一定会很幸福很幸福的！

夏彤想着想着，笑得眼都眯了起来。曲宁远递过一个白瓷餐盘，夏彤很快地装满一盘，一脸兴奋地望着曲宁远说："是不是要先找个桌子？"

曲宁远笑："当然。"说完，接过夏彤手里的餐盘，带着她来到就餐区，将两个碟子放下后说，"你可以继续去选食物了。"

"嗯。"夏彤高兴地拉着严蕊又跑去选了两大碟子好吃的，这次碟子里装的是各种肉，鸡肉、牛肉、羊肉、虾肉……

也许是因为小时候经常挨饿，所以她对食物完全没有抵抗力，看见了就想吃。平时她都极力压制自己嘴馋的坏毛病，可是，今天她遇见了随便看、随便选、随便拿、随便吃的自助餐，于是，她再也压抑不住了。

当严蕊回来的时候看见那满满一桌子的食物时，彻底震惊了："这么多怎么吃得完！"

曲宁远好脾气地说："没关系，吃不掉就让夏彤打包回去好了。"

"哦！自助餐还可以打包吗！真是太好了！"夏彤开心得两个眼睛都冒金星了，严蕊一把扯住又想跑去端吃的的夏彤，一脸无奈地说："喂，喂，贪心不是好孩子。"

夏彤的脸唰地红了，她十分窘迫地绞着手指道："那个……我……我也不是很贪心的……"

"我知道。"曲宁远温笑着，优雅地拿起筷子，夹了一块虾肉在夏彤碗里，"来，加油吃，都吃完了，就没人说你了。"

"嗯。"夏彤听话地低头吃着，她看了一眼曲宁远，真的觉得他是世界上最温柔体贴的人了。就在这时，晚宴忽然安静了下来，一对中年夫妇走了出来。中年男人保养得很好，四十多岁了依然风度翩翩。夏彤认识那个男人，他是曲宁远的爸爸——曲田勇。挎着曲田勇手臂的中年女人长得很漂亮，眼神锐利，轮廓分明，只是非常瘦，瘦得好像只剩下骨头和皮一般。

曲宁远看见他们进来，站起身来道："你们先吃，我有些事。"

夏彤和严蕊当然不会阻止他。夏彤望着曲宁远妈妈道："那个阿姨怎么这么瘦啊？"

严蕊吃了一口菜，靠近夏彤小声地说："她肾癌晚期，不能喝水，身子都干了。"

夏彤皱眉道："不能喝水？那不是很可怜？"

"可怜？"严蕊冷哼一声，"你别开玩笑了，她可不是一般的女人。"

"呃？"夏彤奇怪地转头看她。

严蕊小声地说："我听我小姨说，她娘家是黑社会，贩毒、卖淫、高利贷、洗黑钱，什么坏事都干。"

"不会吧，她看着……"夏彤又看了中年女人一眼，默默地收声，好吧，看着就很凶。

"看着就很凶吧？我听说曲宁远父亲当初是家道中落才不得不娶她的，不过婚后没几年就喜欢在外面养情妇，这女人发现一个，就人间蒸发一个。"

"人间蒸发？"夏彤小心地问，"人间蒸发是什么意思？"

严蕊耸肩："就是不见了，消失了，谁也找不到了。"

夏彤害怕地搓搓胳膊，心里开始担心曲蔚然，要是被曲宁远妈妈知道他的存在，那……那曲蔚然是不是也会被人间蒸发掉？

严蕊见夏彤害怕，安慰地拍拍她的肩膀："别怕，是她儿子喜欢你，又不是她老公喜欢你，她不会把你怎么样的。"

就在这时，音乐停了下来，主持人请曲宁远父母跳开场舞，曲田勇优雅地拉住妻子的手，两人在众多宾客羡慕的眼神下，在舞池和着音乐中旋转了起来，跳了一圈。有的男士也优雅地邀请身边的女伴跳舞，女人们也大方地伸出手。舞池里裙角飞扬，煞是好看。

夏彤和严蕊依然坐在位置上吃着堆积如山的食物，中途小夜跑来，拉着严蕊下去跳舞。夏彤一边吃着蛋糕，一边看着舞池里步伐轻盈的男男女女，忽然觉得有些在看电视的感觉，电视里的人再怎么热闹，也和她这个看电视的无关。

曲宁远就是在这个时候走到她面前的，他什么话也没说，只是像个王子一样带着一抹温柔的笑容，优雅地弯下腰，伸出手，动作漂亮得让人怦然心动。

夏彤看着他，受宠若惊地道："我不会跳舞。"

曲宁远没动，依然伸着手。

"我真的不会跳舞。"

"我教你。"曲宁远笑着将手伸得更近一些。

夏彤垂下眼睛想了想，伸出小手，轻轻地放在他大大的手心。当他们的手相触时，她能感觉到他温热的手心紧紧地将她的小手包住，她能看见他眼底闪着快乐的光芒，就连笑容也比平时迷人十分。

曲宁远将夏彤拉起来，轻轻地牵下舞池。夏彤学着别的女生一样，将一只手放在他的肩上，曲宁远的大手放在她的腰间，两人的距离近得连一步都不到。夏彤能感觉到，他呼吸出来的空气，轻轻地吹在她的头顶，她能感觉到他掌心的温度，她听见他轻声说："我多怕你拒绝我。"

夏彤不自觉地红了脸。

曲宁远看不见她的脸颊，却看见了她通红的耳根，他微微地扬起嘴唇，笑得更开心了，搂着夏彤，用低沉好听的声音说："夏彤，不要看着脚，看着我，跟着我跳华尔兹。"

夏彤像是被他的声音迷惑了一般，轻轻抬头，望着他俊美的容颜，望着他如星辰一般闪亮的双眸。那天晚上，曲宁远就像是对夏彤施了魔法一般，她明明不会跳舞，可在他的带领下，她却步伐轻盈，裙角飞扬，整个人像是飞起来一般，和着他的步子，在舞池里旋转了一圈又一圈。

窗外，白雪纷飞；窗内，灯光旋转。

那个圣诞夜，一切，美丽得像是安徒生童话一般。


那天晚上聚会结束，严蕊被小夜表妹抓回了家，夏彤就由曲宁远开着车送回去。车子在雪中开得很慢，夏彤拿着宴会中的红色彩纸，安静地坐在车子里，一折一折，再一折，一只漂亮的千纸鹤呈现在手心中。一路上，她叠了十几只这样的千纸鹤，丢在宴会中捡到的椭圆形的透明小玻璃瓶里。

当车子停稳的时候，夏彤将玻璃瓶递给了曲宁远，低着头小声说："这个给你。"

曲宁远接过瓶子，看着里面的大红色千纸鹤，惊喜地望着夏彤。

夏彤被他看得不好意思，越发小声说："这个，不值钱，只是，圣诞节总是要收到礼物才好，你要是不喜欢……"

"我很喜欢。"曲宁远的笑容很灿烂，"非常喜欢。"

夏彤红了脸："你喜欢就好，我……我先回去了。"

夏彤说完不再停留，打开车门，便冲进大雪中。曲宁远跟着她下了车，一向淡定的贵公子在雪中快速地奔跑了几步，一把拉住了夏彤。夏彤在风雪中转身，大红色的礼服裙在洁白的雪花中旋出华丽的弧度。

夏彤吃惊地回头看他，她的鼻头冻得有些红，呼吸出来的气息在空中化成淡淡的白雾。她不知道是冷还是有些害怕，声音颤抖地问："怎……怎么了？"

曲宁远站直身体，放开手，将自己的黑色大衣脱了下来，手一抖，大衣严严实实地将夏彤包住。他用双手将她的衣襟紧了紧，将大衣纽扣一颗一颗地扣起来。他离她很近，她甚至能感受到他的呼吸。他的大衣很暖和，带着他的体温与他独特的味道，让她冻得僵硬的身体慢慢有了知觉。

"这离宿舍还有好远，别冻着了。"曲宁远的声音很轻，带着一丝沙哑的磁性，柔柔地传进她的耳膜。

夏彤低着头没说话，眼睛一直看着他那双如汉白玉一般光润修长的手，很漂亮的手，就如艺术品一般，让人欣赏之余忍不住为之惊叹。

可不知为什么，夏彤忽然想起另一双手，那双满是冻疮、小拇指红肿得像萝卜一般的手，那双手，曾经也让她惊叹过、着迷过。

"夏彤。"曲宁远忽然轻声地叫着她的名字。

夏彤抬起头来，望着眼前这个俊秀男子。

曲宁远的脸上少了一丝平日的笑容，多了一分认真。他深情地望着她说："夏彤，过完年，我就要继续去美国读书了，还有三个月时间。"

曲宁远停顿了一下，仔细地看着夏彤的表情，可寻找半晌也未发现一丝不舍，他有些失望，垂下眼来，深吸一口气，继续说："这三个月，我希望你能给我一个机会。"

"呃？"夏彤不可思议地睁大眼，完全没有听明白。

曲宁远有些腼腆地笑了笑，咬了咬嘴唇说："一个让你爱上我的机会。"

曲蔚然说这话的时候，一直认真地看着夏彤，他的背挺得笔直，他的黑发沾着了白雪，就连长长的睫毛上也带着片片冰花。他的眼睛很美，在昏黄的路灯下显得格外闪亮，他望向她的时候明明在极力压制，却还是让她看出了那一丝期盼。

夏彤偷偷地捏紧双手，她不知道自己要用多大力气才能克制住自己，不让自己转身逃走。她真的不想，不想接受他的感情、他的温柔、他的美好，他应该去找一个真正爱他的女孩，得到一份干净完整的爱情。

而不是像她一样，心存欺骗，为的只是想狠狠伤害他……

"夏彤？"曲宁远叫着陷入沉思的夏彤，"你在听吗？"

夏彤有些惊慌地抬头看他，后退两步，支支吾吾地说："我……我……"

"怎么了？很困扰？"曲宁远打断了她的话问。

夏彤垂下眼，咬着嘴唇轻轻点头。

曲宁远眼中满是失落，可看着她内疚为难的样子，却还是体贴地笑笑："没关系，拒绝也没关系，只是我希望你能考虑一下再拒绝好吗？至少，这个考虑的机会，请你给我。"

这个月光般高洁优雅的少年，在自己心爱的女孩面前，第一次显得这样小心翼翼，甚至带着一丝卑微的恳求。

夏彤承受不住这样的语气，偷偷地看他一眼，看着他深情的眼神，又迅速地低下头来，胡乱地点点，小声地答应。她在他的面前，总是带着心虚和内疚，内疚得不敢抬头看他的眼睛。

曲宁远见她答应，松了一口气，他多怕她当场拒绝他，那今晚的美好记忆就到此为止了。还好，还好她愿意考虑一下，曲宁远克制住自己的激动，柔声说："快点回去吧，天太冷了。"

夏彤点头，转身走了几步，又回过身来道："你也是，别冻着了。"

他听见她的关心，原本压抑住的心情瞬间释放了出来，他扬起好看的嘴角，笑得犹如春风拂面。

夏彤又看了他一眼，转身，不再停留，一路小跑进学校的小铁门，没一会儿就消失在茫茫白雪之中

这一次曲宁远没有追，只是站在满天白雪中，深情地注视着她的背影，似乎在希望她能回过头来看他一眼，可惜她没有。他微微失望地转身，回到车里，静默了一下，转眼看见手边的玻璃瓶，捏起一只漂亮的红色纸鹤，又低下头，柔柔地笑了……

夏彤回到女生宿舍的时候，已经过了熄灯时间，她对着门卫阿姨好一番求情，阿姨才放她进去，只是看着她身上的男士大衣，眼神很是古怪，像是带着淡淡的轻蔑。

夏彤没注意，只是低着头一路冲回宿舍。宿舍的人早就睡下了，夏彤轻手轻脚地走回床位，脱了衣服，摸着黑，随便梳洗一下便上了床。睁着眼睛看着漆黑的墙壁，她的心里连一丝被男生告白后的得意与慌乱也没有，有的只是深深的疲倦，闭上眼睛，沉沉地睡去。梦中，黑暗的夜空下满是飘洒着的白雪，一个少年，背对自己远远地站着，飞舞的雪花让他的背影显得单薄。夏彤知道那是曲宁远，不愿意靠近，只是安静地站在梦里，遥遥地看着他的背影。

那少年慢慢转过头来，俊美的脸孔慢慢变得清晰。夏彤愣愣地望着他，他轻轻地扬起嘴唇，笑容未达眼底，漂亮的丹凤眼中满是阴毒的算计与仇恨，周身上下散发着一种让人恐惧的诡异与邪魅。

夏彤吓得猛地睁大眼，狠狠地坐起身来！满室的光芒映入眼帘，她大口大口地喘着气，眼神惊恐地望着周围。

"怎么了？做噩梦了？"已经回到宿舍，正在床位上整理东西的严蕊

问。

　　夏彤咽了口口水，缓缓地点头。

　　"梦到什么了？"

　　夏彤愣愣地摇头。

　　严蕊取笑道："给吓忘记了？"

　　"嗯。"

　　"瞧你，老鼠胆，做个梦都能吓成这样。"严蕊将一堆零食塞进书包后跑过来，拉着夏彤的被子道，"快起来，要上课了。"

第二十一章

你到底想我怎么样

夏彤连忙点头，洗漱过和严蕊一起去上课。门外，下了一个晚上的雪还没停，而且越来越大，积雪将大地盖住，整个世界好像都变得洁白无瑕了一般。有些人兴奋地踩着雪，在雪地中留下一串串的脚印，可夏彤却舍不得踩，总是挑人家踩过的地方走，她不想将那份干净洁白破坏掉，哪怕只能多保留一秒也是好的。

教学楼下面，很多同学在打雪仗，雪球飞过来飞过去，夏彤和严蕊缩着脑袋从战区奔过，可即使这样，严蕊还是被人砸个正着。

严蕊虎目一瞪："谁砸我？"

砸她的男生吐吐舌头，摆着手说："不是故意的！误伤误伤！"

严蕊可不管他是不是故意的，将书包丢给夏彤，捏起一团大大的雪球就追了过去，男生眼见她杀过来了，吓得转身就跑。

夏彤好笑地看着她们，对着严蕊叫："我先走了，你慢慢报仇。"

严蕊打雪仗打得正起劲，根本没空理她。夏彤摇摇头，笑着往教室走。教室的门关着，她刚推开门，十几个雪球飞过来，砸得她啊啊大叫。教室里的同学们哈哈大笑，夏彤一脸一头的雪，睁着大大的眼睛委屈地望向教室里的同学们，只见大家都很开心地继续趴在窗台上团雪球，一点内疼的感觉都没。秦晋忽然好兴奋地跑过来，一把将慢吞吞地在教室门口掸雪的夏彤拉进来，然后对着教室里叫："快快！准备！严蕊来了！"

唰的一下，教室里的同学们人手一个拳头般大小的雪球亮了出来，炯炯有神地盯着门口。秦晋很够意思，分了一个雪球给夏彤！教室门被人从外面大力地推开，严蕊的身影刚刚闪出，只见无数个雪球炮弹对着她砸过去，砸得她一边跳一边叫："浑蛋！浑蛋！谁啊！啊！还砸！"

炮弹终于用尽，严蕊一头一脸的雪，样子比夏彤还惨，夏彤捏着手里的雪球，笑呵呵看着她。严蕊拍着身上的雪，龇牙咧嘴地叫："好哇你们！看我怎么收拾你们。"

同学们都大笑着叫："哎呀，每个人都是这样的。"

"谁叫你们来得晚。"

"来得越晚，砸你们的人就越多。"

"哈哈哈——"

"哈哈哈——"

就在大家你一言我一语的时候，负责放风报信的同学大叫："快快，又有人来了。"

同学们加快地团着手上的雪球，就连刚才被砸得很惨的严蕊都扑到窗台上，挖了一块白雪，使劲地在手里捏着，大家都一副很兴奋的样子。

"是曲蔚然！"报信的同学又叫了一声。

不知道为什么，教室里沸腾的气氛忽然冷了下来，大家脸上兴奋的表情像是凝固了一般，当教室的门被推开时，居然连一个雪球也没飞过去。曲蔚然走了进来，头上、肩膀上都带着风雪，他一向白皙的俊颜被冻得有些红。他像是没有发现什么不对一般，单手抵着鼻翼，轻轻咳嗽了几声，低着眼眸往前走着。

忽然，一个雪球从侧面飞来，正好打在他的右脑上，他微微地挑眉，转头看去，只见夏彤举着手，一脸无措地望着他，他一边抬起手将头发上的雪掸掉，一边向夏彤的方向走去。

教室里的人都装着有事的样子，其实都在偷偷地看着曲蔚然。曲蔚然就是有这样的魔力，他总是能吸引住所有人的目光，即使大家都怕他，不敢靠近他，却还是忍不住偷偷地看着他。

他就是一个让人如此矛盾的存在体。

曲蔚然走到夏彤面前，伸出手，在她脑门儿上弹了一下，低声问："干吗？"他以为她有事找他。

夏彤愣了一下，将手藏在背后，摇头道："没事。"

"没事你干吗拿雪球扔我？"曲蔚然弯下腰来，微微眯着眼睛瞅她。

夏彤鼓起嘴巴，小声道："我……我……我想扔，我想扔就扔了！"

曲蔚然又弹了一下她的脑门儿："笨蛋。"

夏彤一脸很怕疼的样子，闭着眼睛往后一缩。曲蔚然好笑地缩回手，转身走回座位。

夏彤垂下眼睛，偷偷地抬起手揉了揉曲蔚然刚才敲过的地方，心里轻声叹息道，笨蛋，到底谁是笨蛋啊……

转头，又望向曲蔚然的位置，只见他已经坐下，将课本摆好，手中翻看着一本厚厚的外国原著，他真的不在乎吗？

他真的不在乎，大家是否喜欢他吗？

她明明记得，他曾经是个恨不得全世界都爱他的人；她明明记得，他最大的愿望就是当一个好孩子，没有人讨厌他，没有人害怕他。

曲蔚然，你是否早已忘记？忘记曾经的那个少年；是否早已遗失，遗失曾经的那个梦想？


早上第二节课下课的时候，有几个外班的女孩站在窗口，一脸嫉妒地望着夏彤，对着她指指点点的。夏彤奇怪地看了他们一眼，将桌子上的英语课本换成数学的。

坐在夏彤前面的女生说："门口的不是高三的刘倾吗？"

"刘倾是谁啊？"夏彤不解地问。

"刘倾你都不认识，我们学校的大姐头，经常和社会上的流氓混在一起。她早就该毕业了，因为留级留了两次，所以到现在才高三。"

"哇——"夏彤扯了扯嘴角，不敢相信居然有人可以留级留两次，眼神不经意间和刘倾遇到，刘倾的眼里满是愤恨与不屑，让她慌张地躲避她的锐利的眼神。

刘倾冷哼一声，笔直地走到夏彤座位旁："你给我出来一下？"

夏彤眨了眨眼，有些不相信地指着自己说："我？"

"就是你！"刘倾酷酷地转身，刚走一步，就被严蕊伸出的腿绊了一下。刘倾向前冲了一大步才站稳，回过头来狠狠地盯着严蕊道："严蕊，这事你最好不要管！"

严蕊微微眯了眼，收回腿，跷起二郎腿，露出吊儿郎当的表情："嗬，你跑到我的班上来找我朋友麻烦，还叫我不要管？姑娘，你真的很好笑哎。"

刘倾咬牙道："我好笑，你才好笑吧！和这种狐狸精当朋友！你简直脑子有病！"

严蕊冷下脸来："你说谁是狐狸精？"

"就是她！"刘倾转身指着夏彤，大声道，"她昨天晚上在学校门口和曲宁远接吻！真不要脸！明明已经有男朋友了还这样！"

接吻？夏彤猛地睁大眼睛，慌忙摇头："你胡说！我没有！"

刘倾见她已经吸引了大家的注意，更是来劲了一般激动地道："你没有？我亲眼看到的！他们在学校门口吻了好长时间！你男朋友不是曲蔚然吗！为什么又来勾引曲宁远，你是不是嫌弃你男朋友是杀人犯！所以想另外攀高枝啊！"

"你胡说！我没有！"夏彤急急地摇头否认，忍不住向曲蔚然的方向望去，只见曲蔚然坐在位置上，漠然地低着头，过长的刘海遮住半张脸，让人看不见他的表情，只是他周身散发出的阴冷气息，让夏彤微微打了个寒战。

她知道，他在生气！

夏彤着急地向曲蔚然走去，想对他解释，可手却被刘倾一把拽住："你还不承认！"刘倾指了一下身后和她一起来的女生说，"我们一个宿舍的都看见了！"

"就是！我们五个人，十只眼睛！还能看错不成？"

"敢做不敢承认啊！"

"真不要脸！"

"亲了好久呢！最少有一分钟！"

站在门口的四个女生，一人一句地说着，眼里满是对夏彤的鄙视与厌恶。

夏彤看向她们，不知道为什么她们会这样说，只能急急地辩解："不是这样的！一定是昨天雪下得太大，你们没看清楚，我们只是在校门口说了一会儿话而已。"

"你还想不承认啊！难道还是我们冤枉了你不成！我现在给你机会啊，自己给我走出去，不然老娘拖你出去可就不太好看了！"刘倾狠狠地将夏彤往教室门口推了一把，夏彤被推了一个踉跄。刘倾上前还想再推，却被站起来的严蕊一把拽住手腕。严蕊紧紧地握住刘倾的手腕，冷着脸，沉声道："你够了啊！别惹我发火。"

"喊！严蕊，别以为你爸爸是省长就了不起！别人怕你，我可不怕你！"刘倾嚣张地挑着眉，"我今天就要教训她！你敢拦着，我照样叫你在学校混不下去！"

严蕊怒极反笑："混不下去，我看是谁让谁混不下去！"

严蕊说完，一把将女生的手甩开，冲上前去，抬手就往刘倾脸上一抽。夏彤连忙跑过来，一把抱住严蕊往后拉："严蕊，算了算了，别打架。"

"算了？你看她那嚣张的样子！我不教训她就不知道自己是……"

严蕊的话还没说完，刘倾"啪"一巴掌甩过来，严蕊被夏彤抱着，无法躲开，硬生生地被打了一巴掌，疼痛让她微微撇过头去，有些不敢相信地瞪大眼睛，只见刘倾举着手，一副凶悍的样子道："瞪什么瞪，打的就是你！"

严蕊气得上前刚准备出手揍她，可一道身影比她更快地扑了上去，一把拉住刘倾的头发，将她摁倒在地上，身边的桌子被她们撞倒，桌上的书撒了一地。

夏彤骑在刘倾身上，摁住她的额头不让她起来："道歉！快点和严蕊道歉！"

"道你妈！"刘倾气得使劲挣扎，双手用力地推着夏彤，想将她推倒，门口的四个女生看见刘倾吃亏了，按捺不住地跑进来帮忙。

严蕊将她们一个个拦着，不让她们靠近夏彤，四个女生哪里肯让，几个人就这么推推搡搡地在教室打成一团。

严蕊和夏彤人数少，没一会儿就落了下风。夏彤被刘倾翻身压在身下，刘倾举起手就想甩她几个巴掌，可还没打下去，后颈就被人抓去，那人力气很大，猛地一拉，就将她甩了出去。

刘倾跌得眼冒金星，看清楚面前的人时，愤怒地大叫："曲蔚然！你居然打女人！"

曲蔚然擦了擦手，像是刚刚碰了什么不干净的东西一般，半垂着双眸，定定地望着地上的刘倾，淡淡地吐出一个字："滚。"曲蔚然的眼神很可怕，满满的都是即将爆发的怒气与让人止不住发抖的阴冷，好像刘倾再多啰唆一句，他就会将她整个吞噬一般！

刘倾有些胆战，她还是怕曲蔚然的，对于会将自己父亲杀掉的亡命之徒，谁又能不怕呢。刘倾咽了下口水，在曲蔚然阴森的目光下，灰溜溜地带着她宿舍的几个女生跑了。

夏彤站起身来，有些无措地看着曲蔚然，张嘴想和他说些什么，可曲蔚然没理她，一转身笔直地走出教室。

就在这时，上课铃响了。


夏彤毫不犹豫地追了出去，随着上课铃声的响起，教室外面已经没人了，夏彤一眼就找到了走进操场的曲蔚然。

"曲蔚然。"夏彤大声叫他的名字，可是他却没有停下来，继续往前走着。夏彤知道这次他是真的生气了，以前不管怎么样，只要她叫他的名字，他总会在原地等她的。

"曲蔚然！"夏彤一边叫，一边跑去追他，终于在操场前面的小树林拉住他。他的手冰冷冰冷的，夏彤握在手里，就像握着冰块。

"你的手好冷，你今天穿了几件衣服？"夏彤紧张地拉过他，眼里满是关心。

曲蔚然将手猛地抽回来："你管得着吗？"

夏彤知道他在为那些谣言生气，连忙解释道："曲蔚然，你别听她们胡说，我没有和曲宁远接吻，昨天晚上他就是送我回来，我们只是在校门口说了一些话而已……"

"够了！只是说了一下话，人家会说你们在接吻？"

"我真的没有，可能是风雪太大，我和他又靠得太近，她们看错了……"

"靠得太近？"曲蔚然重复着她的这句话，缓缓地低下头去，望着夏彤的眼睛问，"那我请问你，你让他靠你这么近干什么？"

"我……我……"

"说不出了？"

夏彤有些委屈，鼻子微微发酸，想了半天，辩无可辩的她带着哭腔反问道："不是你让我这样的吗？"

"我让你这样的？"曲蔚然像是失了神一般，默默地重复夏彤的话，"对啊，是我让你这样的。"

"是我让你这样的！"曲蔚然愤怒地一拳打在冰冷的树干上，树干上粗糙的树皮将他满是冻疮的手背割破，艳丽的鲜血一滴一滴地落在雪白的雪地上。

夏彤慌忙上前，拉起他的手，想将他的拳头打开，可他却握得紧紧的，颤抖着的拳头像是被冰天雪地冻住了一般，不论夏彤怎么用力，就是打不开，鲜血一直不停地流着，夏彤心疼地哭叫道："你干什么呀！干什么！快把手摊开，你要是生气，我以后再也不理他就是了……"

曲蔚然一直紧握着双拳，过了好久，才慢慢松开双手，抬手，抚上夏彤秀丽的面颊，低声道："不，我没有生气，一点也不生气，你说得对，是我让你这样做的。"

曲蔚然张开双臂，轻轻地拥抱住她，俊美的脸孔靠在夏彤瘦弱的肩上，墨石一般的双眸直直地望着远方，冰冷面容与极不相称的温柔声音在寒冷的空气中轻轻回荡："我应该高兴才对，夏彤，我太高兴了，你做得对，就是这样，就是这样……"

夏彤僵硬地被他拥抱着，对于他的夸奖，她一点也不觉得高兴，就连他的怀抱，都不再觉得温暖，像是被看不见的万年寒冰包裹着，冷得她微微地轻颤。她抬起头，看着天空中又开始飘起的小雪，心中一片悲凉。

曲蔚然，我们之间，到底怎么了？

从前，与你拥抱，我能感觉到紧紧的相依和无尽的温暖，而现在，却只剩那传不到心底的爱情与怎么也猜不透的心思。

夏彤失神地问："你真的高兴？"

"真的。"曲蔚然没有犹豫地回答。

夏彤缓缓地闭上了眼睛，轻声道："曲蔚然，也许有一天，我会恨你的。"

曲蔚然一直冰冷的眼神恍惚地闪过一丝慌乱，可只是一瞬间便消失了，他微微地笑道："你不会的，永远也不会。"

夏彤，我太了解你，了解你的善良、你的固执，还有你对我那深入骨髓的感情与习惯性的依赖，你离不开我，永远也恨不了我，永远也不。

曲蔚然是了解夏彤的，正如他所想的，夏彤终其一生也从未恨过他。

可他忘了，不恨，却不能代表会一直爱。


若年少的他知道那之后的故事，会不会好好珍惜怀中这个柔弱善良的女孩呢？那之后，夏彤变得沉默了，好像又变回刚进城的小姑娘，垂着漂亮的双眼，安静地坐在角落里。

严蕊发现了夏彤的变化，但只是以为夏彤和曲蔚然吵架了，所以才互相不搭理，导致夏彤变了。她并未多说什么，感情的事她从未经历过，实在没办法给她提供意见。她想着，过些日子，等夏彤不生气了，自然会去找曲蔚然的，毕竟，那孩子是这么死心塌地地爱着曲蔚然。

没想到的是，她错了，错得离谱，夏彤不但没有和曲蔚然和好，反而和曲宁远走得极近，曲宁远时常来接夏彤出去玩，他对夏彤的喜爱，简直已经到了路人皆知的地步了。他知道夏彤喜欢吃零食，就收集了很多世界各地的美食，每天变着花样地给她送来，宿舍的零食从没断过；出去玩的时候夏彤只是多看一眼的东西，他都会买回来送给她。夏彤也很奇怪，来者不拒。除了一个银色的口琴，她明明站在柜台前看了好久，曲宁远买给了她，她却默默摇头说："我不喜欢。"曲宁远也没问为什么，只是很有风度地收回礼物。

除了投其所好之外，曲宁远也积极地将夏彤拉入自己的朋友圈子。S市有一个攀岩俱乐部，是曲宁远最喜欢去的地方，里面的人年纪相仿，兴趣一致，一起挑战超越极限的快感。

夏彤从没想过，斯斯文文的曲宁远居然喜欢攀岩那么危险的运动，每次她站在岩石下面，看见他一个落脚石一个落脚石地爬上去，都觉得好危险；每次他身形不稳或力气不够掉下来的时候，她都吓得大叫，连连伸手想接着他。

而曲宁远却一脸愉快的笑容，笑容中甚至带着平日少有的淘气。他顺着保险绳一点一点地滑落下来，走到离她很近的地方，笑容满面地问："你在担心我？"

夏彤抿了抿嘴唇，轻轻地点点头："嗯。"

曲宁远因为她的回答笑容更大了，转身走到夏彤身后，将保险绳拴到她身上："没什么好担心的，这一点也不危险，来，你试试就知道了。"

"我……我不会。"

曲宁远笑着双手一托就将夏彤举起来："没事，我教你。"

夏彤吓得抓住凸起的落脚点，颤声道："我不敢。"

"别怕，我会保护你的，就算你掉下来，我也会接着你的。"曲宁远宽慰道，"试试吧，很有趣的。"

夏彤见他这么说，也不好拒绝，便使劲地往上爬了几格，但很快就爬不上去了，双手抓着凸出的地方，抓得手都发抖了，最后无力地放掉，身子急速下坠了一下就被保险绳拉住，曲宁远伸手将她抱住，垂下头问："怎么样，没摔着吧？"

"嗯。"夏彤低下头，不敢看他的眼睛，他眼里总是闪着明亮耀眼的光彩，照得她心虚惭愧。她慌忙从曲宁远怀中下来，低着头有些无措地绞着手指。

曲宁远非常喜欢夏彤的这个小动作，每当她用怯弱而又干净的眼睛偷偷望向他时，他总是想走过去抱抱她，好好地疼爱她，告诉她，他愿意给她全世界，他不会让任何人伤害她，他想要好好保护她，让她用那双美丽的眼睛，勇敢地看着这个世界。

"夏彤。"

"嗯？"

"我上次和你说的事你考虑好了吗？"曲宁远问出口后，微微地有些懊恼，还是太过急躁了，不应该现在问的。

"我……我还没想好。"

果然，曲宁远感到一丝挫败，可依然体贴地望着她笑说："没关系，我不逼你。"

"对不起。"

"不用道歉啊，你这样说我会觉得你在拒绝我。"曲宁远抬手捋了下额前的刘海，转移了话题，"明天是我二十岁生日，你陪我一起过好吗？"


那天夏彤带了一大盒巧克力回宿舍，她一进门舍友就围了上来，最近大家都已经习惯夏彤出门会带好多好吃的回来和她们分享了。

严蕊盖着厚厚的被子躺在床上看金庸的《鹿鼎记》，夏彤走过去，将剩下的一半巧克力放到她的被铺上，严蕊抬头瞄了她一眼，继续看书，一只手伸到盒子里捡了一块巧克力剥开塞进嘴里，嘟哝道："回来了？"

"嗯。"

"玩得开心吗？"

"嗯。"

"你怎么不吃？"

夏彤望了眼床铺上的巧克力，淡淡地道："没胃口。"

严蕊眨眨眼睛，有些不敢相信地看她："什么？你会没胃口？"

"嗯。"

严蕊放下书，很是关心地问："怎么了？"

夏彤垂着头不说话，严蕊等了一会儿，又问了一遍，夏彤还是不说。严蕊生气地将书一摔，将床上的巧克力都推下去："不想说就别在老子面前唉声叹气的，看着烦。"

每次都这样，心里憋着一堆事，却什么都不愿意和自己说，到底有没有把她当朋友啊？浑蛋！

夏彤没想到严蕊会发这么大脾气，吓得慌了神："你别生气，我……我……我只是不知道该怎么说……"

严蕊赌气地翻过身不理她，夏彤一直坐在她床头道歉。到最后夏彤也不道歉了，只是安静地坐在她床头，垂着头像一个做错事的孩子，可严蕊小姐脾气犯了，心里委屈，就是不想理她。

夏彤在严蕊床边坐了好久，一直到宿舍人都睡着了，她还没有离开。冬天的夜里，女生宿舍里依然很冷，夏彤穿着单薄的棉衣一坐好几个小时，身子早已冻僵了。

严蕊其实也没睡，她只是生着闷气，拉不下脸来理她，只能在心里恨恨地嘀咕，白痴夏彤，不去睡觉干吗呢，真是的，冻坏了怎么办？

"严蕊，你睡着了吗？"夏彤轻声地叫她。

严蕊没说话，过了好久好久，才嘀咕一声："我睡着了。"

"这样啊，那我跟睡着的严蕊说一个秘密。"夏彤轻轻地低下头，还未说话，眼眶就红了，"我认识一个人，他总是有好多秘密，心里有好多好多苦，可他总是什么都不说。我也像你一样，总是希望他说出来，说出来，就不会那么难受了。"

"我每次为了骗他说，我总是说：你看，我睡着了，我什么也听不见，所以，你有什么不开心的就说出来好了。我每次都这么说。"夏彤的话语依旧拉杂而破碎，"可是，即使我这么骗他，他也不会对我说，只是很难过很难过地抱着我哭。"

说到这里，夏彤停顿了一会儿，感觉到两行泪水从面颊滑过，冰凉冰凉的，可叙述还在继续："我也总埋怨他，为什么总是一个人独自承受呢？后来，我也变得有好多好多秘密，我也变得有好多不开心的事，可是我也不能说。"

黑暗里，谁也看不见谁，夏彤的声调不自觉地有些颤抖："我终于了解了，他不是不愿意对我说，而是说不出口。他不想让自己在乎的人看见自己的脆弱、痛苦、丑恶、自私，他想让他在我心里，至少是在我一个人的心里，是一个美好的人。严蕊，你是个幸福的女孩，也许，你永远也不会懂这种感觉。对，你永远也不要懂这种感觉，永远也不要懂。"

真的太痛苦了，真的好痛苦！夏彤的倾诉无法再继续，窗帘遮挡住了楼外闪烁的霓虹，只有一两丝光线透过缝隙偷偷地钻进了屋子里，在墙上涂抹出几片暗暗的光影。

一直装睡的严蕊忽然地觉得心脏的地方有一种沉沉的、闷闷的疼痛感。直到很多年后，严蕊才明白，那种感觉，叫心痛，那个女孩，最终变成了她无法言说的痛，变成了她一触碰就会鲜血淋漓的伤口……

第二天清晨，夏彤顶着红肿的眼睛醒来，用冷毛巾敷了很久，还是肿肿的，一看就知道她哭了大半夜。

早上还要上课，夏彤只能借了严蕊的黑框眼镜戴在脸上遮丑，严蕊取笑她本来就长得呆呆的，戴上大大的黑框眼镜就更呆了。夏彤抓着眼镜戴也丑，不戴也丑，纠结了半天，最终还是决定戴上了。戴上的结果就是一路上被班上好多同学笑话，说她装非主流装得不像，反而像个书呆子，夏彤默默听着，但依旧坚持戴着眼镜。

坐到位置上的时候，夏彤忍不住向后看了一眼，曲蔚然已经来了，坐在位置上做考卷，轻轻垂下来的刘海遮住眉眼，俊美的容颜上没什么表情。他像是发现她的目光一般，抬起头望了过来，夏彤一惊，连忙收回视线，心怦怦地跳。

白那天在雪地里分手后，她就没在和他说过话了，其实也不是曲蔚然不理她，而是她不去找他了，所以两个人就像是断了联系一般。想想，他们俩之间，好像总是她主动去找他的呀，要是有一天她不主动了，那他是不是一辈子都不会来找她？

夏彤一想到这里，心里委屈，害怕得直想哭，她使劲眨了眨眼睛，让鼻子里的酸意退去，使劲地敲打了两下自己的脑袋。

"又自寻烦恼了吧，笨蛋？敲吧，本来就笨，再敲就变蠢了。"严蕊走过来，顺便将一个巨大的纸盒子顿在她的桌面上，"给你。"

"这是什么？"夏彤疑惑地问。

"这个是一套美国产的什么什么牌子的攀岩工具，反正是最好的那种，我说不上来英文啦。"

"你给我干吗？"

"你昨晚不是说曲宁远生日你不知道送什么吗？"严蕊挑眉道，"我家正好有一套这个，不知道几年前人家送的，拆都没拆，根本没人用，放箱子里不如拿来给你送人了。反正曲宁远喜欢攀岩，正好物尽其用。"

"可是……可是这个应该很贵吧？"夏彤担心地问。

"贵吗？又不要我的钱。"严蕊说得理所当然，"不然，你帮我抄三个月课堂笔记和作业抵债好了。"

夏彤揉揉鼻子，犹豫了一会儿说："最近作业这么多，抄一个月吧。"

"两个月。"

"不要啦……"

"四个月。"

"那就两个月吧。"夏彤妥协了，望着严蕊笑道，"谢谢你喽。"

"谢我啊，那多抄两个月吧。"

"不要！"夏彤抱着礼盒使劲摇头。

严蕊弹了弹她脑袋："就要！不但要帮我抄笔记抄作业，还要帮我洗衣做饭打扫卫生背书包……"

"你个禽兽！"

"谢谢夸奖！"

夏彤抱着礼物盒感激地望着严蕊笑，她真的对她好好，能有她这么好的朋友，真的真的是前世敲烂了十几个木鱼啊。

夏彤决定将大大的礼物盒先抱回宿舍去，但在经过图书馆的花圃前她被人叫住。

夏彤轻轻转过身去，只见曲蔚然站在不远处望着她，夏彤心中窃喜，她没想到他会来找她，她情不自禁地小步跑过去，仰着头，很轻柔很轻柔地问："什么事？"

曲蔚然仔细地看了看她，狭长的丹凤眼微微眯了起来，抬起手，摘掉她脸上的黑框板材眼镜，看着她肿得核桃一般大的双眼，低声道："果然又哭了。"

夏彤一听这话，微微红了脸，他还是很关心自己、很在意自己的，夏彤忍不住抿起嘴角偷偷地笑了笑。

曲蔚然见她那羞羞涩涩的笑容，不禁心软了下来，眼神也温柔了许多，他叹了口气，半垂眼睑，刚想柔声安慰几句，却看见夏彤手上抱的大盒子："这是什么？"

"这是准备给曲宁远的生日礼物。"夏彤老实回答。

刚刚还散发着淡雅温柔气息的曲蔚然像是被忽然戳中了神经一样，身上的气场立刻变得阴森可怕："给他准备这么大的礼物？是什么？"

"是一套攀岩工具……不是我买的，严蕊家正好有这个，他……他又非常喜欢攀岩，所以我……"夏彤小声地解释着，最后越来越没有底气，"你要是不高兴，我可以不送的……"

曲蔚然微微低着头，暖暖的冬阳像是照不到他身上一般，他的脸上没有任何情绪，只是眼里闪过一丝阴狠，只一下又归于平静："没关系，你送吧，我不生气。"

夏彤认真地看着他，又一次确定："真的不生气?"

"嗯。"曲蔚然点了下头后道，"很重吗，我帮你拿吧。"

"啊，也不是很重……"手上沉重的纸箱被拿走，夏彤眨了眨眼睛，望着笔直走在前面的曲蔚然，微微皱眉，自己真是越来越不了解他了。

那一天，曲蔚然将夏彤送回女生宿舍之后，整整一天没有去上课。夏彤想，有的时候曲蔚然说的不生气，其实就是很生气吧。

夏彤一直以为给曲宁远过生日只是他们两个人的事情，可没想到，为他庆生的居然还有他的父母。夏彤几乎当场就吓傻了，真想丢下礼物赶快走人，可曲宁远父母已经看见他们一起走过去了，她总不能真转身就跑吧，所以也只能……只能硬着头皮过去了。

"别紧张，我爸爸妈妈很温和的。"曲宁远小声地在她耳边说。

"你没说过要和他们一起吃饭的呀。"橡皮泥一样好捏的夏彤有些生气了。

"对不起，我也不想他们来，可是我往年生日都是和他们一起过的，我说了今年想和你一起过，可他们非要跟来看看你。"

夏彤无话可说，她只是很害怕曲宁远母亲那锐利的眼神，像刀子一样，一下一下地割开她的皮肤，扒开她的血肉，捣烂她的心脏，阴冷地窥视着她所有的秘密。

夏彤在那样的目光下几乎连呼吸都不顺畅了，而曲宁远母亲的目光却忽然一转不再看她。

身上的压力解除，夏彤忍不住偷偷地看了一眼那贵夫人，那贵夫人发现了她的目光，紧紧地盯住她胆怯的目光，轻蔑的、嘲弄的、警告的眼神无情地向她扫射过来!

夏彤手一慌，失手打碎了一个酒杯。

曲宁远母亲蔑视地瞥她一眼，缓缓地站起来，温柔地望向曲宁远：

"宁远，妈妈回去了，你和你的小女友慢慢吃，好好照顾人家啊，挺可爱一个小姑娘。"

"老婆你回去了，那我也陪你回去。"曲田勇一副好老公的模样站起来。曲田勇和夏彤打了个招呼，便扶着妻子离开。

曲宁远望着父母走远的背影，有些高兴地回过头来望着夏彤说："我妈妈说你挺可爱的呢，对你印象应该蛮好的。"

夏彤被曲宁远母亲那冰冷的眼神刺伤，到现在都无法回神，只能附和地点头。

酒店外面，加长型劳斯莱斯里，枯瘦如柴却有着一双刀锋一般尖锐眼睛的女人冷冷地望着车窗外，淡淡地吐出一句："烂泥巴。"

"哎呀，孩子大了交个女朋友玩玩有什么关系嘛。"曲田勇倒是没怎么反对，"不过没想到能把宁远迷得晕头转向连美国都不去了的女孩，居然就长这样？眼睛倒是挺漂亮的，脸蛋也周正，但是不够大气，畏畏缩缩的。"

"眼神躲闪，心虚不定，我看没安好心。"女人眯着眼，一字一字地吐出她的想法。

曲田勇耸了耸肩："那找人查查她的底？"

女人轻哼了一声，不用他说，她已经做了。

晚上，曲宁远送夏彤回学校，一直到下车之后，夏彤才想起来，自己抱来的礼物还没送给他呢，她有些囧地将礼物抱过去："这个……送你。"

曲宁远轻笑着接过："我还在想，这个也许不是送我的呢。"

"呃……我忘了。"夏彤有些不好意思地抓抓脸。

曲宁远的笑容很漂亮，歪着头问："我可以打开吗？"

"嗯。"

曲宁远小心地拆开包装，打开纸盒，将里面的攀岩工具拿出来："哇，是SUW限量版的攀岩套装呀。你从哪里弄的？这个六年前就不卖了，我找了好久都没买到。"

"是严蕊给的。"夏彤老实交代。

"免费给的？"

"不是，我拿两个月苦力换的。"

曲宁远一听她这么说，开心地笑眯了眼："我很喜欢，这是我收到的最好的生日礼物了。"

"我真的很喜欢，谢谢你，夏彤。"曲宁远的情绪里带着兴奋，带着快乐，像是一个孩子得到了最想要的玩具。

不知道为什么，夏彤第一次觉得，让曲宁远这么开心，其实……也挺好的。

"你喜欢就好了。"夏彤笑，"你喜欢的话，那我两个月的苦力就当得有价值了。"

曲宁远望着夏彤的笑容，有些着迷，他愣愣地看了好久，然后有些小心翼翼地望着夏彤说："夏彤，你知道吗？"

"你是第一次这样望着我笑。"曲宁远像是心满意足一般地感叹，"真漂亮，真的很漂亮。"

曲宁远说着说着，忽然伸过头，缓慢地在夏彤脸蛋上亲了一下，只是一个很轻很礼貌的面颊吻，夏彤紧紧地握了下双手，没有躲开，只是乖巧地低着头，直到曲宁远温热的嘴唇从她冰凉的脸颊离开。他含情脉脉地望着她，表情温柔而沉迷："我明天还能来见你吗？"

夏彤低着头，轻轻地点了点。

曲宁远开心地将礼物放回车上，然后从车座下面拿出一个小礼盒给她："这是回礼。"

夏彤接过礼盒，没有打开。

曲宁远说："你进去吧，我望着你进去再走。"

"嗯。"夏彤点头，转身往学校里跑，跑了很远，回过头，似乎还能看见曲宁远靠在车边，遥遥地望着她的背影，嘴角噙着淡淡笑意，带着一丝甜蜜与年少的春风得意。

回到宿舍，宿舍只有严蕊一个人躺在床上，似乎在思考着什么。

"我回来了。"

严蕊没有回答，夏彤没在意，抱着曲宁远新送的礼物坐到桌子旁边。这次曲宁远送的是一个小不倒翁木娃娃，这个不倒翁是她前天在学校外面的文具店看到的，觉得可爱就戳了两下，结果今天，它就憨态可掬地躺在精美的包装礼盒中送到了自己的眼前。

严蕊不知道什么时候坐了起来，走到桌边，手撑着桌面坐到了桌子上，脚踩着板凳跷起了二郎腿，歪着头，面容有些严肃地看着夏彤问："你到底怎么回事？"

夏彤茫然地抬起头问："什么？"

严蕊皱着眉头道："你根本就不喜欢曲宁远，还收他这么多东西？"

夏彤抿了抿嘴唇，小声道："收东西又不代表什么，他喜欢送……"

"喜欢送你就要？他亲你你也不躲？你不是喜欢曲蔚然吗？你干什么和曲宁远暧昧不清的？上次人家说你们在学校门口亲吻我还不信，这次居然让我亲眼看到。"严蕊皱着眉头，有些不爽地道，"夏彤，这样不好知道吗！"

夏彤没说话，紧紧地闭上眼睛，她不知道这样不好？不，她比谁都鄙视这种玩弄他人感情的行为。

"喂，说话呀，你到底怎么回事？"

夏彤半垂着眼眸，不知道怎么回答，她不想对自己最好的朋友撒谎，可是，又没法解释自己的行为，沉默，是她唯一的选择。

"夏彤。"她的沉默有些激怒了严蕊，"我不认为你是会和男生玩暧昧的女生，更不认为你是会脚踩两只船、贪恋金钱权力的女孩，我知道，你心里喜欢的人根本就是曲蔚然。"

"你最好和曲宁远说清楚。"严蕊看了一眼夏彤床上堆积如山的礼品继续道，"这些个礼物也全部退回去，你要是喜欢，我可以重新买给你。夏彤，不要玩弄别人的感情，你这样，我会觉得很恶心，我真的很讨厌这样的人！你懂不懂？"

夏彤终于抬起头来，抿着嘴唇，难过地看着严蕊，她张张嘴，却什么也说不出来，不要玩弄吗？可她的目的就是玩弄啊。

她就是要曲宁远深深地喜欢上自己后，再狠狠甩了他。

怎么办？如果自己这么做的话，严蕊，严蕊会讨厌自己的。

她唯一的朋友，最爱的朋友啊，她会看不起自己的。

为什么光是想想就觉得好难过？为什么光是想想，就会哭呢？

"严蕊，你不要讨厌我，好不好？"

严蕊看见夏彤哭了，严肃的面孔立刻慌神了："哎呀，你怎么哭了，别哭了啦，好啦好啦，我错了，我不该说这么重的话。哎呀，别哭了嘛……"

夏彤她的心里很乱，或者说，她的心从未平静过，她自己也知道这事不好。可是，她无法拒绝曲蔚然，无法丢下他不管，她说过会永远站在他那一边，所以，她强迫自己一直一直坚持着，即使觉得自己再龌龊再无耻再坏也坚持着。而今天，在严蕊的一番指责下，夏彤坚持不住了，她后悔了，真的后悔了。她第一次清醒地认识到，一个女人，不管再怎么爱一个男人，都应该坚守自己的道德底线和基本原则，她爱曲蔚然，她可以为他做任何事，这是毋庸置疑的，可这些事不应该建立在伤害别人的基础上，她错了，真的错了。

夏彤给曲蔚然打了电话，她想见他，想和他说说话，哪怕她见到他的时候一句话都说不出来，她还是想见他。

夏彤打了三个电话才找到曲蔚然，他的声音有些沙哑，透着淡淡的疲惫。他在电话那头问："怎么了？"

夏彤咬了咬嘴唇，犹豫了一瞬，小声地说："我想见你。"

"什么？"她的声音太小，他没听清。

"我想见你。"夏彤又说了一遍。

"现在吗？"

"嗯。"

"出来吧，我在操场等你。"

"嗯。"夏彤握着电话，等着"嘟"一声，电话断了，她才轻轻挂上话筒。夏彤总是这样，每次都等曲蔚然先转身了，离开了，挂电话了，她才会安静地离开。

女生宿舍离操场并不远，下了楼从一条花园小道插过去就到了，可男生宿舍离操场更近，就在他们楼下。已是晚上八点，白日喧哗的操场显得有些清冷，离路灯近的篮球筐下还有几个学生在打球，重重的拍球声与砸中篮筐的声音在空旷的操场上回荡。操场的深处，没有灯光，漆黑的一片，可隐约看见一个红红的亮点在黑暗中一闪一闪的，走得近了，便看见他，他站在一边，指间夹着一根点燃的烟，深沉的剪影，孤单地与漆黑的夜晚融成一片。

夏彤走过去将烟从他手里抽走，丢在地上，一脚踩灭："你怎么开始抽烟了？"

"修车厂的那些人都抽。"

"人家抽你就抽？你什么时候这么没主见了？"

"我只是不想吸二手烟。"

"歪理。"夏彤伸手再一次夺过他的烟，丢地上踩灭，"不许抽，你咳嗽还没好呢"

曲蔚然无所谓地耸肩，望着夏彤因逆光而模糊的脸问："找我什么事？"

夏彤眼神犹豫了一会儿，双手不自觉地又扭了起来，低着头支支吾吾道："我有事想和你说……"

曲蔚然没接话，只是一直望着她，示意她继续说。

夏彤偷偷看了一眼曲蔚然："就是……就是……我……我……"

就是我不想再引诱曲宁远了！夏彤在心里大叫着，可是口中却什么也说不出来。她懊恼，使劲地咬唇就是说不出口！真的说不出口！她好怕她说出口之后，他会生气，他会再也不理自己，再也不相信自己。他一定会觉得如果连她都不愿意帮他，如果连她都背叛他，那他的世界就只剩下他一个人了，他一定会伤心的，说不定会变得比现在更阴沉可怕、诡异乖张。

夏彤握紧双手，紧紧地闭上眼睛，神色痛苦，怎么办？她真的说不出口，她真的讨厌自己这样的性格，为什么自己是这样的人呢？一会儿做这样的决定，一会儿又做那样的决定，左右摇摆不定的，像个白痴一样！唉，疯了！

"我答应你。"

"哎？"夏彤吃惊地抬头，却只见曲蔚然笑了笑，伸手将夏彤已经扭到快断的指头拉开，轻声道："不管你今天晚上想要求我什么，我都答应你。所以，别在纠结了，想说什么就说吧。"

"真的吗？"夏彤有些不敢相信。

"真的。"曲蔚然的声音带着一丝笑意。

夏彤仰着头，用力地望着曲蔚然，这一刻，她忽然觉得，她的曲蔚然又回来了，那个善良温柔、永远体贴的少年，又一次站在了她的面前。这一刻，她感觉不到他身上的怨气、心中的仇恨，甚至在他眼中也找不到一丝阴冷。

"曲蔚然。"夏彤小心翼翼地叫他的名字，她有些怕，有些怕将他唤醒了，有些怕这温柔昙花一现般闪过。

"嗯？"

"我可不可以，可不可以不要去勾引曲宁远？我……我不想这样。"夏彤鼓起勇气说完后，低下头，看着脚尖，像一个等着宣判的犯人一般，安静地等着法官的回答。

曲蔚然抬起手，揪起一缕夏彤的长发在手中捏着，语调平常地道："可以啊。"

夏彤惊讶地抬头，一脸诧异："你不生气？"

曲蔚然瞥她一眼："我为什么要生气？"

"因为……因为我没有听你话啊，因为我不愿意帮你……我……"夏彤看着曲蔚然那一脸无所谓的表情问，"你真的不生气？"

曲蔚然摇摇头道："不生气。"

"你真的不生气？"夏彤认真地、怀疑地打量着曲蔚然的脸。

曲蔚然却很轻松地笑着问："我是那么小气的人吗？"

"呃？"夏彤直直地盯着他，奇怪地问，"你今天的心情很好？发生什么好事了吗？"

"没有啊。"曲蔚然笑得有些神秘，"只是，该做的都做完了而已。"

"做什么？"

"没什么。"曲蔚然没回答，上前一步很自然地握住夏彤暖暖的小手，岔开话题道，"陪我去吃饭吧。"

"你什么做完了，告诉我嘛。"不知道为什么，夏彤心里有隐约的不安。

曲蔚然但笑不语，不急不慢地往前走着。夏彤见问不出来，有些失望，低着头郁闷地跟着走，过了好久才发现，自己的手正被他牵着。夏彤当时心脏就开始怦怦怦直跳，开心得脸都红了，脸上止不住地溢出笑容，可她又想止住笑，只能低下头，使劲地撇着嘴，可即使这样，还是掩饰不住她脸上的开心与甜蜜。

夏彤一直觉得这个冬天好冷好漫长，可今天，她居然觉得好暖和，暖和得手心都冒汗了。夏彤不免担心，她那冒汗的手心，曲蔚然牵起来会不会不舒服呢？要不要收回来，擦干净再给他牵呢？

可是，可是，她不想放开呀……

好不容易能牵上他的手，她永远永远不想放开。


学校门口的馄饨摊果然还没有收。小摊很小，只有两张桌子，一桌已经坐了一对情侣，曲蔚然和夏彤坐在另一桌，桌上上个客人吃过的碗筷还没收拾。夏彤将碗筷摞到一边，扯了些餐巾纸，将自己和曲蔚然坐的地方擦干净，没一会儿曲蔚然的馄饨上来了。夏彤没点，她吃过晚饭了，不觉得饿，可一只白色的汤勺举在自己面前，勺子里还有一个冒着腾腾热气的馄饨，夏彤有些僵硬地说："我吃过晚饭了……"

"你确定你不想吃？"曲蔚然好笑着问。

夏彤犹豫了一下，闷闷地吃掉曲蔚然喂过来的馄饨。好吧，她不饿，但是她也不觉得饱啊。

曲蔚然撑着头，微笑地看着她："夏彤，你知道吗，我从小就受不了你看着我吃东西。那会让我想把所有吃的都给你。"

夏彤反省地扭着手指："我也知道自己好吃，可是我控制不住自己啊，我也不知道为什么会这样。"

"因为你从小经常挨饿，所以你对食物有一种近乎变态的贪婪与渴望。"曲蔚然一下一下地用勺子舀着老板新端上来的馄饨，"就像我一样。"

"像你什么？"

曲蔚然顿了一下，摇摇头："没什么，快吃吧，要凉了。"

"哦。"夏彤见他不愿说，便不再追问，低下头乖巧地吃着东西。

曲蔚然半垂着眼帘，馄饨碗里冒着腾腾的热气，将他的视线变得一片迷蒙。他有些失神，其实他自己也不清楚，他到底对什么有贪恋，是金钱，是权力，或是感情。也许都有，他就是这样的人，总想得到最好的，却总什么也得不到。曲蔚然自嘲地想，也许，这就是所谓的心比天高，命比纸薄吧。


冬夜，起了寒风，坐在只靠一堵墙壁遮风的馄饨摊上，夏彤冷得缩了缩脖子，将温温的馄饨碗抱得更紧了。曲蔚然并没怎么吃东西，大多数时间他都笔直地望着眼前行车道思考着什么，偶尔有汽车开过，掀起一阵蒙蒙的灰尘，他会微微地皱眉，不着痕迹地用手抵着鼻梁。夏彤偷偷地看着他每一个动作，他真的很漂亮，他的每个动作都像是漫画里的特写镜头一般，完美得让人想盯着看，甚至想盯着画下来。

"吃完就走吧，别望着我发呆。"曲蔚然好笑地望着盯着自己发呆的女孩。

夏彤有些囧，不好意思地放下碗，连忙站起来，跺着脚缩着脑袋转移话题："好冷哦，冷死了。"

曲蔚然付了钱，轻轻眨了下眼睛，望着穿得跟和球一样的夏彤道："有那么冷吗？"

夏彤使劲点点头，一阵冷风吹来，她冻得眯上眼，急忙转过身去，背对着风走："今天零下耶，还不冷？"

"还好吧。"曲蔚然淡淡地说。他今天依然牛逼地只穿了两件，一件米色高领毛衣，一件并不是很厚的棉外套，双手插在牛仔裤口袋里悠闲地走着，好像一点也不觉得冷一般。

夏彤佩服地望着他："你真强悍。我冻死了冻死了。"

曲蔚然笑："我就两件衣服，不能脱给你。"

"知道啦，你也多穿点嘛，要是生病了怎么办……"夏彤的话没说完，便忽然缓缓顿住。她忽然觉得夜晚的寒风一点也没吹到她，她的身边像是忽然围了一个温暖的炉子一般，她的耳朵居然能在呼呼的冷风中听到自己强烈的心跳声……

"这样不冷了吧？"曲蔚然将自己的大衣解开，把夏彤整个身子包在里面，为了防止大衣散开，他用双手紧紧拉住大衣，也紧紧地抱住她。他暖和的胸膛隔着厚厚的衣服贴着她的后背，她能感觉到他的心脏在他胸口起伏的频率，他尖细的下巴靠在她的耳边，他温热的呼吸从她耳后的发丝缓缓渗入头皮，渗入身体，渗入她的每个细胞。这一刻，夏彤别说是冷了，她什么也感觉不到，她只能感觉到曲蔚然，曲蔚然的气息，曲蔚然的温度，曲蔚然的语调，曲蔚然的一切一切……

“走吧。”曲蔚然在她耳边轻声说。

夏彤羞红着脸，连耳尖都发热了，用自己都听不见的声音小声“嗯”了一声。

这个时间，校园里的行人已经很少了，偶尔几个刚从图书馆回来的同学也缩着脑袋，飞快地在寒风中奔跑着，想快一点回到自己温暖的宿舍。昏暗的路灯下，有一个体形笨重的人，像喝醉酒一般，歪歪扭扭地在路上走着，仔细一看，原来是一个男生怀里还夹着一个女生，像连体婴儿一样缓慢地前进着。女孩只露出一张小巧的脸，睁着大大的眼睛，望着前路，满脸都是遮不住的甜蜜。她真的希望，这条路永远不要走到头。

可是，路总是有终点的，现实也往往是残酷的，当夏彤看见等在女生宿舍楼下的曲宁远时，全身都僵住了，满心的喜悦化为乌有，慌乱与羞愧猛烈地冲击着她的心灵。她无措地望着曲宁远，又慌张地转头望着曲蔚然。曲蔚然却像是没看见曲宁远一般，依然抱着夏彤，抬起手将夏彤被风吹乱的长发理了理：“明天早读课是英语，早点睡，别迟到了！”

夏彤愣愣地看着他，不知道该怎么答话。

“早饭想吃什么呢？包子好不好？”曲蔚然继续问着，语调温柔，动作细致，就连眼神也柔得像能滴出水来。

夏彤的脸涨得通红，那种做了坏事被当场抓住的羞愧感让她无地自容。她真的很想转身逃走，可身子却僵硬得动也不能动，只能无助地扭着手指。

“夏彤。”一直沉默的曲宁远终于说话了，他轻声叫着她的名字，可她连看也不敢看他一眼。

曲宁远忽然觉得很失望，那种失望感酸酸的、苦苦的，如石头一般沉甸甸地压在他的心头，让他想冲上前去摇醒她、强迫她，让她看着自己，让她告诉自己这一切都是误会！可他终究没有这样做，他强迫自己冷静下来，望着那个低着头、慌张无措的人，用一贯疼爱的语调说：“我可以听你解释。"

"还需要解释吗？"曲蔚然轻轻抬眼，一脸讥笑，"看得还不够清楚吗？夏彤是我的女朋友。"

"从很久之前就是了。只不过前阵子我们闹了会儿别扭，她就和你走得近了些。"曲蔚然将夏彤用力地拉进怀里，眼神冰冷地望着曲宁远，"你不会真的以为她喜欢你吧？"

曲宁远没答话，只是紧紧地盯着夏彤，而夏彤却一直没抬头看他。

"真是不见棺材不掉泪啊。"曲蔚然眼神一闪，抬手挑起夏彤的下巴，强迫她望着他的眼睛，"夏彤，好好地告诉那位贵公子，你只是在耍着他玩而已。"

夏彤咬着嘴唇，哀求地看着曲蔚然，她不想说这样伤人的话，真的不想。

可曲蔚然却像是没看见一般，轻柔地在夏彤额头上吻了一下，用低哑而又充满魔力的声音说："乖女孩，听话。"说完，他便狠心地将夏彤推了出去。

夏彤跟跄了两下，走到两个少年中间，她的心很痛，真的很痛，指甲紧紧地抠进肉里，她回头望了曲蔚然一眼，可他的眼神依然冷酷强硬。

夏彤转过头，对着曲宁远的方向，颤抖地张开嘴，却什么也说不出来，内疚得使劲咬着嘴唇，眼泪就这么掉了下来。

"哭什么？我还没哭呢。"曲宁远苦笑地看着她。

"对不起……"

"对不起什么呢？"

"对不起……"夏彤低着头道歉，除了道歉她不知道还能说什么。

曲宁远说："夏彤，你能不能看着我说话？就算你真的对不起，也看着我说话好不好？"

曲宁远说的话让夏彤心里很难过，她强迫自己抬头，看着曲宁远。他的表情也很难过，一眼悲伤地看着她："夏彤，你知道吗，我刚才回到家里，看见客厅有一个好大的蛋糕没吃，一想起你最喜欢吃蛋糕了，就什么也没想，直接送了过来。"

"夏彤，你说我要是少喜欢你一点，那有多好；我要是少喜欢你一点，今天晚上我就不会过来了。"曲宁远说着说着，眼睛微微泛红，他使劲地吸了吸鼻子，用有些沙哑哽咽的声音说，"那，今天就是我最开心的生日了。"

夏彤双手捂住脸，蹲下身来，忍不住失声哭泣着，一直重复着："对不起，对不起……对不起……"

对不起，让你这么难过，真的对不起！

真的对不起！我也觉得好难过……我真的也觉得好难过……

"夏彤，你真的……从来没喜欢过我吗？"曲宁远问出这句话的时候，还是忍不住落泪了。其实，他自己都知道答案，可他还是问了，也许，伤得越深，伤得越痛，才能真的把她忘记吧……

"我……"夏彤死死地闭上眼，最终还是说出了实话，她真的从来也没有喜欢过他。

曲宁远撇过头，不再多说什么，有些狼狈地转身离开。夏彤由始至终都不敢抬眼看他，一直到听见他的车子从她身边开过的声音后，才轻轻抬头，望向他消失的方向，忍不住哭了起来。

站在一边的曲蔚然却似乎并不了解她的郁结，轻轻皱起眉："哭什么呀，有什么好哭的！不许为他哭！"

曲蔚然也蹲下来，用力地将夏彤的脸抬起来，有些气闷地擦着她的眼泪。

夏彤想要把头从他的掌中挪开，可他却按得更紧，气闷的俊颜渐渐显露出茫然："夏彤……"

夏彤含着泪看他，眼神闪着浓浓的怨气。

曲蔚然惊了一下，忽然觉得喉咙似被什么东西堵住，在她怨恨的目光下，说话异常艰辛："你生我气了？"

一直很软弱的夏彤，脸渐渐地浮上一层诡异的轻笑："生气？"

曲蔚然忽然觉得，这样的夏彤好陌生，是他从未遇见也无法掌控的。

"曲蔚然，我问你，刚才在学校门口，你看见曲宁远的车了吗？"夏彤漂亮的眼睛直直地望着曲蔚然。

曲蔚然表情镇定，连眼睛都没有眨一下，淡定地说："没有。"

夏彤许久没有出声，过了一会儿，她站了起来，背对着曲蔚然，深吸一口气，确定地说："你撒谎。"

曲蔚然没有狡辩，站起身来，望着夏彤的背影，伸手想去拉，却被她躲开。

"曲蔚然，你知道吗？有人说，若要报复别人，一定要挖好两个坟墓。一个给自己刻骨铭心恨得发狂的人；一个，要留给自己。"夏彤回过头，轻声问，"你真的要住进自己挖的坟墓里吗？"

曲蔚然拢了下头发，扬起嘴唇，无所谓地轻笑："我不怕，不是有你陪着吗？"

夏彤微愣，一阵无语，最终忍不住咒骂道："你真是个浑蛋。"

"对不起……"曲蔚然上前一步，轻轻地拥住夏彤，低声道歉。对不起，他确实是个浑蛋。

## 第二十二章

### 到底怎样才叫爱

第二天早上，是星期天，从早晨就开始下雨，天空黑得没有一点光亮，就像夏彤的心里一样阴暗得很。阴暗的天气和阴暗的心情影响了夏彤在教室看书的质量，整整一个上午，她连一张英文卷子都没做完。夏彤低下头，强迫自己做了一道阅读理解后，还是觉得心情无比压抑，压抑得直想让她用脑袋撞墙。夏彤走出自习室，站在走廊里面，看着对面图书馆方向发呆，直到肚子传来咕咕的叫声，她才回过神来。

她收拾了桌子上的书本，打着雨伞，漫无目的地往宿舍走。雨不是很大，但是下得好像没有停的意思。夏彤走到宿舍楼拐角的时候，望着前方忽然又发起呆来。昨天晚上，她就是在前面狠狠地伤害了一个喜欢她的人。夏彤呆呆地望着女生宿舍楼下那片空地，过了好久，忽然感觉自己的伞下多了一个人，她麻木地扭头，曲蔚然平静地望着她问："站在这里发什么呆？"

他刚刚从食堂回来，经过女生宿舍的外面，就见她一个人站在雨中发呆。他没有考虑，就直接走了过来。

夏彤转头静静地望着他，干净的大眼里满是茫然，伞边上的雨滴不时地滴落在她的肩头。曲蔚然微微皱眉，将雨伞往夏彤那边推了一些。

"曲蔚然，你说到底怎么样才叫爱呢？"

曲蔚然半垂着眼睛，摇摇头："不知道。"

夏彤轻轻撇了下嘴角，转头望向他："我觉得，所谓的爱，就赋予了一个人名正言顺地伤害另一个人的权利。"

曲蔚然微微皱眉，紧紧地望着夏彤："你想说什么？"

"我也不知道。"夏彤失落地低下头，"我也不知道我在说什么，只是曲蔚然，你说，如果你放下心里的仇恨，我们是不是能过得开心一点？"

曲蔚然沉默了一会儿，轻声说："夏彤，现在说这些已经晚了。"

夏彤不解地看他。

曲蔚然微微笑了下，继续道："我已经无路可退。"

夏彤不懂，什么叫无路可退，曲蔚然像是也不愿多跟她解释了一般，伸手握住她冰冷的手，柔声道："乖，回宿舍发呆吧，外面太冷了。"

夏彤依旧温顺地点点头，撑着兰花点的雨伞往前走，迎面就和刚出女生宿舍的严蕊遇见。严蕊带着惯有的痞笑，瞅着夏彤和曲蔚然两个人："哟，和好啦。"

夏彤不好意思地抓了抓头发，曲蔚然却笑道："从来就没吵过。"

"咦，你还真贱。"严蕊打趣道，"没吵架我们夏彤都气得另投他人怀抱啦？哈哈。"

"我没有。"夏彤喊冤。

严蕊眯着眼笑，刚准备说什么，手机响了，她从口袋掏出最新款的手机按了下接听键："喂，老爸，干吗啊？"

电话里的人说了什么，严蕊无所谓地接口道："我送人了，怎么了？"

"放家里都没人用，我送给朋友不行啊？"严蕊握着电话，语调有些不爽，"我怎么闯祸了，不就送套登山工具吗？至于这么大声骂我吗！"

"什么！保险绳断了？"严蕊瞪大眼，一脸惊讶，"怎么可能会断呢？那套工具从来没人用过啊，不是说是最好的吗？什么垃圾货啊！

那……那曲宁远怎么样了？"

夏彤听到"曲宁远"这三个字的时候就紧张地望着严蕊，但严蕊的表情也很凝重，她握着电话又反复确认了几次，才挂上。夏彤一见她挂了手机，连忙抓住她的衣袖问："怎么了，发生什么事了？"

严蕊有些慌张，表情焦急，眼神内疚，还带着浓浓的悔意。

"到底怎么了呀！你说呀，曲宁远是不是出什么事了？"夏彤急得不行，使劲地摇着严蕊的手臂。

严蕊看了眼面前的夏彤和曲宁远，眼眶微红，用快哭的语调说："我爸说，曲宁远昨天心情不好，大半夜跑去石磷山攀岩，结果……结果绳子断了，他……他……他掉下去了。"

听严蕊说完这句话，夏彤的心一沉，感觉自己的心好像也在黑暗中，猛烈地往下掉，怎么也掉不到底，空落落的，瘆得人发慌。

"你说什么？"夏彤艰难地问。

严蕊使劲地敲了好几下头："都是我不好！都是我要拿家里的那套登山工具送他！都是我不好！"

夏彤有些不敢相信地望着严蕊："你说昨天晚上？"

严蕊点头。

"用的还是我送的工具？"夏彤又问。

严蕊闭了下眼："不是你送的，是我送的。那套限量版的登山工具全国就我们家有。现在曲夫人发疯了，放出话来，要是曲宁远有什么三长两短，一定叫我家不得安宁。你不知道，他妈妈有多可怕，就连我爸都得让她好几分。"

夏彤使劲摇摇头："不是的，是我送的，是我送的礼物，是我害他心情不好，都是我的错，是我害了他。怎么办？他要是有事可怎么办？他千万不能有事啊，千万不能有！"

严蕊想安慰她，可是张开口却说不出什么安慰的语言，她也不希望曲宁远有事，可是事实摆在眼前，石磷山山势陡峭，悬崖峭壁随处可见，爬到山顶更是下临无际，若是人真的掉下去，说不定真的会粉身碎骨。

"我要去找他！现在就去找！"夏彤像是忽然惊醒过来一样，转身就往学校外面跑。

一直站在一边的曲蔚然一把拉住她："你怎么去找啊？现在下着雨，山上路又滑，你去了说不定找不到曲宁远，自己都得跌下去！"

"难道我就什么都不做吗？就在这里等着！要是他死了怎么办？"

曲蔚然的语气有些烦躁："死了也不关你们的事，是他自己发神经要跑去爬山的，出了意外和你们有什么关系！"

"你明明知道是我们的错，为什么还要说这样的话呢！要是他真的有什么意外，你能安心吗！你真的能安心吗，曲蔚然？"夏彤忍不住叫出声。

曲蔚然紧紧地抿住嘴唇，扭开脸，一句话也不说。

夏彤失望地撇过头去，难受地闭上眼睛。

"别吵了！是我的错！那套登山工具是我送他的，谁知道那垃圾玩意儿那么不结实！浑蛋！"

严蕊狠狠地踹了一脚身边的树苗，树枝被震得哗哗作响。

夏彤拉着严蕊的手说："严蕊，我们去找他好不好？即使找不到，也去找找吧，我真的急死了！"

严蕊使劲点头："好！我们去找！找不到也找，天，你不知道我有多后悔把那垃圾玩意儿送给他！"

"我也好后悔，我也好后悔。"夏彤一直重复着这句话。她依稀记得，就在昨天晚上，那个俊雅的男子在接到她礼物时那开心的笑脸，眉眼弯弯的样子，好看极了，就连她这样讨厌他的人都觉得能让他露出这样快乐的笑容真是太好了。

可就是这样一个礼物，一个她认为给他带来快乐的礼物，居然成了他的催命符……

天哪！求求你，求求你一定要保佑他，千万不要让他出事。你一定不知道，他是多么善良温和的男子，求求你，保佑他，求求你！

夏彤双手合十，紧紧地贴在额头旁，她现在能做的，只有祈祷而已，一直一直不停地向上天祈祷。

夏彤真的好怕，昨晚那伤心的背影，是曲宁远留给她最后的影像了。

严蕊打了电话让家里派车送她们去石磷山。车子还没来，两个女孩坐在女生宿舍的阶梯口，呆呆地张望着。曲蔚然半靠着墙，低着头站在一边，严蕊揽着夏彤，无声地安慰着。

夏彤使劲地点头，使劲地强迫自己相信严蕊的话，不会有事的，不会。

过了一会儿，黑色的私家小轿车来了，严蕊拉着夏彤坐进后座，刚关上门，就见副驾驶座的门被打开，曲蔚然坐了进来，闷声说了句："我陪你们去。"

夏彤感激地看着他的背影，可曲蔚然却没有回头，心事重重地靠在椅背上，双眼笔直地望向窗外。

一路上，车子里没有人说话，沉闷压抑的气氛让夏彤格外紧张担心，她紧紧地抱住身边的严蕊，试图从她身上取得一些温暖与镇定，可她却发现，严蕊的身体也在微微地发颤，夏彤忽然恍悟，她抱着的这个女孩，有一颗比她还善良正直的心，她现在心里一定翻江倒海一般自责着，却总是分出神来安慰她。

夏彤抱住她的手更加用力了，小声地在她耳边呢喃："没事的，不是严蕊的错，不是严蕊的错。"

车子开了两个多小时才停下来，到山脚下的时候，天已经完全黑了，开车的司机很不放心地说："小姐，已经五点多了，这天快黑了，您还是不要进山了。"

严蕊完全不听劝："我都来了还啰咳什么，你要是担心我，就和我一起找。"

"严省长和曲家已经派了很多人来找了……"

"闭嘴，我就要自己找！不愿意跟来就在车里休息吧！"严蕊说完就直接下了车，夏彤和曲蔚然也跟着下车。

"小姐，我陪您一起去。"司机锁好车，连忙追上严蕊，生怕这位大

225

小姐出点意外。

　　四人一起上了山，在山脚下遇见一个当地的山民，那老大爷说失足的少年应该是从天凌峰掉下去的，山上现在有好多人在那边找。

　　司机叔叔请大爷给他们带个路，大爷拒绝了一阵，就被严蕊掏出的一张张红色钞票收买了，他开心地挑着扁担步步生风地走在前面。

　　老大爷山道很熟，抄小路走着，不到一小时就带他们来到天凌峰底部，指着高高的山峰说："这就是天凌峰，人要是掉下来，准跌在这一片，要不就给山上的树给挡着了。"

　　严蕊脸色苍白地望着高耸入云的山峰，壁陡峭，怪石林立，一看就知道危险重重，若掉下来，定是九死一生，她真弄不懂，为什么曲宁远这样的贵公子喜欢这种要人命的运动呢？

　　"真要命！"严蕊忍不住低咒一声道，"开始找吧，我和吴叔从左边找，夏彤你和曲蔚然从右边开始找。"

　　夏彤使劲地点点头，四人分成两队开始了漫长的搜索，夏彤找得很仔细，从平地，到山坳，到悬崖上的峭壁和树木，她每个都要换不同的角度看好几次，确认上面没有人。曲蔚然也在找，每次碰到夏彤怎么换角度也看不清的石壁时，他就会徒手往上爬一段，然后找到能看见的位置，再确认没有后对夏彤摇头。因为刚下过雨的关系，曲蔚然每次往上爬都很危险，好几次脚一滑就差点掉下来，幸好他总是能手疾眼快地抓住旁边的树木。夏彤心惊胆战地看着，他们找了很久，有时还能遇见其他搜救的人员，可是天渐渐黑了，依然没有人找到曲宁远。

　　夏彤在山峰下转了半圈，遇到了和她反方向的严蕊，两人对看一眼，难过地摇摇头。司机又一次劝严蕊放弃，让她回去，可严蕊却恼火地说：活要见人，死要见尸，什么都没见到之前，她是不会走的。

　　司机无奈地借来手电筒，四人又开始找，没有专业设备晚上爬山找还是很危险的，山崖上只能交给曲家找来的搜救队去找了，这次他们以天凌峰为中心点，扩散开来找。

天色越来越黑，入了夜的山安静得可怕，也冷得可怕，夏彤打着手电筒跟在曲蔚然后面到处找着，因为她找得仔细，走得也慢，总是一不注意曲蔚然就走出好远了，这时她就害怕得不得了，总觉得那个背影会丢下她，将她丢在这个黑暗可怕的山坳里。

"曲蔚然！"夏彤总是这样大声叫他的名字，以此减轻心中的恐慌，这时他会停下来，回过头等她，她就飞快地跑过去，手电筒的光线因为跑动而摇晃起来，眼前的世界都变得摇摇晃晃起来。

"和你说了多少遍了！别跑！小心——"曲蔚然的话还没说完，夏彤脚下一滑，整个人从狭窄的山路上滚了下去，曲蔚然一脸惊恐地叫，"夏彤——"

曲蔚然连忙跑过去，手电筒往夏彤摔落的地方照了一下，就跟着跳了下去。

还好夏彤摔落的地方不是太高，虽然摔得有点晕，不过并没有大碍。曲蔚然认真地检查了夏彤，确定她没有摔伤后，瞪着她大声骂道："你猪啊，叫你别跑你还跑，再往前掉一些，就是水潭！掉下去怎么办！"

夏彤的运气十分好，从山路上掉下来，正好落在水潭上方的巨石上，再往前不到一米就是深不见底的水潭。

夏彤看了一眼前面的水潭，很是后怕，吓得话都说不出来，只是全身哆嗦地死死抓住曲蔚然的衣袖，一脸害怕。

曲蔚然看她吓成这样，也不忍心再骂，扶着她站起来，轻声问："能走吗？"

夏彤走了两步，点点头："能。"

"真的能？"曲蔚然很怕她逞强。

"嗯，真的没事！"夏彤甩了甩手臂，望了眼摔下来的山路，其实并不高，一米都不到，连她的手电筒都没跌坏，正在不远处的草堆里发光。夏彤走过去捡起来，手电筒的光线照得很远，她的目光不经意地顺着手电筒的光线走着，本来随意地一照，忽然有什么吸引住她的目光。她怔了怔，一步步走过去，随着她的脚步近了，手电筒的光线越发明亮，草地里的东西也越发清楚。她缓缓地伸出手，捡起一片红色叶子一样的东西……

"怎么了？"曲蔚然走过来问。

夏彤像是没听见一般，继续往前走了走，又捡到一片红色的叶子，然后她拨开山坳尽头的树枝与杂草，那下面有一个极其隐秘的山坳，曲蔚然也走过来，手电筒的光线打向山坳深处，受伤昏迷的曲宁远赫然出现在他眼前。

"找到他了……"夏彤有些不敢相信地惊叹道。

曲蔚然看了眼四周，这个山坳，从上面看正好被岩石挡住，从平面看，又被树木杂草挡住，要不是夏彤拨开树枝，一定不会有人发现他在这。这时他才看出，夏彤捡起的红色"树叶"，竟然是一只只手工叠成的千纸鹤。

是她送的吗？所以只看一眼就知道他在这里。是什么时候送的，为什么送，她喜欢上他了，对他心动了？不！他不允许！绝对不允许她被人抢走！绝对！

夏彤伸出有些颤抖的手，在曲宁远鼻子上一探，有呼吸！虽然微弱，却还活着！夏彤激动地望着曲蔚然说："他还活着！还活着！"

曲蔚然没说话，只是怔怔地看着夏彤跪在曲宁远身边，伸手想碰他，又不敢碰，小声哭着叫他："曲宁远，曲宁远……你醒醒，曲宁远……"

那小心翼翼又心疼万分的样子，像极了小时候他受伤时她叫他的样子。他看见昏迷中的曲宁远像是听到她的呼唤，万分困难地醒过来，他连眼睛都没睁开，就用虚弱的声音叫："夏彤……夏彤……"

也许，他知道他身边的人是她；也许，他只是单纯地想念她。

夏彤听到他的呼喊，心都疼了，她一把抓住他的手道："是我，是我，你别怕，我这就去找人救你，你坚持住。"

"夏彤……夏彤……"曲宁远还是这样叫她的名字。

曲蔚然冷冷地看着，双手不由自主地紧紧握起，他漂亮的丹凤眼里一片黑暗，黑得连一丝光亮也看不见。他轻轻地走下山坳，望着夏彤说："你去找人来，我在这里照顾他。"

夏彤想也没想就点头说好，拿起手电筒就爬上山路往山上跑，山上有很多搜救队员，只要跑过去叫他们，曲宁远就有救了。夏彤忘记了所有的疼痛，一个劲地往山上跑。她放下了心里的大石，双脚都变得轻了起来，她跑着跑着忽然停了下来……

不知道为什么，鬼使神差一般，她悄悄地往回走，她的心慌慌地、扑通扑通地直跳，她的步子很轻，尽量连一点声音也不发出来。她走到刚才的山路上，探出头往下看，只见曲蔚然拖着曲宁远一步一步地往山坳的边缘走，那边，是深不见底的水潭……

而现在，正是寒冬腊月。

曲蔚然的眼神黝黑，神情淡漠，他一点点、一点点地将曲宁远往那边拖，像死神一般，缓缓地挥舞死亡的镰刀，将曲宁远送往地狱……

"原来你真的想杀了他？"夏彤的声音在山间的泉水声中褪去了往日里的温和与柔弱，带着一丝理智与清冷。她一脸失望地望着曲蔚然，眼神里充满悲悯与不敢相信。只是一闪而过的猜测，却没想到真的给她猜中了。她多么希望自己再笨一些，再笨一些就好了。

曲蔚然停住脚步回过身去，寒冷的山风将他的头发吹乱，他就那样站在巨大的岩石上，仰着头望着夏彤，漆黑的双眸中没有被撞破的惊慌与躲闪，他甚至有些淡然地面对她，不说也不辩解。

两人就这样对看着，曲蔚然没动，夏彤跳下山坳，站在离曲蔚然不远的岩石上，风吹起她的长发，夏彤忽然想通为什么那么坚固的登山保险绳会突然断掉，为什么一向讨厌曲宁远的他会主动提出上山来找他，原来，从一开始，他的目的就不是报复，而是杀了他吗？

"你真的就这么恨他吗？"

"对。"

"如果我求你，你可不可以住手？"

曲蔚然缓缓摇了摇头："不行，从我那天在你宿舍割断你送给他的登山工具时，就已经没办法住手了。"

"可是！"夏彤因为他的拒绝，再也镇定不了了，她激动地叫起来，"可是，你这样做了之后，你会安心吗？自从杀了疯子后，你明明每天都在做噩梦，你明明没有一天是开心的，为什么你不能忘记这些？为什么你一定要加重自己的罪孽，染红自己的双手呢？你明明说过，你想当个好孩子的啊！"

曲蔚然认真地听着，听她说完，一如既往地笑了，微微扯起的嘴角带着淡淡的惨淡和自暴自弃。他点点头说："对，我说过我想当个好孩子，可我也说过，我心里，住着一个恶魔！"曲蔚然顿了顿，捂着头痛苦地说，"它每天啃噬着我的理智，撕扯着我的心灵，逼得我发狂、发疯！我要压制住这个恶魔，只能变得比它更恶，我要想不在梦到疯子，我就要再杀一个人，反正我满身罪孽，一身污垢。你知道吗，比起杀死他，我更希望，有人来杀了我。"

夏彤心疼地看着他，她一直知道他很痛苦，却没想到，他已经被心中的恶魔折磨得不想再活下去，杀人或者被杀，在他眼里已经没什么区别，他想要的只是解脱。

夏彤哽咽地说："曲蔚然……收手吧，再怎么说他也是你的哥哥，你别再被仇恨蒙蔽双眼了，再这样下去，你只会活得更痛苦。"

"哥哥，他也算是哥哥？"曲蔚然疯狂地大笑，"他要是我哥，就不会在享受金钱、地位、权力、父爱的时候却想着让我一无所有！我不想再认命！不想再任人宰割，那些原本属于我的，我都要得到！而他就是我争抢这些的最大阻碍，也是我仇恨的根源，逼疯我的罪魁祸首！所以……"曲蔚然用力将曲宁远拽起来，向下推去……

夏彤看出他真的是要杀他，连忙大声叫道："别！别这样！你要是把他推下去，那我也跳下去！"

　　曲蔚然停止动作，回头望着她："你说什么？你要跟他去死？"满眼山雨欲来的愤怒。

　　夏彤直视他的眼睛，缓缓地点头。

　　曲蔚然垂下头，用低沉阴冷的声音压抑住疯狂的愤怒与嫉妒："你以为我会在乎？"

　　你以为我会在乎？

　　是啊，自己的生或死，他会在乎吗？从来，只有她害怕他丢下她、不要她，只有她一直跟着他说喜欢他、爱他，想要保护他，可他呢……

　　他只是接受她的给予，却从未说过"曲蔚然爱夏彤，像夏彤爱曲蔚然一样爱她，像夏彤离不开曲蔚然一样离不开她"。

　　他从未说过……

　　夏彤愣住，她忽然没有把握，没有把握他会在乎她，在乎她的生死，在乎她的感情。可即使这样，夏彤还是固执地望着他，她不相信，不相信曲蔚然真的一点也不在乎，于是她说："你在乎，你在乎我。"

　　"夏彤，我对你说过的，不要当傻女人。"曲蔚然说完，不再犹豫，用力将曲宁远拉起来，像是慢动作一般，将他一点一点地推下寒潭，"可你总是在当。"

　　这一次夏彤没有叫，也没有像以往那样傻愣着，她猛地跳了起来，迎着风，飞扑过去，一把拉住曲宁远的手臂，闭上眼睛，跟着他，一起往下坠落。可刚往下掉落一些，身子就被人猛地抱住，那人力气很大，像一只受伤的孤狼一般大吼，用力地想将她拉上去，可却挡不住坠落之势，跟着一起掉了下去。

　　三个人一起跌进寒潭中，溅起一片水花，刺骨的泉水从四面八方涌来，夏彤冷得张大嘴想尖叫，泉水从口鼻直往肺里灌，可怕的窒息感随之而来，越是透不过气来越是想呼吸。她张大嘴，却只能将冰冷的泉水灌进肺里。夏彤本能地挣扎着往上游，可身上的棉衣浸了水，像是厚重的石头绑在身上一样拉着她加速下沉。慌乱间她能感觉到一股力量，从她的脖颈处绕过，用力带着她往上游，可那人力气终究小了，拉不动两个人的重量，游一会儿又停歇了，往下掉一些。

夏彤睁开眼睛，看见曲蔚然痛苦地憋着气，成串的泡泡从他嘴里冒出，夏彤的意识渐渐游离。她抬手无力地握住曲蔚然环在她脖间的手，很想将他拉开，很想告诉他：算了吧……

算了吧曲蔚然，别救她了。

如果，这是你想做的事，即使是杀人，我也会帮你的……

只是，我没办法原谅我自己，所以，请你让我陪着曲宁远一起死吧，我现在只想陪着他一起死。

可是，曲蔚然不让她如愿，他总是那么霸道，他的意志力强大到令人震惊。他硬是咬着牙，用尽力气，将夏彤和曲宁远拖上了岸，夏彤扶着岸边使劲咳嗽着，咳得将肺里的水全呕了出来，她的全身像是快要散架一般，眼前闪着一片一片的白光，整个人昏天暗地地恶心，她贪婪地呼吸着冰冷的空气，还未体会死里逃生的感觉，身子就被人紧紧抓住，拎了起来！她听见曲蔚然用暴怒的声音在她耳边叫："你居然真的跳下去！你真的为他跳下去！你爱上他了！你爱上他了！"

夏彤晕得连眼睛都睁不开，想解释，可胃里泛出的酸水让她不停地呕吐。曲蔚然忽然将她甩开，整个人压了上去，紧接着双手紧紧地掐住她的脖子："连你也背叛我！连你也不要我！"

夏彤费力地睁开眼睛，看着曲蔚然，少年俊美的面颊上只剩下了深深的愤怒和极度扭曲的疯狂："你想死？想和他一起死？你不是说过你只为我活着吗？你现在却要为他死！你这个骗子，骗子！"

曲蔚然掐着夏彤的脖子，用近乎疯狂的声音吼："你居然爱上他了！你居然爱上他了！不可以！不可以！"

夏彤只觉得他真的想掐死她，他的双手将她的脖子掐得快断了，她完全透不过气来，大脑的缺氧让她奋力地挣扎起来，可她的力气却没有他大，挣扎也只是徒然。

就在夏彤以为自己要死了的时候，曲蔚然居然放开了双手。夏彤跌倒在地上，大口大口地喘气，睁大眼睛惊恐地看着他，而曲蔚然也正紧紧地看着她，漂亮的眼睛通红通红的，有什么晶莹的东西在里面打转。他轻轻对着她伸出手，可她却第一次害怕地后退。他眼圈里闪亮的泪光终于滑落，她看见他一脸哀伤地望着她，哭着说："夏彤，不要抛弃我，不要抛弃我……你是我唯一拥有的了……"

夏彤震惊得说不出话来，一连串的变故让她昏了过去。当天旋地转的那一刻，她想，她刚才一定是做梦了，在梦中，她看见曲蔚然哭了，在梦中她听见曲蔚然那么害怕那么害怕地说……不要抛弃我。

啊，不，不，即使做梦，也不会梦见曲蔚然说这样的话的……

从小到大，害怕被抛弃的人，一直是她啊。

## 第二十三章

### 突如其来的醒悟

　　夏彤再次醒来的时候，已经躺在医院里了，灰白的天花板映入眼帘，让她有一种恍如隔世的感觉，她失神了半晌，听到有人在叫她的名字，可是她的思想无法集中，听不出谁在叫她。过了好一会儿感觉有人走过来，扒开她的眼皮，一道刺眼的强光照进来，她的瞳孔猛然放大，光线消失了，眼皮也被人放开。

　　一个温和的声音说："她还没完全清醒，让她缓一缓。"

　　那人应该是医生吧，夏彤听见他离开的脚步声，忽然感觉到右手被人紧紧握住，握她手的人似乎在微微发颤，像是在极度害怕着什么。

　　夏彤就这样睁着双眼，思维空白地望着雪白的天花板，她的耳朵能听见，眼睛能看见，可就是无法将这些看见的、听见的传达到大脑，然后对外界做出反应。

　　她听见病房的门又被打开，这次走进来的人脚步很重，那人很快出现在她眼前，脸上露出担心的神色，她小声叫她："夏彤，夏彤。"

　　她叫了几声，得不到夏彤的回音，有些恼怒地推了一下一直握着夏彤手的人："她怎么回事，为什么明明睁着眼睛却不说话，是不是被泉水淹出问题了？你们三个在山上到底发生了什么事？为什么我只离开一下，你就把她弄成这样！"

"你说话啊！你现在装什么逼呢！"

"靠！"严蕊生气地在床边坐下，也安静了下来。

又过了很久，夏彤终于觉得自己好像能动了，她先轻轻动了下手指，握住她的人立刻站了起来，紧张又充满期望地望着她："夏彤……"

夏彤又动了动手指，勉强地扯了扯嘴角，张开嘴，却什么声音也发不出来，只觉得喉咙疼得要命，疼痛夹杂着瘙痒让她猛烈地咳嗽起来，一咳喉咙就更是疼得难忍。曲蔚然将她半抱起来，轻轻地拍着她的背，严蕊端来温水让夏彤喝一些润润喉咙，一口水下去之后，不但没有舒服多少，夏彤还呕吐了出来，难闻的酸味瞬间充满病房。

过了好一阵，夏彤才喘过气来，虚弱地靠在床头。曲蔚然将她的被子掀起，换了一床干净的盖在她身上，抬手将她杂乱的长发理了理，低声问："舒服点了吗？"

夏彤无力地点点头。

曲蔚然的手又牵紧了她的手，长长地松了一口气。

"夏彤，你怎么会掉到水潭的？你脖子上的伤痕是怎么回事？"严蕊见夏彤醒了，立刻将自己的疑惑问了出来。

夏彤望了眼曲蔚然，抿了抿嘴唇说："我也不清楚是怎么回事……"

"真的不清楚吗？"严蕊半眯着眼睛，生气地盯着她看，这家伙一撒谎眼睛都不敢看她。

"嗯。"

"是我。"一直安静的曲蔚然忽然出声说，"是我害的。"

严蕊眼神一抬，一副早就猜到的样子。

"不是，不是你害的。"夏彤极力为曲蔚然辩解，"和他没关系，是我看见曲宁远掉下水了，找才……"

"够了。"严蕊打断她，她不想听她为了维护他而撒谎！严蕊站起身来，低声道，"你啊，迟早有一天被他害死！"说完便赌气地走出病房。

严蕊知道，他们俩的世界，谁也插不进去，不管曲蔚然怎么对待夏彤，夏彤也不会说他一句不好。哼，她自己都不上心，她又为她争辩什么呢？

"她生气了。"夏彤看着严蕊的背影，难过地说，"我又惹她生气了。"

"没事的，她不会气太久的。"曲蔚然安慰道。

夏彤点点头，没说话。

曲蔚然也没说话，只是默默地看着她，夏彤被他看得心里发慌，低下头来，习惯性地想绞手指，却发现自己的左手一直被曲蔚然紧紧握着。

夏彤忽然想起来什么，睁大眼望着他问："曲宁远怎么样了？你不会……不会……"还是杀了他吧？后半句夏彤始终没有勇气问出口，她太害怕听到肯定的答案。

"没有，我没再动他了。"

夏彤听到这样的回答，松了一口气下来："那他人呢？"

"在隔壁病房，已经脱离危险了。"

夏彤点头，连声道："那就好，那就好。"

曲蔚然轻轻抬手，抚上夏彤脖子上的伤口："很疼吧？"

夏彤瞬间回忆起那痛苦的窒息感，像触电一般，猛地向后一缩，惊恐地看着曲蔚然。

"对不起。"曲蔚然紧紧闭上眼睛，将脸埋在夏彤和他交叠的手上，"对不起，对不起，对不起……我当时一定是疯了，我一定是疯了，我怎么忍心伤害你，我一定是疯了……可是夏彤，当我知道你要离开我的时候，我真的疯了，疯狂地想毁灭一切，包括你，包括我自己，这样，就谁都不能抢走你。可是当你的气息在我手中一点点变得微弱，我又害怕了，我害怕如果连你也不在了，那这世上还有谁可以陪着我？"

曲蔚然用他那双迷人的眼睛，紧紧地望着夏彤："夏彤，你知道吗？直到那一刻我才懂得，这世界对于我来说，什么都不重要，仇恨、嫉妒、金钱、权力，这些全是虚幻的，与我，一点关系都没有，你才是我最在乎、最重要的人，为什么，为什么我会傻得用自己最后拥有的东西去复仇？夏彤，你能原谅我吗？原谅那被仇恨蒙蔽双眼的我吗？"

曲蔚然紧张地看着眼前的女孩，他多么害怕他已经将她的感情、耐心全部挥霍干净了，怕她心灰意冷，怕她再也不会邀请他去住她十年后的家。

她一定不知道，当年，当她说出那傻话的时候，自己是多么开心，自己是多么希望十年快点过去，他们都能快点长大，这样，他就能拥有、拥有一个永远爱他、永远不会伤害他的家人了。

为什么他忘了，为什么他将这么美好的约定都忘记了？

为什么他这么傻？那明明是他最向往的地方，可却向着它相反的方向越走越远……

夏彤望着他，久久不能言语，她从不知道，自己在曲蔚然的心中居然有着如此重要的地位，她从来都不知道，原来，她最在乎的人，也最在乎她。

她忽然觉得自己很幸福，自己一点也不是一个苦孩子，上天虽然什么也没给她，却给了她一份最好的礼物，一个满身仇恨、尖锐、叛离却依然完美如玉的少年，这个少年和她一样，什么都不在乎，什么都不想要，只想紧紧地拥着眼前的人，护住那属于自己的一点点温暖。

夏彤张开双手，一把抱住曲蔚然，哭着说："笨蛋，我终于能骂你一次笨蛋了，我怎么可能会怪你？不管你对我做什么，我永远都不会怪你的。"

"傻瓜！"曲蔚然也紧紧地抱着夏彤，感动地骂着她，"你还是这么傻，傻得可以，完全受不了你。"

被仇恨与嫉妒折磨了三年之久的曲蔚然，在这一刻终于想通了，他不想再报仇，也不想再争了，他只想握住他手心中这点幸福，好好地活。

有些事，要得到，就必须学会先放下。


夏彤在医院住了两天就康复了，她出院之前去看了曲宁远，他的右臂跌断了，打着石膏用绷带挂了起来，样子有些不雅观。夏彤去的时候他正心不在焉地半躺在床上看电视，电视机里正放着武侠片，男主角和一群小配角打得热闹，刀剑碰撞的声音乒乒乓乓地在病房里回荡着。

曲宁远见夏彤进来，带着瘀伤的俊脸上，露出开心的神采。夏彤望着他，笑得有些勉强，对于曲宁远，自己有好多内疚，欠他的债估计这辈子都还不完了。

夏彤坐在病床边为曲宁远削了一个苹果，切成一片一片递给他吃，可他却吃得很少，直叫她吃，她也不客气，小口小口地啃着苹果皮，直说皮里营养价值高，她喜欢吃。曲宁远拿她没办法，只能看着她吃着长长的苹果皮。他们聊了很多，有学校里的事、家里的事、从前的事、以后的事，絮絮叨叨像一对老朋友一般聊了一下午。

夏彤到最后走的时候，也没有说曲蔚然的事，她不敢对曲宁远坦白，即使她知道曲蔚然狠狠地伤害了曲宁远，却不敢告诉他一个字。她怕，怕曲蔚然会遭到报复，哪怕那报复是他罪有应得的，她也不想、不愿他受到一点点伤害，这就是她的爱，自私得可怕，丑陋得让自己都鄙视，可是她没办法，一点办法也没有，她只想保护曲蔚然。

夏彤走出曲宁远的病房后，靠在墙壁上，紧紧地咬着嘴唇，双眼通红地告诉自己不要哭，像她这样的女孩不配哭，内疚、自责，这些都太矫情了，她根本不配说这些。她就是一个小人，自私的小人，明明害了人家，还装出一副好人的样子，接受别人的谢意。她真卑鄙啊，真卑鄙。

夕阳已经缓缓沉下，天色已经黑了，病房里，曲宁远双眼出神地依然望着电视，电视机里的光亮在病房里闪烁着。他缓缓垂下眼，打开一直握着的手，一只红色的千纸鹤安静地躺在那里，他盯着它出神，不知在想些什么，过了好久，闭上眼，轻声叹息。


夏彤回到学校，算算日子居然只剩下一个多月就要高考了，她望着一堆堆的教科书慌了神，她最近都没有好好学习啊。

"这可怎么办，要高考了，我都没复习。呜呜呜！"夏彤抱着课本不知道是先复习语文好还是先复习英语好，数学她也很弱啊，化学、生物、物理也不强啊！她应该先复习哪一门呢，"天哪，怎么办啊！"

严蕊嚼着泡泡糖说："有什么呀，我巴不得明天就高考。"

"你这么有自信？"夏彤抬头问。

"早死早超生，反正即使推后一个月考，我也是不会看书的，不如明天就考，后天就放假！"严蕊说着便开心起来，"哎，高三暑假没作业哎，我们出去旅行吧！去云南怎么样，还是西藏？"

"你你……你真是死猪不怕开水烫。"夏彤指着她说，"快点复习啦！"

严蕊还是那副吊儿郎当的样子："现在复习也来不及了，所谓大考大玩，小考小玩！别紧张嘛，陪爷出去溜达溜达，爷请你吃哈根达斯怎么样？"

"不去，我要看书。"夏彤挣扎了半晌，还是先打开了数学课本，拿起纸笔开始做习题了。

"哎，真没劲。"严蕊单手撑着桌子，一脸了无生趣。


夏彤计算了日子，制订了一份严格的复习计划表，强项语文、英语只在早上和晚上各花一个小时看一遍高一到高三的教科书；数学是弱项，必须一章章复习；理综占分大复习的量也大，并且很散，夏彤找了很多高考测试卷子来做，每天做一章，错的题目就重点复习。

一个月很快就过去了，最后一个星期老师在讲台上宣布，让大家回家复习。夏彤从题海文山里抬起头呼一口气，心底莫名升起几丝烦躁，厌倦漫上眉梢。

居然只剩一个星期了，她还有好多书没看呢。

"好了，别看了。"一道清亮的声音在耳边响起。

夏彤抬眼望去，曲蔚然抬手拨弄了下刘海，轻笑地望着她说："回家吧。"

夏彤疲倦的脸上露出一丝笑意："嗯。"

"你宿舍的东西是现在收拾带回去，还是考完试再收拾？"

"考完试再带吧，我装几本书带回去看。"

"那你快点，我在楼下等你。"

"嗯。"夏彤点点头，欢快得像小兔子一样跑进女生宿舍，没一会儿就背了一个大大的蓝色书包出来，跑到曲蔚然面前，"走吧，回去了。"

曲蔚然抬手，将她落在耳边的碎发捋到耳后："跑这么快，也不怕跌着。"

"呵呵。"夏彤傻笑着摸了摸鼻子。

"走吧。"曲蔚然拖过自行车，先骑了上去，夏彤轻车熟路地跳上后座。6月的天气有些微微的热，却并不躁人。夏彤扶着曲蔚然的腰，抬头望着从树荫中穿落的阳光，微微地眯起眼睛，侧着头靠在曲蔚然有些单薄却又很结实的后背上。曲蔚然感觉到了她的靠近，后背上暖暖的温度，让他觉得很安心，他轻轻扬起嘴角，露出一个久违的笑容，这笑容发自内心，没有一丝勉强，一丝假装。

最后的一个星期，夏彤没有回家，她住到了曲蔚然家里，那个曾经死过两个人的房子。曲蔚然打开房门时，厚重的灰尘味扑面而来，夏彤往里面一看，皱了皱眉："你多久没回来住了？"

曲蔚然望着屋子，不自觉地握紧双手，轻声说："很久吧。"

夏彤望了曲蔚然一眼，知道他其实并不想回到这里，可是除了这个房子，他又能上哪去呢？夏彤深吸一口气，扬起笑容说："我们把这里打扫干净吧，以后，这就是我们两个人的家了。"

"虽然，这里有很多不好的回忆，不过，我不介意。"夏彤笑了笑，转身握紧曲蔚然的手，坚定地看着他，"因为我相信，从今以后，这里只有快乐，只有幸福，对不对？"

"对。"曲蔚然摸摸她的脑袋，一脸疼爱。其实她不必这样鼓励他的，他早就已经振作了，以后，他会成为她的顶梁柱，成为她的依靠，会像她爱他那样去好好爱着她。

夏彤，我会用我的双手，给你最大的幸福。

对旧房间的打扫有些费劲，但是两人都鼓足了干劲，将房子里里外外打扫了一遍，连家具都搬到外面，接上自来水管，用水冲洗了一遍，窗户更是用水冲得亮晶晶的，房间里用不到的东西全部丢弃掉。曲蔚然养父和母亲的物品全部放进箱子里，用大大的南京锁锁住，然后放在储藏柜最深的地方。

夏彤偷偷地回到自己家，抱来一个大盒子，盒子打开，是一盒子五颜六色的千纸鹤，这些都是她在家无聊的时候叠的，叠了很多很多，都攒在盒子里。夏彤把它们用彩带一只一只串起来，挂在窗户上，在彩带的最下面系上一只金色的铃铛，一整排挂过去，像纸鹤窗帘一样。夏彤做完这一切，高兴地大声问："曲蔚然，你看这个，漂亮吧？"

曲蔚然正拿着水管冲洗家具，听到她的声音回过头去，只见夏彤站在窗台上，一手扶着窗沿，一手摇晃着千纸鹤窗帘，裙尾飘飘，面如春花，巧笑嫣然。

曲蔚然怔了怔，有些看呆了，晚风吹过，千纸鹤下的铃铛轻声作响，悦耳的声音将他惊醒，他挑挑眉，眯着眼睛笑道："嗯，很漂亮。"

夏彤开心地笑了，漂亮的大眼睛也学着他的样子眯成弯弯的月牙儿。

接下来地一周，夏彤和曲蔚然都在千纸鹤窗帘下很认真地复习着功课，两人面对面，中间放了很高的书墙，一本一本地看着，累了就抬起头看一眼对方，然后又像是得到力量一般继续用功。千纸鹤在他们身边轻轻飘荡，铃声阵阵传入耳朵，让他们的心都变得宁静。

这时的夏彤，脑海里清楚地出现了十年后的景象，那时的他们，有一个比现在还干净漂亮的房子。房子不大，家具都用暖色的漆，橙色的沙发，一模一样的卡通情侣杯和拖鞋，暖暖的阳光下，她和曲蔚然还和现在这样，面对面，坐在满是她叠的千纸鹤风铃窗帘下，温馨地度过每一天，在平凡和温馨浪漫之下，一天天慢慢变老。

七天，一闪而过，恍然如一梦，高考如期而至。早上出门的时候天气特别好，曲蔚然骑着自行车带着夏彤来到考场，互相说了声加油后，便走了进去。中午吃完饭，忽然落了一阵雨，将有些闷热的天气变得凉爽无比，这样凉爽的天气一直持续到高考结束。

夏彤觉得自己这届考生太幸福了，天公作美，卷子也不难，再考不好，真是说不过去啊。

出了考场，曲蔚然早早地已经在教学楼下等她，见她出来便笑着迎了上去："考得怎么样？"

"还不错吧，你呢？"

"嗯，也还好。"

两人出了学校，校门口很多家长在等着自己的孩子。曲蔚然和夏彤一点也不难过没人来接，因为，最需要的人，已经陪着自己考了呀。


三天后，高考成绩出来了，曲蔚然以744的理科成绩考了全省第一，毫无疑问，全国最好的大学随他挑。

夏彤只考了562分，虽然不能和曲蔚然比，但是却比严蕊高出了100分。严蕊却觉得自己特别占便宜，她开心地说："看吧，我一天到晚不学习，也就比你少100分而已，我要是和你一样努力，那曲蔚然就是全省第二名。"

"是是是，你最天才。"夏彤才不和她争呢，曲蔚然考了第一，她可高兴了，比她自己的成绩还让她高兴。

看吧，看吧，曲蔚然永远是最优秀的，即使被蒙了尘，只要轻轻擦拭，就能散发出最耀眼的光芒。

"我觉得，我们应该去庆祝庆祝！"严蕊提议道。

"好啊，好啊。"夏彤使劲点头，"我们上街大吃一顿吧。"

严蕊然取笑道："你就知道吃。"

"呜呜……"夏彤嘟起嘴，"那你说怎么庆祝呢？"

严蕊笑，露出闪亮的白牙："多吃几顿。"

"好！"夏彤使劲点头同意，只要是吃，吃多少顿她都不嫌多。

"呵呵呵。"曲蔚然忍不住笑了起来,食指轻轻抵着鼻梁笑,镜片下的双眸闪着绚丽的光彩。

严蕊诧异地望着他,忽然觉得这家伙一身戾气好像消失不见了似的,整个人变得温和而干净了。

"哎呀呀,你小子变帅了。"严蕊毫不吝啬地夸赞。

"谢谢。"曲蔚然优雅地微笑着,"不过,我们还是明天再庆祝吧。"

"为什么?"严蕊问。

曲蔚然望着夏彤说:"明天是夏彤十八岁生日啊。"

"啊,对耶。"严蕊忽然想起来,"明天是6月12号,考试都考糊涂了。"

"你还记得我生日啊。"

曲蔚然笑:"我有不记得过吗?"

两人相视而笑,严蕊走过来一把揽住夏彤的肩膀道:"好,那就明天庆祝吧,一会儿我去给你订个大大的蛋糕。"

"嗯!"夏彤眯着眼笑使劲点头。

三人约定好了时间地点,便在学校门口分手了。

严蕊对夏彤摆摆手,笑着喊:"明天见了。"

"嗯,明天见!"夏彤坐在曲蔚然的自行车后座上,向她挥着手,一脸幸福的笑容。

严蕊转身,钻进自家的小轿车,报了曲宁远家的地址,便靠在座位上睡觉。昨天晚上通宵打了一个晚上的游戏,现在有些困了,听爸爸说曲宁远明天就要出国了,相识一场,去和他道个别还是应该的。她有想过叫夏彤一起去,可考虑了下还是算了,估计夏彤也不是很想见他,挺尴尬的。

严蕊闭着眼睛打了个哈欠,头一点一点地睡了会儿,没一会儿司机就停下车说到了。严蕊抓了抓凌乱的短发,打开车门下去,伸了个懒腰,睡眼蒙眬地望着眼前的豪华别墅,心里嘀咕道:真有钱啊!

她双手插进口袋，往前走了一段路忽然想起自己准备送给曲宁远的礼物没拿，想也没想直接掉头。刚走了一步正好撞上后面走来的中年男人，严蕊被撞得往后退了一步，脚后跟绊在阶梯上，一屁股坐在地上。严蕊恼怒地抬眼瞪去，只见一名三十左右的男子正弯腰捡起掉落在地上的牛皮纸袋。男人很瘦，穿着黑色的T恤就显得更瘦，他戴着大大的蛤蟆墨镜遮住了大半个长脸，尖尖的鹰钩鼻子让人觉得有点像是整容失败的产品。男人捡完东西站了起来，目不斜视地从严蕊身边走过，按了门铃，进了曲宁远家的别墅。

　　严蕊也不是小气的人，跌了一下也不觉得疼，站起身来拍拍屁股上的灰尘，跑进轿车里，拿了礼物，跑进去找了曲宁远。说了一会儿话以后，从他房间里拿了很多他用不到的书和零食搬回车里。曲宁远礼貌地送她出门，看着她兴高采烈地将搜刮到的东西装进自己家的车里，俊俏的脸上满是得意的笑容："哈哈，我送你一个音乐盒，你送我这么多东西，我都快不好意思了。"

　　曲宁远站在车边笑："那你快还我吧，本来就是我用过的东西，怎么好给你？你要是喜欢，我给你买新的好了。"

　　严蕊剥了一根棒棒糖在嘴里，眯着眼笑："不用不用，你曲少爷用过的东西一点也不旧，我可不嫌弃。"

　　曲宁远抬手，轻轻地弹了一下她的脑袋："你还是决定上国内的大学？"

　　"是啊！"严蕊将棒棒糖从嘴巴里拔出来，"出国有什么好，我就不稀罕，我要和夏彤上一个大学。"

　　"你爸没意见？"

　　"嘿嘿，他能管得住我再说吧。"严蕊坐上车，曲宁远绅士地为她关上车门："路上慢点。"

　　严蕊按下车窗，趴在窗户上笑着望他："嗯，宁远哥，你明天早上几点的飞机？"

“十点。”

“我来送你吧。”

曲宁远没推辞，点头说好。严蕊眯着眼睛笑，挥着手里的棒棒糖和他说拜拜。车子开出曲家别墅的时候，她眼角的余光又看见那个撞她的鹰钩鼻男子从别墅里走出来。严蕊没有在意，关上车窗，悠闲散漫地靠在椅子上，随手翻着从曲宁远房间里剥削来的各种小玩意儿。

轿车渐渐驶离别墅，夕阳用尽最后的余晖照亮宁静优美的豪华别墅。别墅的三楼，一扇落地窗后，一个消瘦的女人，拨开精美的打火机，将手里的牛皮纸袋缓缓点燃，纸袋被烧破一个口子，一张少年的照片染着火苗飘到地上，缓缓被烧成灰烬，蹿起的火焰将女人那冰冷的双眸映得通红，像暗夜里的夜叉一般可怕。

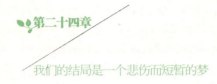

## 第二十四章

我们的结局是一个悲伤而短暂的梦

夏彤的高考成绩让一直忽视她的爸爸开心了一下，他甚至主动提出在暑假带夏彤去买两件像样的衣服带到大学里去穿。林欣阿姨虽然没同意，却也没说什么，冷着脸不发表意见。夏文强搓了搓手，有些讨好地望着妻子说："夏天衣服也不值几个钱，你看要不就给她买条连衣裙吧？"

林欣阿姨撇过头，嘀咕一句："你买就是了，一件裙子而已，我至于不给她穿吗。"

"哎。"夏文强得到这句话，苍老的脸上露出一丝笑容，"我知道你好、彤彤快谢谢阿姨。"

"谢谢阿姨。"夏彤感激地看了林欣一眼。其实她心里也明白，林欣阿姨并不是坏心肠的女人，最近两年，她好像开始慢慢接受自己了，对她也很少打骂了，甚至允许她带弟弟玩。

林欣"嗯"了一声，将夏珉推过去："带着珉珉一块去，给他也买两件新衣裳。"

"哎。"夏彤爸爸爽快地答应。

当天晚上夏彤爸爸就带着姐弟俩上街，一人买了一套新的夏装。夏彤选了一件鹅黄色的连衣裙，在商店里试了一下，爸爸和弟弟都说好看，便买了下来。夏彤舍不得穿新裙子，便让服务员叠得整整齐齐的装在塑料袋里，她紧紧地抱在胸前，一脸笑容地陪着爸爸和弟弟继续逛街。

晚上，回到家里，她穿上新裙子，将一直扎起的头发放下，试了好几个发型，公主头、包包头、麻花辫、双马尾，每扎好一个，她就站在床上对窗户上看。最后，她还是选择了公主头，跳下床在抽屉里翻了半天，找出一朵很久以前买的玫红色的头花扎上，歪着头打量了一会儿，觉得挺好看的，开心地眯着眼睛笑。

就在这时，窗户上忽然传来敲击声，把夏彤吓了一跳。她走过去，打开窗户到处张望了一下，发现曲蔚然站在楼下，提着白色的快餐盒对着她招手。

夏彤缩回房间，快速将新裙子换下来，穿上旧衣服，一口气跑到曲蔚然面前："你怎么才回来呀？"

曲蔚然揉揉眼睛，有些倦意："加班了呀，看，给你带好吃的回来了。"

"什么呀？"夏彤凑过去看他手里的快餐盒，使劲地吸吸鼻子。

"嘿，回家给你吃。"曲蔚然说完，很自然地牵着夏彤的手，走回他们的家。还没走近就听见远远地传来风铃的声音，打开门，摸索着将灯打开，夏彤拿过曲蔚然手里的快餐盒跑到客厅的桌子上打开，热气和香味一起漫了出来："哇，烤肉串。"

曲蔚然走过来，坐下倒了杯水一边喝着一边挑着眉毛看她："吃吧吃吧，看你馋得口水都要流下来了。"

夏彤皱皱鼻子，也不客气，拿了一根啊呜啊呜地吃起来。

曲蔚然撑着脑袋，歪着头看她："夏彤，总有一天，我要把你喂得看见什么都不馋。"

夏彤咬着肉串，不解地问："为什么呀？"

"不为什么，我就是这么决定的。"

"那估计很难吧。"夏彤有些不好意思地说，"你也知道的，我最好吃了，改不掉，估计我这辈子就这样了。"其实她也想优雅一些的，可是一看见食物她就控制不住啊，哭。

曲蔚然淡定地喝了一口水："那就喂到下辈子好了。"

"那我下辈子也馋。"

"那就下下辈子。"

夏彤抿着嘴笑："那我生生世世都做好吃鬼。"

"你这家伙。"曲蔚然嗤笑，对着她招手，"好吃鬼，过来。"

夏彤举着羊肉串走过去，曲蔚然伸手将她一拉，让她斜坐在他的怀里，下巴轻轻地抵着她的肩膀，软软的头发贴着她的脖颈，有力的双臂紧紧地锁在她的腰间，坏笑着问："这么容易就想拐走我的生生世世。"

夏彤羞涩得说不出话来，虽然她经常和曲蔚然拥抱，可是用这种姿势坐在他腿上还是第一次，房间里旋转的电风扇根本吹不走空气中流窜的热气，隔着薄薄的夏衣她能感觉到他的温度。她觉得她的人中都出汗了，忍不住抬手偷偷地抹了抹鼻子下面，心怦怦直跳着，脸蛋不由自主地烧红了起来，偷偷地看了一眼他线条分明的侧脸，血液上涌，心跳得更快了。

"嗯？说话呀。"曲蔚然像撒娇一般用下巴在她的肩膀上蹭蹭。

"说……说什么？"夏彤连说话都结巴了，被蹭到的地方痒到她的心里了，一阵阵的心悸让她心跳得更快了。

"说你喜欢我呀，说你爱我呀！"曲蔚然镜片后的双眼微微上挑，眼睛闪着光亮，抱着她轻轻摇晃着，像在撒娇一般。

夏彤看着这样的曲蔚然，整颗心都软了，她想满足他，满足他所有的愿望，用自己最多的爱，让他觉得幸福。

"我喜欢你。喜欢到好想这样轻轻一闭眼，就能过完一辈子。"夏彤用力地闭上眼睛，然后睁开望着他说，"这样，我就不用担心，明天你还在不在我身边；明天，你还会不会像现在这样喜欢我……"

曲蔚然认真地听着，那灼灼如桃花般的丹凤眼里满是笑容，他用力地抱紧夏彤，深情地说："以后每天都要说。"

夏彤低着头，用力地点点，任由他抱着，羞涩地使劲绞着手指，好嘛好嘛，只要他开心，那她就每天都说，嘿嘿。

那天晚上，曲蔚然就那样抱着夏彤坐了很久，像是好不容易找回的珍宝一般，不舍放手，不愿放手。他觉得抱着她软软的身体，闻着她淡淡的体香，听着耳边悦耳的风铃声，是那么的美好与安宁。

夏彤十八岁生日这天，她早早就起了床，穿上爸爸给她买的新裙子，鹅黄色的公主裙将她的皮肤衬得白里透红，灵动的大眼里满是对今天行程的期盼，她对着镜子将头发梳得整整齐齐，用玫红色的头花扎了个低低的公主辫，黑色的长发分成两拨披在胸前。出门之前，她偷偷地对着镜子用了林欣阿姨的口红，学着大人的样子抿了抿嘴唇，望着镜子笑了笑，清纯的秀丽中带着一丝淡淡的妩媚，像一朵微微欲开的娇艳花朵，好看极了。

夏彤十点不到就去了市区，尽管她知道曲蔚然要十一点才下班，严蕊也要到十一点才来，可是她就是等不及，就是想早点到约定的地点看看，这是她第一次过生日，十八岁，成人的日子。

从小，她最希望的就是能快点长大，过了今天，她就是大人了。

夏彤笑着在市中心逛着，东看看，西摸摸，见什么都觉得很好很漂亮。夏彤走进一间名牌运动服店里，在男装区逛了逛，一件白色的运动服吸引了她的视线，她觉得这件衣服曲蔚然穿一定好看。她走过去，伸手拿起衣架，同一时间，另外一只手也伸了过来，正好握在她手上，她慌忙地缩回手。

"啊，抱歉。"碰到她手的少年连声道歉。

她抬起头来看他一眼："没关系。"

那少年有着一张帅气的面孔，脸上带着腼腆的笑容，当她抬起眼看他的时候，他明显地呆住了，直直地盯着她看，夏彤不好意思撇过头，转身走了。

那少年却一直望着她，直到他身边的朋友拍他的肩膀扬声道："好啊，唐小天，你居然敢盯着别的女生看，我要去和雅望告状去！"

"我没有。"叫唐小天的男生一阵紧张地解释。

"还说没有，一直盯着看呢，舒雅望，雅望，快来呀！"男生一边叫着一边跑出专卖店。

"张靖宇！"唐小天紧张地追上去抓他，"你别胡说。"

张靖宇跑到迎面而来的女生面前，那女生戴着鸭舌帽，看不清容貌，只是她牵着的那个十岁左右的小男孩漂亮得特别抢眼，连夏彤这样羞涩的性格都忍不住盯着小男孩看了几眼。

张靖宇指着店里的夏彤，对着鸭舌帽女生一阵叽里呱啦地告状，女生气得抬起脚就踹在了一直解释的唐小天身上，唐小天委屈地看着夏彤。

张靖宇幸灾乐祸地笑着："你看，你看，他还盯着那女生看呢！"

鸭舌帽女生和十岁的小男孩一起望向夏彤，夏彤连忙转过脸，不让他们看见，很是不好意思地从另一扇门走了出去。

夏彤又逛了一圈，便早早地来到约定地点等着。她安静地坐在广场的休息椅上，从书包里摸出一个湛蓝色的糖果盒，盒子是用马口铁做的，有一个笔记本般大小，铁盒上写着英文，四边都印着一朵朵白色的雪花，很是精致。这个铁盒是严蕊从美国买回来的高级糖果，夏彤吃完了里面的糖，就用它装一些自己最宝贝的东西。今天，她要把这些东西全都送给他！

夏彤轻轻地抿着嘴巴笑了笑，打开铁盒，反复看了几遍后，又小心翼翼地将它盖起来，紧紧地抱住，手指轻轻磨蹭着铁盒冰凉的表皮，心里想着曲蔚然打开铁盒时的表情，看了里面东西时的表情，一定很高兴吧，一定会的。

以后她每天，每天都会想办法，让他高兴，让他觉得真的很幸福哪。

夏彤将糖果盒装进书包里，抬起头望着明亮的广场，安静而耐心地等着。过了一会儿，忽然她觉得额头一凉，抬头望去，只见曲蔚然拿着一瓶冰饮料靠在她的额头上。夏彤接过饮料，展开笑颜："你来了啊。"

曲蔚然笑："嗯，等很久了？"

"还好啦。"夏彤站起身来，自然地牵起他的手道，"你早到半小时耶。"

"老板不在，我先溜了。"曲蔚然拉着夏彤走到自己停车的地方，拖着自行车骑上去道，"先去拿你的生日礼物吧。"

夏彤跳上车，揽住曲蔚然的腰，开心地问："是什么，是什么？"

"到了你不就知道了？"

"你为什么不先拿来，再送到我面前呢？"

"太大了，拿着怪丢人的。"

"太大？"夏彤转着灵动的眼珠说，"是一大束玫瑰吗？"

"不是。"

"是洋娃娃吗？"

"不是。"

"那是什么吗？"

"反正你猜不到。"

"你告诉我啦，告诉我啦。"夏彤撒娇地摇着他的腰。

"哎哎，别动，我骑车呢。"曲蔚然的龙头扭了几下，吓得夏彤紧紧地抱住了他，曲蔚然嘴角又得意地上扬了几分。

"不说就算，反正我一会儿就知道了。"夏彤佯装生气地扭过头。马路对面，三辆自行车从她面前驶过，居然是刚才那群孩子，那个叫唐小天的少年看见了她，又一次紧紧地盯着她看，鸭舌帽女生发现了他的行为，生气地拿脚踹他。女生车后座上那漂亮的小男孩，一手抓着她的衣服，一手拿着雪糕默默地吃着，漠然空洞的双眼也远远地看向她这边。夏彤移开视线，将脸埋在曲蔚然的背上，两群人就这样擦身而过，渐行渐远，炙热的阳光下，谁也不知道，那逐渐远去的人，将会对自己今后的生活掀起怎样的惊天巨变。

夏彤揽着曲蔚然的腰，想起包里的糖果盒，便拉开拉链，伸手在包里掏了下，摸出糖果盒，偷偷地、偷偷地塞进曲蔚然的挎包里，可哪知道他骑着车，一拉包包他就感觉到了："干吗呢？"

曲蔚然低头看她正在作案的手，夏彤见被发现了，红着脸一把将信封强硬地塞进他的口袋："没什么啦。"

"你塞了什么进去？"曲蔚然一手骑车一手掏还没拉上拉链的包，手伸进去摸到一个凉凉的东西。

"哎呀，回家再看，回家再看。"夏彤羞红了脸，连忙将他的手拿出来，捂着挎包不给他掏。

"到底是……"曲蔚然一句话还没说完，抬眼忽然被迎面而来的大货车吓到，他立刻伸手去扶龙头想躲开，可货车却像是疯了一般向他冲过来，还未来得及反应，他连着自行车带着夏彤一起被撞得飞了起来，巨大的碰撞声刺痛了耳膜，剧烈的疼痛让曲蔚然无法思考。他的身子在空中翻滚了好几圈，重重地摔落在地上，疼痛由四肢传遍全身，他能感觉到温热的血液迅速地从他身体里流出，将他躺着的水泥地染红。他拼命地握紧双手，想要挣扎着坐起来，可四肢却没有一块骨头愿意听他的，他不停地抽

夏有乔木 雅望天堂 2

搐着，抽搐着，窒息地抽搐着，却怎么也动不了一下！

夏彤，夏彤，夏彤！他越是疼痛越是想念她！她就在他的身边，可他却无法坐起来看她一眼！她怎么样了？

曲蔚然咳出一口血，眼睛死死地瞪着。忽然他的手被人握住，夏彤那哭泣着的脸出现在他面前，眼泪大颗大颗地滚落眼眶。他听见她哭喊着大叫："救命啊！救命啊！来人！救命啊！啊啊啊啊！"

"来人啊！救命啊！"曲蔚然听见她撕心裂肺的哭喊声，"救命啊！救命啊！"

曲蔚然贪婪地盯着她看，使劲地、用力地张着嘴巴，和着咳出的血，用尽力气问："有没有……受伤？"

夏彤哭着摇头："我没事，我没事！你也要没事！你也要没事啊。"

曲蔚然像是放下心一般，扯着嘴角，恍惚道："你没……事就好……没事……就好……"

"曲蔚然！你看着我！看着我，别离开我，别离开我！"夏彤大声哭喊着，站起身来，拉住一个过路的大叔哀求道，"叔叔，叔叔你救救他吧！"

"你救救他吧！求求你了！"夏彤扯着那个男人像是扯着救命稻草，扑通一声跪在他面前，哭着求着，"求求你了，救救他吧。"

那男人拉起夏彤："你别这样，我已经叫救护车了，马上就来了，别急，别急。"

夏彤一直哭着，跪在地上，双手紧紧地捂着曲蔚然的额头，鲜血不停地从她手缝中流出来，染红了她的双手、她漂亮的新裙子。曲蔚然觉得温度正从他身上一点一点地流逝，全身变得冰冷，那种快要死亡的感觉向他袭来，他惊恐地睁大眼，他不要死！他不能死！他好不容易才找到人生的意义，生命的价值！他不想就这么死去！

更何况……

更何况他若死了，夏彤可怎么办？

救护车的声音传进他耳里，他第一次觉得这刺耳的声音是这么好听，像天籁一般，他感觉到自己的身子被搬动，搬上救护车。他的手一直被夏彤紧紧握着，他看见夏彤跟着他的担架上了救护车，他忽然轻轻地笑了，嘴角又涌出一丝血沫，可他依然固执地微笑，她没事，她真的没事，真好。

夏彤紧紧地握着曲蔚然的手，见他眼神开始涣散，便不停地叫着他的名字。夏彤觉得救护车开了好久好久才到医院，她跟着担架车将曲蔚然送进手术室，看着亮起的手术灯无助地站在门外哭泣着。她不时地抹着眼泪，忽然她发现，手背上沾着的不是透明的泪水，而是鲜艳的红色，那是曲蔚然的鲜血。夏彤捂着嘴唇，哭得更加悲伤，肩膀被人揽住："夏彤，你没事吧？"

夏彤回过头来，望着身后俊秀的女孩，像是看见依靠了一般，哭着扑过去："严蕊！"

严蕊紧紧地抱着夏彤，不停地抚摸着她的背脊，小声地安慰着："没事的，没事的。"

"我好怕……"怀里的夏彤声音轻得像是在飘。

"别怕，我在这，陪着你，别怕，他不会有事的。"

夏彤像是得到安抚一般，渐渐地安静了下来，连哭泣着的哽咽声也渐渐没有了。她的手紧紧抱着严蕊，脸埋在她的胸口，什么也不说，只是紧紧地抱着她。

严蕊不停地安慰她："别怕，没事的，没事的。"

"不要怕。"

过了好久好久，严蕊的声音渐渐小了下来，她像是傻了一样抱着夏彤，眼睛瞪得大大地望着前方，像是雕像一样站着，一向洒脱的双眼忽然红了起来："夏彤。"

空荡的医院长廊上，她听见自己这样轻声叫着她的名字。

"夏彤……"她又叫了一声，可还是无人回应，泪珠就这样从眼眶滑落，像是不要钱一般往下直落。

手术室的门被打开，穿着白衣的医生对着泪流满面的严蕊说："姑娘，别哭了，里面的人救回来了。"

严蕊抬起呆愣愣的双眸，望着医生说："她死了。"

医生奇怪地望着她，正想说里面的人真没事的时候，就看见面前紧紧相拥的两个女孩，像是承受不住一般，轰然倒下。那个短发的女孩，紧紧地抱着满身鲜血的长发女孩，轻轻地仰着头，无助地望着他问："医生，夏彤是不是死了？"

医生诧异地睁大眼，蹲下身来，拨开长发的女孩一看，那女孩，眼耳口鼻，七窍流血，早已死去多时……

曲蔚然醒来，已经是一个星期后，当他睁开眼睛，找不到夏彤的那一刻，就好像明白了什么一般，呆滞地躺在床上，一动也不动，不去问，也不去找；不去听，也不去想。

来看过曲蔚然的人都说："那不是悲伤，而是绝望，铺天盖地的绝望……"

可即使他不想听，夏彤的消息还是不断地传进他的耳朵里，隔壁病床上的病人说：送他来的女孩，死得很惨，五脏俱裂却毫无察觉，像是没事人一样在急救室外面哭着，手术没一会儿，她就忽然死在了外面。她死的时候，眼睛睁得很大，像是不相信自己就会这样死去一般，用力地睁大眼睛，死亡般空洞的双眸里，满是干枯的血块，文秀的五官皱成一团，凝结成了一个痛苦不堪与绝望的表情。

医院的护士说：女孩的尸体第三天就火化了，骨灰被乡下赶来的妈妈带回了老家。女孩的妈妈在太平间哭了很久，她扑在夏彤的尸体上哭着忏悔着，她不该将她送来城里，她不该让她离开自己，她不该只为了自己的幸福而抛弃她。

护士说，即使她看惯了生死，听腻了哭号，却还是被这个母亲的悲伤感染，偷偷地红了眼眶。

不管身边的人说什么，躺在病床上的曲蔚然一点反应也没有，失去眼镜的他，眼前一片朦胧。他睁着无神的双眼呆滞地望着天花板。医生们都以为他受的打击太大，失去了神智，便不再管他。

一天，为曲蔚然打吊水的护士算着点去给他换药水，刚打开病房就吓得尖叫起来，只见病房里，曲蔚然的输液管被从瓶子上拔了下来，被放进嘴里。他脸色铁青，身子痛苦地痉挛着、颤抖着。护士连忙跑上前去，将管子从他嘴里拉出来，按了急救铃。

不一会儿值班医生连忙跑来："怎么回事？"

护士连声报告："病人将大量的空气吹进血管，造成肺内严重缺氧，现在已经昏迷了。"

医生一边听着报告，一边对曲蔚然进行抢救。一刻钟后，他终于恢复了呼吸，医生抹了一把额头的汗说："这床的病人重点注意一下，自杀倾向严重。"

"是。"护士连忙点头，拍拍受到惊吓的心脏，转眼看着病床上苍白脆弱的少年，即使死里逃生后，那俊美的脸上也无一丝欣喜与侥幸，也不像有些自杀被救下的人一般要死要活地还叫着想去死一次。他就这般安静地躺着，面如死灰，了无生气。

护士低下头，怜悯地轻叹一声，忽然想到了什么，连忙跑了出去。过了一会儿，她又跑进来，手里拿着一个湛蓝色的糖果铁盒，铁盒被压得变形，原本平坦光滑的长方形，被压扁成一块，很是扭曲，上面还沾着干枯发黑的血液。"这个是在你出事那天背的包里找到的，我看里面好像有东西，就帮你留了下来。"他原来的衣服和挎包沾满了鲜血，早已在手术台被剪坏后丢掉了，挎包里的东西也被碾压得没有一件完好的，只有这个铁盒，从一堆破烂中探出湛蓝色的一角，被这位细心的护士看见。

曲蔚然像是忽然被电流击过一样，忽然颤抖了一下，空洞的双眼凝起神来紧紧地望着护士手里的糖果铁盒，他快速地伸手抢过，紧紧地捂在胸口，护士悄悄地退出病房，偷偷地在门口看他。她以为他会立刻打开糖果铁盒看，可他却没有，一直紧紧地捂着糖果铁盒，像是想将它揉进心里一般。

护士忽然觉得病房里的这个少年真可怜，可怜得让她这个与他毫无关系的人都觉得隐隐地心痛。

那之后的日子，那个糖果铁盒便成了他的宝贝，醒着的时候捧在手里，对着阳光，仰头望着，漂亮的眼睛总是微微眯着，有时会闪过一丝神采；睡着时，就将铁盒紧紧地按在胸口，像在寒冷的冬天，抱住一个滚烫的热水袋一般，用力地按在胸口，却又怕坏掉一般，小心翼翼地为它留下一丝空间。

年轻的女护士一直不懂，他为什么不看呢？既然这么重视这个铁盒，为什么却迟迟不肯打开看呢？她想问他，却又觉得唐突，最终忍了下去。

她永远也不会知道，这个湛蓝色的铁盒，那个少年，终其一生也没有拆开过，因为那少年觉得，只要不打开它，夏彤就还有话没说完，就对这个世界还有眷恋，她的灵魂一定无法得到安息，她会在他身边盘旋无法离开。

所以，即使是灵魂也好，他也想将她困在身边，想要她活着是他的人，死了还是他的……

曲蔚然出院是在两个月后，漫长的高三暑假都快过去，他走出医院，顶着8月酷暑的太阳，缓步在街道上。他一直往前走着，像是没有目的地一般，从炎热的中午，一直走到黄昏，终于在一幢高端小区门口停下。他想走进去，却被保安拦了下来："你找谁啊？"

两个多月没有说话的曲蔚然，轻轻地张开嘴道："严蕊。"

"等下啊。"小区保安打了个电话，没一会儿举着电话问，"你叫什么名字啊？"

"曲蔚然。"

保安又对着电话说了两句后，转头对着他说："进去吧。"

曲蔚然也没道谢，笔直地走了进去，走过两幢小高层后，在小区的花园里看见了要找的人。严蕊牵着一只大大的拉布拉多犬站在花园里，大狗兴奋地在她身边奔腾着。严蕊抬眼看见了曲蔚然，便解开了狗狗脖子上的绳子，让它自由地跑去。

严蕊抬眼，静静地凝视着曲蔚然，好半天才张口道："听说你自杀了？"

曲蔚然默不作声。

"那怎么没死？"严蕊冷酷地讥笑道，"夏彤都死了，你怎么没死！"

曲蔚然无视她的嘲讽，抬起头，直直地望着她的眼睛问："她死的时候，痛苦吗？"

这句话问完，现场的两个人，心里都像是被针扎一般的难受！

"痛苦？！"严蕊紧紧地闭上眼，想起那天怀中那缓缓消失的温度、逐渐沉重的身体，不由自主地紧紧抱住自己，却还是觉得周身一片冰冷。她深吸了一口气，沉声说，"只有老天才知道她痛不痛苦。她在临死前最后一秒还在担心你，在她心里，你的安危比她的生命更重要。她连一丝一毫都没发现自己身体的不对劲，她甚至不知道自己那满脸的血，是她自己流下来的，眼睛里、鼻子里、耳朵里，明明她自己也流了那么多血，可她却一眼也看不见，这个笨蛋！这个只会躲在我怀里哭的笨蛋，那家伙，就一直哭，一直哭……"

严蕊说着说着便痛哭起来，她使劲地咬住嘴唇，忍耐了半晌，用哽咽的声音说："她自己都不知道，她就要死了……"

严蕊说着说着便泣不成声了，她抬手，使劲地捂着眼睛，跑远的拉布拉多犬像是感受到主人的悲伤一样，立刻跑了回来，扑在严蕊身上，伸着舌头，舔着她的脸颊，焦急地围着她转。

曲蔚然一直低着头，双眼通红地盯着地面问："她最后，说了什么？"

"她说，我好怕。"

"我好怕……我好怕。"曲蔚然傻傻地一直重复着这句话，眼眶里的泪水瞬间滑落，两个月来压抑住的悲伤，像是缓过神来，像海啸一般扑面而来，打击得他站不稳，动不了，窒息一般的痛苦。他像是濒死的鱼一般，用力地咬着手背，使劲地喘息着，压抑地、猛烈地抽泣着。

那些有关夏彤的记忆，忽然猛烈地涌出来，紧紧地包围住他！

她说过，曲蔚然，我保护你，我一定会保护你的。

她说过，曲蔚然，我会努力的，努力长大，努力变强，努力建立一个自己的家，我会很爱很爱我的家人，会对他们很好很好，所以，曲蔚然，你要不要……住到我家里来？我十年后的家里？

曲蔚然慢慢地跪坐下来，再也忍不住，细碎的哭泣声透出嘴唇，为什么一直盼望着长大的夏彤，连十八岁都没活过？

那个笨蛋一样的孩子，那个眼里只看见我的孩子，那个一心一意爱着我善良到死的孩子……

我再也见不到你了……

我再也不能拥抱你……

我再也不能听着你的声音，看着你的笑容，无赖地要求你把全部的爱都给我……

夏彤，夏彤，不要抛下我……

我们约定过，你为我活着，我为你活着，既然你死了……那我也……我也……

"撞死夏彤的男人，我在曲宁远家看见过。"

严蕊冷酷的声音从头顶传来，曲蔚然震惊地抬头看她。严蕊眼神犹豫了一下，还是说了出来："我查过他，他是曲宁远妈妈的手下，为她家杀过人，坐过牢。"

严蕊蹲下身，为拉布拉多犬拴上狗绳，转身背对着他说："我这样说，你还想去死的话，就去吧。"

说完，她不再停留，转身走向花园不远处的楼房里，她直直地看着前方，心里轻声道：夏彤，我知道你喜欢他，知道你不想让他死，所以，我把事实告诉他，这样做，他一定会活下来……

那你一定会高兴的，对不对？

夏彤，你总是对我说你想保护曲蔚然，可你一定没想到，原来，一个一无所有的人，说要保护另一个一无所有的人，结果会是这样疼痛。

严蕊难过地停下脚步，靠着墙壁紧紧地抱住自己，可怎么抱也不觉得温暖，怀中，永远永远留存着夏彤离开时那冰冷的体温。

远处，花园里少年的身影，在昏暗的夜色下，渐渐模糊不清。

我们的友情在爱情之上

这些年我一直不敢想起夏彤，我家里人也不许我想她，她死后的那个月，我因为太过悲伤而大病了一场，一想起她，我就会心痛，是真的心绞痛。

那之后，我去了英国留学，没心没肺地玩了四年，中间也陆陆续续地听到曲家的消息。宁远哥哥在去年登瑞士雪山的时候掉了下去，有人说他死了，有人说他失踪了，他的母亲承受不住打击，没一个星期就因病去世了。然后不到一个月，曲家就多个新的少东——曲蔚然。

我心里隐约觉得，这事有点蹊跷，却不想多去追究，我好像被夏彤传染了，对曲蔚然做的那些坏事，持包庇态度。当然，我对曲蔚然的好，敌不过夏彤的千万分之一，那孩子，即使自己面朝阴影，也要留给那少年一份阳光；一边冻得哆嗦，一边希望能够温暖到他。

真是个笨蛋一样的孩子。

夏彤，我有多久没这样用力想过你了？

飞机降落在北京国际机场，我要从这里转机回S市。独自拎着行李走出检票口，在机场候机室的餐厅休息，十几个小时的飞机让我的身子变得有些僵硬。我站在落地窗前，做了几个扩展运动，扭了扭脖子，感觉舒服了一些，转身坐回单人沙发上，点了一杯奶茶，戴上耳机，闭着眼睛，安静地晒着冬日的太阳。

忽然耳机被人扯了下来，我睁开眼，有些不爽地回头望去，一个清俊的男子优雅地望着我亲切地笑着。我一怔，恍惚中记忆里那个尖锐冷漠充满仇恨的少年，忽然冲撞出来，与他的容颜重合起来。他变了，被磨去了棱角变得圆滑，变得不再那样锋利，褪去了少年的青涩，他变得更加迷人起来，周身散发着对女人有着致命吸引力的气息。

他像一个老朋友一般在我对面的位置上坐下，望着我低声说："真巧。"

我点头，错开眼神，望着窗外明晃晃的世界，轻声道："是啊。"

"过得好吗？"他问。

"不错啊，你呢？"

"嗯。"他忽然充满神秘地望着我笑，"很好啊，我过得很好。"

我看着他的笑颜，有些恼怒，他凭什么活得这么开心？凭什么还能笑得出来？凭什么？他是不是已经忘记了……已经忘记了那个可怜的傻女孩？

我捏紧双拳，强迫自己扭过头，咬着牙道："是吗，那就好，我先走了！"真是一秒也不想和他再待在一起！一秒也不！

我站起身拉起行李箱子就想走，可手腕忽然被他拉住！紧紧的！

我生气地回头瞪他："干什么？"

"可以再陪我聊一会儿吗？"他仰头望着我，声音里带着一丝祈求，"除了你，我不知道还可以和谁……可以和谁，聊起她。"

我一听这话，鼻子忽然一酸，眼泪瞬间聚集在眼眶里。我放下行李，僵硬地坐下。

他缓慢地松开我的手，低下头去，过了好久，轻声问我："你想她吗？你会不会很想她？"

我望着他，听着他很认真地说："我很想她，即使到现在我还是很想她，很想很想再和她说说话，再听听她的声音，想她的样子，想她说话时的神态……"

"别再说了！"我大声打断他的话。我不可以想她……不可以……我用力按住又开始疼到揪心的胸口，眼泪瞬间掉落，"别再说了……就算想她又怎么样？我们再也不可能看见她，再也不可能听见她的声音，再也不可能！不可能！"

他怔怔地望着我，缓缓地、失落地垂下眼……

"对不起。"我明白他想诉说的心情，我懂得他痛苦的思念，可是……我不想再听，虽然……虽然我也和他一样，除了他，再也找不到可以谈起夏彤的人。

只是，只是……我真的不想再去想她，我答应过爸爸，我要坚强，要忘记，要重新生活……

对不起，我不能和你一起怀念她。

我又一次站起来，拉起行李箱，转身往前走……

"我遇见她了。"

我停下脚步，没有回身。

他的声音从背后传来："我再一次遇见她了，我的夏彤，她回来了……"

我惊诧地转身，身后的男子望着我，微微笑着，眼里带着一丝光亮，像是黑夜中的启明星，那么亮，那么充满希望……

"你什么意思？"

他依然望着我微笑着，有些神秘，甚至带着小心翼翼地从口袋里掏出一张照片，从透明的玻璃桌上推过来给我。

我走过去，不以为意地拿起照片一看，瞬间觉得全身冰凉，照片上的女孩只有十八九岁的样子，站在湛蓝的丽江边，扶着被风吹乱的长发，望着镜头，轻柔地笑着。

我望着照片，震惊地抬头问："她是谁？"

"舒雅望。"他笑了笑，一字一字地报出她的名字，然后歪着头，望着问，"很好听的名字吧？"

那是我第一次听见这个女孩的名字，那个名字的主人，有着一张和夏彤近乎一样的容颜。

"嗯。"我低低地应了一声，眼神又看向照片，"你怎么得到这张照片的？"

"我偷的。"曲蔚然收好照片，笑得很是无辜地补充道，"她是我战友的女朋友。"

我愣了一下，望着他将照片抽走，低着头，将它小心地放回口袋里，漂亮的桃花眼被厚厚的镜片遮住，看不出情绪。

那天，我们没有再聊什么，我以为这次偶遇，就这么过去了，我不会再和曲蔚然、舒雅望这些人有任何联系。可谁知道大年初一那天，爸爸说他要去他的老上司家拜年，我却奇迹般地主动要求跟他一起去了，只因为，只因为曲蔚然和我说过，那个长得像夏彤的女孩也住S市军区大院里。我想，我小心翼翼地想，也许……

也许，我会遇见她。

那天早上，很应景地下着小雪，轿车在路上开得很慢，大半个小时后，才开进军区大院，在一幢三层别墅前停住了。我和爸爸下了车，我没打伞，低着头冲到屋檐下，等着爸爸走过来，按了门铃。出来开门的是个四十多岁的妇女，她温和地欢迎我们进去。房间里的暖气开得很大，身上的寒气被驱逐大半，我脱了大衣，跟在爸爸身后走进客厅，落地窗外的雪景将房间照得很明亮。客厅中间的长沙发上坐着一个穿着军装的老人，一个少年坐在他对面的沙发上，背对着我们。爸爸见到老人，很尊敬地停住脚步，笔直地敬了个礼："司令！"

老人严苛的脸上露出一丝温煦，点了下头。

爸爸放下敬礼的手，拉过我说："司令，我带我家闺女来给您拜年。"

我有礼地鞠躬："司令爷爷新年好。"

那老司令点点头，从口袋里掏出一个红包递给我："新年好。"

我看了眼爸爸，他并未反对，我走过去大方地接过红包："谢谢爷爷。"

转身，就看见了那个一直背对着我们的少年，那一眼，简直让我的眼神无法移开。我一直以为见过曲蔚然年少时的模样，便不可能再会被任何少年惊艳，却没想到，这个孩子，能长得这般好看。

那孩子好像不知道来了客人一般，微微低着头，单手端着白色的马克杯，随意地摇晃着杯身，让杯子里的水一圈一圈地晃着。

"夏木。"老司令叫了一声。少年抬起头，苍白的脸上一双阴郁空洞的眼漠然地看着他。

"我和你严叔叔有事说，你照顾一下客人。"

他眼都没眨一下，丝毫没有反应。老司令好像也没指望他有反应一般，笔直地站起来对爸爸招招手，两人往二楼走去。

客厅里只剩下我和他两个人，他低着头，继续摇晃着杯子里的水，偶尔会小小地喝一口。我好奇地望着他问："你叫夏木？"

他没理我。

"几年级了？"

他依然没理我。

好吧，就算像我这么厚脸皮的人，也不好意思再和这个少年说话了。我揉了揉鼻子，接过用人阿姨递过来的茶。那阿姨温和地说："您别介意，这孩子从小就不理人。"

"没事。"我好脾气地笑笑，并不想和一个不懂礼貌的小孩子计较。

我端着茶杯，无聊地和他对坐着。他好像在发呆又好像不在，眼睛一直空空洞洞，一片虚无，像是什么也入不了他的眼一样。

明明这么安静，却有着让人无法忽视的存在感。

这种感觉，还真像一个人。

我放松身子，靠进软软的沙发里，淡淡地想着。

过了一会儿，玄关处又响起开门声，一道爽朗的问候声传进客厅里："朱姨，新年好。"

"新年好，雅望。"用人阿姨的声音里带着欢喜和亲切，应该是熟人吧！我眨了眨眼望向门口，一个穿着红色大衣的女孩走了进来，文秀的面容，海藻一般的长发，眼睛大而明亮，嘴角带着快乐的笑容。

她笑容满面地望着我："呀，来客人了啊！你好。"

我不自觉地握紧双手，用力地压抑住自己的情绪，干涩地问候道："你好。"

我直直地望着她，一眨不眨地望着她。她熟练地坐到夏木边上，扬起嘴角，一脸讨好地笑着："小夏木，还在生姐姐气呀？"

在我以为夏木不会做声的时候，他居然一脸别扭地扭过头，那空洞的双眼里，像是瞬间被注入了灵魂。

"啊啊，别气了，我错了还不行。"舒雅望使劲用手指拨弄着他柔软的头发，"夏木，夏木，原谅我吧，我以后再也不惹你生气了好不好？"

夏木犹豫了半晌，舒雅望一直一脸恳请加耍赖讨好地望着他，过了好一会儿，他才微微低下头来，轻声说："嗯。"

"嗯？嗯是什么意思啊？是原谅我了？"舒雅望高兴地道，"夏木，你真要多说些话啦，你表达能力太差了。"

夏木低下头，轻轻地抿了抿嘴角。只是那样细微的一个动作，却让我觉得，心都为他变得软软的。

舒雅望是个很健谈的人，由于她的到来，客厅里不再安安静静，有时说到好笑的事，她还会哈哈大笑起来。我一直看着她，仔细地回忆着记忆中的夏彤，她们确实长得很像，可却也一点不像。夏彤不会像舒雅望这样勇敢地直视别人的眼睛，她总是带着淡淡的胆怯、小小的讨好，眼神像迷路的小鹿一般可怜却又纯净；夏彤也不会像舒雅望这样张大嘴放声大笑，她总是抿着嘴唇，低着头，偷偷地笑，像是怕人发现她的快乐，就会抢走一般。

她和舒雅望那种能点燃一切的火焰般气质恰恰相反，自卑柔弱得像空气一般容易让人忽视。

这个女孩，一点也不像夏彤，一点也不像。

我有些失望地站起来，走到窗口，闭上眼睛，轻轻地抱住自己，怀里一片冰冷……

"严蕊，上楼看电影去啊。"舒雅望在我身后叫我。

我睁开眼，转身望着她说："不了，你们去看吧，我先回去了。"说完，我不再停留，走出别墅，走进飞舞的白雪里，走过别墅的时候，忍不住转头向里看去，那个叫舒雅望的女孩，正拿着一个鼓鼓的红包，笑着逗弄着那个沉默的少年。少年仰着头，一脸不屑，可眼底却染着无尽的欢喜。

那少年，是在偷偷喜欢她吧?

我会心一笑，又向前走了几步，忍不住又悲伤了起来，明明长着一样的脸，一个这么幸福，一个却连十八岁都没活过……

我咬了咬嘴唇，抬起头，望向天空，任雪花打在我的脸上，飘进我的眼睛，一片冰凉。我使劲地眨了眨眼，再睁开，忽然想起，那年冬天，那年圣诞，她也是这样，站在雪地里，悲伤地仰着头，望着远方，偷偷地哭。

我深吸一口气，低下头来，用力地捂着心脏，疼痛蔓延全身。

我苦笑了一下，眼泪顺着眼角滑落，

夏彤，夏彤，为什么你留给我的，都是悲伤的回忆?

为什么，我记不得一张你笑起来的脸?

夏彤，我很想你。

真的很想你……

即使这么疼痛的感觉，也阻止不了我如此想念你……

雪一直下，一直下……

阳光过分灿烂地照在灰尘漫天的工地上，我坐在一堆大理石上，远远地望着那个在用白石灰在地上画分割线的女孩。一辆推土机开过，掀起的灰尘将她整个人都笼罩在朦胧中，她捂着口鼻，让开一些，等车子过去，又继续做着未完的工作。

很少有女孩会选择园林设计这一行，可她却选择了这份职业，并且喜欢得要命。

我望着她那张和夏彤近乎一样的面容，总是忍不住会想，如果，如果我的夏彤还活着，她会做什么工作呢？

也许，她会是个老师，一个性格温和、连对学生大声叫都不敢的老师。

也许，她会是个会计，一个认真负责、每笔账都用心计算的会计。

也许……

她有无数种可能，可她一定不会当一个园林设计师。

我猛地站起身来，走上前去，一把抓住舒雅望的手，将她从那肮脏的泥泞与灰尘中拖出来。她尖声叫着："你干什么？"

我却抓得更紧，拉着她的手腕，直直地将她拖出工地。我不想她在这里工作，不想她被无数的灰尘掩埋，不想她的双脚插在泥地里，不想她被暴烈的骄阳晒伤，不想她那文秀的面容变得粗糙，不想她越长越不像夏彤！

我要将她从这里带走！

"曲蔚然！你放手！你再不放开我就对你不客气了！"她挣扎着死死地抓住工地的铁门，冲着我大声喊。

我没有理会她，依旧拖着她往外走。

舒雅望好像急了，开始对着工地上的工人呼救。她的项目经理上前一步，赔着笑脸叫我："曲总，舒雅望她……"

我眯着眼睛，危险地瞪了他一眼，他便讷讷地退了回去，只是舒雅望叫得越发凄惨。

我微微皱眉，好笑地望着她说："别叫了，我不会把你怎么样的。"

舒雅望摇头，一副坚决不相信的样子："你放开我，放开！"

我叹了一口气，刚想安慰她一下，却感觉肩膀被人从后面很用力地抓住，用力地往后扭。我手一麻，抓住她的手便松开了。舒雅望一得到自由便连忙退后两步，跑到我身后的那个少年背后，警惕地望着我。

我甩了甩被扭到发麻的胳膊，望着眼前那个冷漠的少年，忍不住道："又是你！"

"我记得我上次警告过你。"少年握紧双拳，野兽一般愤怒的双眸紧紧地盯着我，好像下一刻就会扑上来将我撕成碎片一样，"别再骚扰雅望！"

我望着他轻轻笑了，忽然从他身上看见自己的童年，也是这样年少的年纪，单薄的身体，满眼傲慢与冷漠，天不怕地不怕地以为，自己能掌握自己的命运，自己能守护自己最珍惜的那个人。

可是最后呢？

最后呢？

我使劲地握住双手，想将心中那股剧痛压下去。可舒雅望误以为我会打那个少年一般，急急跑上前来，将少年拦在身后，毫不躲闪地望着我，那倔强勇敢的样子，像极了当年说要保护我的女孩……

我迅速转过身去，已经通红的双眼，不想被任何人看见。

脑子里，舒雅望的样子和夏彤的样子渐渐地重合起来，耳边又一次记起那个胆小懦弱的女孩很认真很认真地对我说：曲蔚然，我来保护你！我会保护的！我会保护你！

我抬起脚，一步一步地用力地往前走，往前走，一个人，往前走……

再也，再也不会有人愿意保护我，再也不会有。

舒雅望不是夏彤，她不是，我每天每天望着她、缠着她，想从她脸上看见一点点，哪怕只有一点点夏彤的样子，寻找着自己最后能守住的那点回忆。

可是，不管我是看见了，还是没看见，都心痛得像是走在尖刀上。

每天，每天这样重复着这种痛苦，见，我会痛；不见，我更痛。

我被自己逼到疯狂，可是我停不下了，停不下这样去折磨自己。

越绝望，越纠缠。

越纠缠，越绝望。

番外三

初冬，暖暖的太阳照射在美国私立医院里，清幽的环境下三三两两的病人在晒着太阳，曲蔚然被夏木打伤后，一直在这里治疗，手术进行得并不顺利，一年了，也毫无起色。看见父亲那焦虑的样子，曲蔚然居然有些报复的快感——曲田勇是最在乎子嗣和传承的，而曲家可能再也没有后代了。

多好啊，这肮脏的血液并不需要延续下去，不是吗？

曲蔚然抬头，微眯着眼睛望向湛蓝的天空，啊，阳光真好。

他缓缓抬起手，像是想伸手抓住阳光一样，可握紧的双手里，连空气也都没留下。

他放下手，嘲讽地扬起嘴角，满眼冰冷。

曲蔚然站起来，在园中踱步。

忽然听见身后有人用充满愤怒和仇恨的声音喊他："曲蔚然！"

曲蔚然转身，还没看见来人，就生生吃了一拳，他向后踉跄两下差点跌倒，那人笔直扑过来，将他按倒在地上，捏紧拳头，一拳一拳地捶着他的脸、他的胸口，他甚至打红了双眼，紧紧地掐着他的脖子："我杀了你！杀了你！"

曲蔚然睁开眼睛，逆光中，他终于看清了来人，是唐小天呢，那个从前像阳光一样温暖耀眼的少年，现在却满身阴霾，一脸仇恨。

曲蔚然笑了，他不知道为什么，看见唐小天变成这样，他就很爽，他不愿意一个人待在地狱里，看，他又拉了一个下来。

地狱，很可怕吧。

再也看不见自己所爱的人，再也找不到她，再也听不见她的声音，再也不能拥抱她，再也不能听她说喜欢你，再也不能看着她撒娇，再也不能无限度地对一个人好。

"呵呵呵呵，杀了我？"曲蔚然并不反抗，躺在地上任由他掐着自己的脖子，"好啊，你杀啊，杀完你去坐牢，让舒雅望哭死去！"

唐小天双眼通红，英俊的面容都扭曲了了，可手里的力道却不禁小了点。是啊，他不愿意再让雅望哭了。

可是！可是这个恶魔！却纠缠着她不愿意和她离婚！

"曲蔚然！我告诉你！只要你答应我，乖乖和雅望离婚，再也不纠缠她！不靠近她！我就放过你！"

曲蔚然冷哼一声："唐小天，你到现在还是不懂我，我不怕你不放过我，我就怕你不放过我，告诉你，我永远不会和舒雅望离婚！夏木打残了我，我也要弄残他！等我康复回国了，我第一个要找的就是舒雅望！我这一辈子都和你们死磕到底。"

"死磕到底！我让你死磕到底！我现在就杀了你！"唐小天怒得挥起拳头，用力地打下去，这一次他再也不留余地，就算他偿命也不能再放任这个恶魔再去接近舒雅望。

两人的打斗声引来了医院的病人，一个女人正好路过，她往人群中看了一眼，看着已经被打得吐血的曲蔚然，瞬间睁大了眼睛，连忙跑进去，拉住唐小天："好了，好了！再打就出人命了！"

唐小天挣开她，继续揍曲蔚然，女人拉不住唐小天，冲着人群喊："看什么看！快点来拉开他们啊！"

有两个护士走过来，拉住唐小天。

女人扶起曲蔚然，曲蔚然虽然全身是伤，一脸狼狈，可嘴角依然挂着笑，那笑容可怕而又疯狂，阴冷而又绝望。

女人忍不住打断他那可怕的笑容道："笑什么笑，你被打傻了吧，快走。"说完，扶着曲蔚然进了医院。

曲蔚然转头望着女人，过了好久才说："严蕊，是你啊。"

严蕊瞪他一眼："是啊。我听说你在这里住院，就顺路过来看看你死了没。"

曲蔚然叹了一口气，好像有些难过地说："哎，死不掉呢。"

严蕊笑："那是自然，祸害遗千年嘛。"

回到病房，严蕊找护士要了消炎药水给曲蔚然抹伤口，曲蔚然有些笨拙地在脸上东抹抹西抹抹，总是抹不对地方，严蕊忍不住过去，拿起药水帮他在脸上擦，可严大小姐不知轻重，上药上得曲蔚然疼得嘶嘶抽气："你轻点。"

严蕊诧异："你也知道疼啊！刚看那个男人那么使劲打你，你都没哼一声。"

曲蔚然冷哼一声撇过头。

严蕊一边上着药一边好奇地问："那人为什么打你？

曲蔚然一副轻描淡写的样子说："嗯，我抢了他未婚妻。"

严蕊瞪大眼："你可真够可以的，世上最大的仇恨也不过杀子之仇夺妻之恨了，你是有多讨厌他才这么干的？"

曲蔚然垂下眼，轻声说："正好相反，其实我挺喜欢他的。"

严蕊吃惊："你，你不会性取向变了吧！"

曲蔚然笑，呆了一会儿，笑了笑："记得我前年给你看的照片吗？"

严蕊："那个长得很像夏彤的人？"

曲蔚然轻轻点头

"就是刚才那人的未婚妻？"严蕊又问。

"嗯。"曲蔚然笑得很是无辜，"其实从我看到这张照片的那天起，就知道，我和唐小天再也做不成朋友了。"

曲蔚然缓缓垂下眼，想起第一次见到这张照片的时候，是在士兵宿舍，那天唐小天又宝贝一样看他女朋友的照片，被战友抢了过来，大家起哄着各个传阅，说是要鉴定一下小天的女朋友是不是大美女。

还记得那天，小天急得跟猴子一样，跟着战友跑来跑去："快还给我。"

士兵们一个传一个，就是不给他，最后传到了他手上，他本来也想逗逗唐小天的，可是在他看见照片上那个女孩时，心里就像是被雷轰了一样，整个人呆住了。

小天以为他不和他闹，感激地拿回照片，笑得一脸灿烂地说："还是老大够意思。"

一个战友调侃道："嘿，唐小天，你女朋友这么漂亮，你来当兵也不怕她跑了。"

唐小天的声音里充满了骄傲："雅望才不会。"

士兵们一起起哄，学着他的语气说："雅望才不会。"

一起哄笑。

"你们欠揍啊！"唐小天红了脸，将照片放在桌上，去和舍友们打闹成一团。

曲蔚然呆呆地拿起照片，紧紧地看着，直到唐小天回到他身边。

他才听见自己用几乎颤抖的声音问："她是谁？"

唐小天笑着回答："她是雅望，舒雅望，我女朋友。"

曲蔚然忽然笑了，俊秀的脸庞因为这个笑容，好看得像是闪着光一样。"哦，雅望啊，美好的愿望。"

曲蔚然想到这里，抬起头望着严蕊说："那一刻，我就决定，要得到她。"

严蕊喷了一声道："去见过那个女的一次，她是长得有点像，但是给人的感觉完全不像。我看你还是放过人家吧。"

曲蔚然轻声道："其实一开始的时候，我也没想过要伤害她，我只是想每天都看见她，你不知道，她不说话的时候，可像夏彤了。"

严蕊问："那说话的时候呢？"

曲蔚然摇摇头道："说话的时候一点也不像，因为她看我的眼神，充满了厌恨，不像夏彤，那般温柔和迷恋。"

"废话，她又不是夏彤，自然不会喜欢你。"

"我知道她不是。"曲蔚然垂着双眼说，"可我还是想见她，像着了魔一样，当我听说她要和唐小天结婚的时候，我整个人都疯了，我怎么能让她结婚呢？她是我的夏彤啊，只属于我的。"

严蕊叹气，对于曲蔚然，其实她也挺无奈的，她同情他，却也讨厌他。


几天后，曲蔚然又收到中国法院的传票，他的妻子舒雅望又在中国起诉和他离婚，如果一个月后他不出庭，就会直接判离。

曲蔚然握着传票，想起那张和夏彤一样的脸，忽然很想想见她。

曲蔚然是行动派，当他想见她的时候，第二天，他就已经出现在中国，出现在她工作的地方。那是个刚刚开始施工的现场，工地上灰尘飞舞，到处坑坑洼洼，舒雅望穿着墨蓝色的夹克，满身泥上，她正双手叉腰站在工地上和包工头吵架，声音大得连机器的轰鸣声都能盖住。

曲蔚然远远地就听见她在怒喊："刘工，你有没搞错啊！这都月底了！你们才种了这么点树！工期到了你叫我怎么交啊！"

叫刘工的男人是个满头白发的庄稼汉子，一脸无奈地说："舒工，你们公司的工钱没给足，我们怎么干！"

舒雅望气得瞪着他说："工钱！我们签合同的时候说好交工后一把结清工钱的！你现在叫我们一个月一给，不是在开玩笑吗！"

刘工摇头道："以前那样是可以啊，现在工人都不肯了啊，都要一月一结，我也没办法，没钱我叫不动他们做事。"

舒雅望刚想破口大骂，一辆施工车开过，掀起一阵灰尘，她整个人变得灰头土脸的，她呸了两声，将嘴巴里的沙土呸出来，然后继续毫不在意地和工头交涉，言语激烈。

曲蔚然看着看着，忽然走上前去，一把拉过舒雅望。

舒雅望见是他，整个人都愣住，过了好一会才挣扎开来："你干什么！你放开我，放开我！"

曲蔚然不理她，径直将她拉到工地上稍微干净一点的地方，一脸怒气地说："明天你把工作辞了吧。"

舒雅望惊讶道："我干吗要把工作辞了？"

曲蔚然道："因为我不想看到你在漫天灰尘里工作，不想看见你和泼妇一样跟工人吵架，不想看见你连一丝女人的样子都没有，不想看你晒得和黑炭一样！"

舒雅望疑惑："你不想看就不要看啊，没人求你看！"

曲蔚然瞪着她说："你可以去做一些轻松的工作，你可以活得漂漂亮亮的，你为什么要让自己像个男人一样活着，为什么要让自己老得这么快！"

舒雅望冷笑道："嫌我老那赶快跟我离婚啊！离了就再也不用见到我了啊，我老的跟鬼一样也和你无关！"

曲蔚然盯着舒雅望不说话，眼里全是她看不懂的悲伤。

舒雅望见他不说话，毫不留恋地转身离开。

曲蔚然看着她的背影，忽然觉得自己傻透了，这个女人那里有一点点像夏彤？

如果以前样子有七分像的话，现在就是连三分像都没有了。

曲蔚然像是受了巨大的打击一样，颓废地转身，沉默地走着，在人来人往的大街上，他终于发现，在这个世界上，他再也找不到夏彤了，连影子也看不到了。

天空忽然下起了雨，他在雨中给严蕊打电话。

他对着电话，轻声说："严蕊，你说得对，我真的在她身上一点点夏彤的影子都看不见了。"

严蕊握着手机没说话，坐在椅上听着电话。

曲蔚然像是自言自语一般地说："夏彤的胆子很小，不会像她那样大声说话，更不会跟人吵架，夏彤皮肤很白，不会像她那样晒得那么黑。严蕊，我的夏彤长大后，不会像她一样的……"

严蕊在手机那边，叹了口气道："曲蔚然，你为什么不放过别人，也放过你自己？你总是在世上寻找夏彤的影子，眼睛像的你去追，神情像的你也去追？有意思吗？她们都不是夏彤，她们都不能给你一个你想要的家。"

曲蔚然握着手机仰头望天，手机里传来严蕊的声音："曲蔚然，你记忆里的夏彤是什么样的？在我的记忆里，她总是在哭，连一张笑脸也想不起来。像她那样善良到死的孩子，却为了帮你这个私生子回到曲家，昧着良心欺骗别人的感情，你知不知道她每天晚上都在哭、都在嫌弃自己！她连死的时候，都一边在我怀里哭一边担心你是不是受伤了！曲蔚然，你为什么在她活着的时候，不好好对她，连她死了也不叫她安心？"

严蕊继续说："你为什么不能放那个像夏彤的女孩幸福呢？你为什么要让那个女孩也像夏彤一样，一直哭呢？"

曲蔚然挂了电话，望着人群，用力地回想夏彤。

小时候，他们俩想一起自杀，他牵紧夏彤的手，想带着她一起跳下去，可她却拉回了他，哭着说："曲蔚然，我不怕死……可是，我舍不得你死。"

少年时，他被疯子养父用老虎钳敲打，满身是血，夏彤抱着花瓶冲过来打在养父头上，养父回身将她打倒在地，她哭着大喊：曲蔚然，快跑啊，跑啊！

再后来，他让她去接近曲宁远，那天下着雪，她站在雪地里流泪，哭得那么忧伤，可他却背过身去。

后来后来，好多次，她总是在哭，为他哭的，为自己哭的，很多很多……

曲蔚然在夜晚的街道上缓缓低下头，轻声说："真的，连一张笑脸也想不起来……"

那日，他在街上坐了一晚，第二天，便打电话约舒雅望出来，去民政局办离婚手续。

舒雅望看着有些憔悴的曲蔚然，有些不敢相信地问："你真的要主动和我离婚？不等法院开庭了？"

曲蔚然笑："怎么舍不得我？想再跟我做一个月夫妻？"

舒雅望瞪他一眼："切。"

甩头就往民政局走，曲蔚然却忽然拉住她，像是祈求一般地说："你给我抱一下，我就进去签字。"

舒雅望刚想拒绝，却被曲蔚然猛地拉进怀里，紧紧地抱住，在她耳边，痛苦又深情地说："对不起，我总是让你哭。"

舒雅望皱起眉头，强迫自己忍了他几秒后，终于受不了地推开他。

曲蔚然望着空洞洞的双手，转身说："走吧。"

当日下午，严蕊正在上网，手机响了，她拿起短信一看，是曲蔚然发来的，短信只有四个字：我离婚了。

严蕊望着这四个字，想了想，回复：挺好的，找个好姑娘重新开始吧，夏彤会高兴的。

曲蔚然在夏彤的坟墓前看着这条短信，温柔地擦拭墓碑，轻声问："你真的会高兴吗？"

"就算你高兴我也不会找的，我才不想找好姑娘，我才不想过得好，我就这么混着，混得人见人恨，混得千疮百孔，混得让你担心、让你心疼，这样你的灵魂就不得安宁了，这样你就不会离开我了。"曲蔚然扶着墓碑上的黑白照，照片上的姑娘已经看不清样子了，可他却依然能感觉得到，她望着他的眼神是那么温柔和眷恋。

曲蔚然缓缓将头靠墓前，垂下头，一滴眼泪轻轻滑落眼角，风中似乎有人在轻声问："夏彤，十年之期已经到了，你若是能长大，我是不是就能有一个家了？"